21世纪初美国犹太移民叙事中的地方感书写

孔 伟 著

吉林大学出版社

·长 春·

图书在版编目(CIP)数据

21世纪初美国犹太移民叙事中的地方感书写 / 孔伟著. —长春：吉林大学出版社，2023.9
ISBN 978-7-5768-2396-7

Ⅰ.①2… Ⅱ.①孔… Ⅲ.①犹太文学-小说研究-美国-现代 Ⅳ.①I712.074

中国国家版本馆CIP数据核字(2023)第213508号

书　名：21世纪初美国犹太移民叙事中的地方感书写
　　　　21 SHIJI CHU MEIGUO YOUTAI YIMIN XUSHI ZHONG DE DIFANGGAN SHUXIE

作　　者：孔　伟
策划编辑：黄国彬
责任编辑：张维波
责任校对：高珊珊
装帧设计：姜　文
出版发行：吉林大学出版社
社　　址：长春市人民大街4059号
邮政编码：130021
发行电话：0431-89580028/29/21
网　　址：http://www.jlup.com.cn
电子邮箱：jldxcbs@sina.com
印　　刷：天津鑫恒彩印刷有限公司
开　　本：787mm×1092mm　　1/16
印　　张：12
字　　数：180千字
版　　次：2024年3月　第1版
印　　次：2024年3月　第1次
书　　号：ISBN 978-7-5768-2396-7
定　　价：58.00元

版权所有　翻印必究

序

孔伟的这部《21世纪初美国犹太移民叙事中的地方感书写》马上就要付梓出版了，可喜可贺！可喜的是他多年付出的心血，终于见到了成果；可贺的是美国犹太文学研究从此又添写了新篇章，并就此开辟了一个新的研究领域。

这部专著所叙说的俄裔犹太人大规模移民美国，大致可分为两个历史时期。第一次始于1880年，到20世纪20年代，约有200万犹太人从东欧平原移民美国。此次移民者的主体是沙皇俄国及周边的居民。他们以意第绪语为母语，另有少量移民者通晓斯拉夫语言，如俄语或波兰语。第二次则发生在20世纪70年代后，断断续续地一直持续到21世纪初。在这些移民作家中，除了诗人布罗茨基、小说家多甫拉托夫等成熟的创作者外，还包含了许多青年作家，譬如该书中提到的加里·施泰恩加特、马克西姆·施拉耶尔、拉拉·瓦彭娅、安妮娅·尤里尼奇等。他们在苏联度过了青少年时期，成年后使用英语进行小说创作，其作品都出版于21世纪初。这些年轻的俄裔犹太作家通过言说祖籍国文化，促使美国犹太文学在内部实现了文化的多元表征。他们的文学作品、创作活动及其影响力，促进了美国俄裔犹太文学这一重要分支的出现。

孔伟的研究特点概括起来可以称为"小切口""大纵深""全覆盖"。该书从人文主义地理学的视角出发，将"地方感"作为文本解读的切入点，深入探讨了犹太人与传统的东欧地区、苏联治下的俄罗斯、现代以色列以及当代美国等"地方"之间的情感结构及其差异，阐释了人、地关系背后所体现的社会矛盾与文化张力。

从本质上讲，地方感是物质要素"地方"和精神要素"情感"二者的结合体。它既包含了个人对地方的主观感受，同时也反映了一类人对地方的情感依附。地方感的复杂性在于对同一个"地方"，不同人或不同群体很可能生发出截然相反的感受；甚至同一个人在不同时期也能产生泾渭分明的态度。该书在学理上的首要贡献是区分了传统的东欧地区与苏联时期的俄罗斯之间的关系，细化并阐释了犹太人对上述两地的情感嬗变。通常，美国犹太文学研究者们惯于模糊俄罗斯及东欧之间的界限，一概而论；该书作者孔伟对此做出了"切割"，将阿什肯纳兹犹太人的定居东欧平原与犹太大屠杀等历史事件锁定在俄罗斯以外；让莫斯科或圣彼得堡的犹太后裔通过间离的方式，审视祖先在东欧的兴衰史，从而回应了当代俄裔犹太移民与言说意第绪语的犹太先祖之间的亲疏关系。

生活在俄罗斯的犹太人虽然在语言文化上已经成功蜕变，但并未彻底实现所谓的国家认同。从地方情感上看，世俗化的苏联犹太民众对于以色列的依附关系也是极为复杂的。作为一个民族群体，犹太人对以色列这一"地方"存在着天然的土地情结。但从现实的角度看，苏联犹太人又期待一个生活条件更加优越的地方。因此，美国便成了理想的移居地。有些犹太人最终定居以色列；另有一些犹太人则选择了美国。前者更多的是碍于当时移民政策等外部原因；后者则也并非出于对美国土地产生依恋而移居于此。想去的地方去不了；不想去的地方则不得不以此为家——这是一生都在纠缠他们的一个不解的悖论。

该书除了从地方感的视角进行文本细读外，还捕捉到了许多美国俄裔犹太文学新的叙事特征。

首先，作者通过阅读发现，施泰恩加特及其同辈作家在故事叙述中夹杂了俄罗斯套娃、普希金等大量俄罗斯元素；有些作品甚至还将故事的主要情节直接设置在莫斯科或圣彼得堡。这种书写方式在文本间制造了某种文化的异质性，形成了"俄裔犹太文学"新类别。俄罗斯元素在小说文本内部也分化了犹太文学的文化性，形成美国、犹太、俄罗斯三重文化并置的局面。

其次，美国俄裔犹太作品的出现使得研究者不得不反观20世纪美国犹太文学的经典。诚然，美国犹太作家中包含了许多俄国移民或其后代，如亚伯拉罕·卡恩、玛丽·安亭、马拉默德、多克托罗等。当代美国俄裔作家通过戏仿、互文、使用典故、文字游戏等方式直接或间接地表明自己与这些前辈作家的亲缘关系，促使我们反思传统犹太文学研究的立场与方法，重视犹太文学的经典重读。此外，新人新作中出现了大量"全新的"犹太人物形象，如施拉耶尔所描写的被苏联拒绝颁发签证的"移民拒签者"，尤里尼奇塑造的苏联黑人犹太人等。这些人物的出现不但丰富了美国犹太文学的内涵，同时还展现了历史与时代的宏大叙事。

最后，美国俄裔犹太文学的出现实现了对美国犹太文学传统母题的补遗与超越。美国犹太文学的经典母题包含了流散、族裔性、性别、同化、大屠杀等。当代俄裔小说在续写传统的同时，还关注到新时代犹太人生活的诸多变化，如犹太人地方生活的多样性、阿什肯纳兹犹太人的来源、当代犹太人是否要"回归"以色列等问题。孔伟注意到，苏联的西伯利亚小镇、美国西南亚利桑那州，这些20世纪美国犹太作家很少提到的地方，都出现在这些年轻一代犹太作家的作品中。另外，他还提及许多值得深思的话题，如阿什肯纳兹犹太人到底是不是改宗的哈扎尔犹太人的后代？为什么俄裔犹太小说的主人公回访的地方常常是莫斯科或圣彼得堡，但却很少提及回到以色列？

孔伟的这本专著在研究方法与思路上也颇具创新性，因篇幅所限，就不一一道来。我相信，孔伟这本专著的出版将会引起国内犹太文学研究者们的重视。书中所讨论的一些话题也能够成为推动犹太文学研究不断繁荣的一个新的起点。

乔国强
2023 年 8 月 25 日

目 录

绪　论 …………………………………………………………………… (1)

　　一、地方性存在与地方感书写 ………………………………………… (3)

　　二、国内外研究现状 …………………………………………………… (16)

　　三、理论、方法与框架结构 …………………………………………… (20)

第一章　大地根植：渐行渐远的东欧家园 ……………………………… (31)

　　第一节　东欧叙事：阿什肯纳兹犹太人根植感的生成与日渐式微

　　　　　　………………………………………………………………… (32)

　　第二节　《逃离俄罗斯》中东欧短期居民的海滨体验 ……………… (41)

　　第三节　"文化旅行者"重访东欧时的异化与困惑 ………………… (47)

第二章　故乡熟识：缠绵悱恻的俄罗斯 ………………………………… (59)

　　第一节　家乡感的生成：《俄罗斯名媛初涉手册》中的同化叙事 … (60)

　　第二节　小镇情劫：《彼得之城》中的西伯利亚轶事 ……………… (68)

　　第三节　童年感知：莫斯科文本中的孤独、冒犯与记忆的深渊 … (75)

　　第四节　重访俄罗斯：尤里尼奇《列娜·芬克尔的魔桶》中的旅行书写

　　　　　　………………………………………………………………… (84)

第三章　空间敬畏：以色列的缺位与在场 …………………………（95）

 第一节　信仰之颠的重塑：施泰恩加特对以色列神圣感的观照 …（96）

 第二节　《荒谬斯坦》中年轻一代的信仰危机 ……………………（106）

 第三节　施拉耶尔笔下犹太人移居地的分化 ………………………（117）

第四章　场所依赖：期待自我实现的美国 …………………………（126）

 第一节　移民叙事与场所功能的依附感 ……………………………（127）

 第二节　摆脱孤独：纽约俄裔犹太社区安全感的重建 ……………（140）

 第三节　作为俄罗斯人的生存体验：《情人》和《乡村马场》中的文化身份困境 ………………………………………………………（155）

 第四节　信仰的悖论：施拉耶尔小说中的异族通婚问题 …………（161）

结语 ……………………………………………………………………（170）

参考文献 ………………………………………………………………（175）

绪 论

地方感(the sense of place)是人文主义地理学的一个核心概念,它包含了地方(place)和感觉(sense)两个基本要素。就"地方"而言,它既是物理学中现实载体的指涉,同时也是人文主义视域下人类意识栖居的场所。段义孚(Yifu Tuan)[1]认为,地方是"一种特殊的客体,它虽然不是一个可以轻易搬运的有价值的物件,但却凝结了价值并将其具象化"[2]。在现实环境中,地方总是以土地、城市、景观、社区等实体形式呈现出来,但地方并不局限于简单、纯粹的物理化空间,而是"融合了人类与自然的秩序,是人们直接体验这个世界的中心场所"[3]。因此,地方除了表现出物质属性外,还反映了空间的社会性与人类的文化性等特征。有关"地方"的理解离不开具体的人的实践与体验,地方一旦脱离了人的存在,则变得肤浅、抽象、空洞、乏味且毫无生机。地方里的"人"也不能摆脱地方而独立存在,缺少了地方,人便丧失了生存的依托与实践的对象,一切感受都变成了无根之水、无本之木。

地方感属于人类广泛且复杂的情感之一,它包含了依恋、向往、认同等积极要素,也包括厌恶、压迫、疏离等消极的感受。在地方感的形成过程中,世界各地的人们由于民族缘起、生产方式、历史经历不同而形成了各具特色的情感认知,体现的是各自独特的民族意识。在讨论犹太人与地方之间的情

---

[1] 美国华裔人文主义地理学家。
[2] Tuan, Yi-Fu. *Space and Place: The Perspectives of Experience*. Minneapolis: U of Minnesota P, 2001, p12.
[3] Relph, Edward. *Place and Placelessness*. London: Pion Limited, 1976, p141.

感关系时，经典的流散理论曾勾勒出最原始、最朴素的人地关系：犹太人的祖先原是阿拉伯半岛的一个游牧民族，起初被称为希伯来人。希伯来人定居迦南后，将这里视为民族文化的发源地，把迦南当作犹太人繁衍生息的现实家园。在历经多年的饥荒后，古代希伯来人逃离了迦南，来到埃及。由于受到埃及法老的奴役，犹太人最终在精神领袖摩西的带领下"走出埃及"。此后，犹太人又沦为巴比伦之囚，而后抵达西班牙等西欧国家，最终迁居至东欧及北美等地。在历经近两千年的流散生活后，当代犹太人的足迹遍布世界各地。在现代以色列国家建立前，被犹太人视为精神家园的地方无法回归，而犹太人长期居住的地方又不是他们的民族家园。

按照经典的犹太民族流散理论，犹太人的民族史漫长且连续。然而，经典理论"忽略"了一些事实，这些事实在犹太典籍中少有记载，而在散落的犹太民族研究中却时常被提及。目前，国内外学者的主流观点仍将犹太正典视为讨论犹太问题的依托与蓝本，但对犹太历史、民族、文化等诸多细节却争论不休。总结起来，主要包含三个方面：一、犹太人的流散问题。古代希伯来人并非全部都离开了迦南，一些没有离开，后来融入阿拉伯民族的人其实和犹太人拥有共同的祖先。二、犹太人的国家问题。流散中的犹太人并没有彻底丧失家国，犹太国家在中世纪曾经客观地存在过。三、犹太人的构成问题。犹太教的传播促进了犹太文化共同体的形成，但当今的犹太人却不是来自某个地方血脉统一的单一民族。

某种程度上，上述观点超越了犹太正典里有关民族谱系是连续性的、确定性的相关论断，这些观点似乎更强调犹太人的多元性、差异性，甚至意欲解构犹太民族、犹太文化的统一性。其实，当我们深入探讨世界各地的犹太问题时不难发现，犹太人内部的多元性是客观存在的，值得细致地挖掘与研究。基于此，本书以一组俄裔美国小说家加里·施泰恩加特（Gary Shteyngart）[①]、马克西姆·施拉耶尔（Maxim Shrayer）[②]、安妮娅·尤里尼奇

[①] 原名伊戈尔·施泰恩加特（Igor Shteyngart），1972年生于列宁格勒，1979年随父母移民美国纽约。

[②] 1967年出生于莫斯科，1987年移民美国，现居住在波士顿。

(Anya Ulinich)①、拉拉·瓦彭娅(Lara Vapnyar)②等人在21世纪初的创作为基础,探讨当代阿什肯纳兹犹太人源起、汇集、敬畏和移居一方水土的过程中,对东欧、俄罗斯、以色列、美国四个主要聚集地分别产生了哪些情感互动,这些互动促成了犹太人怎样的人生选择,这些选择又反映了犹太人与地方之间存在怎样的人地关系,以及犹太人在错位的时空中产生了哪些地方性的生存感受。

一、地方性存在与地方感书写

犹太人的起源与流散经历告诉我们,犹太民族不是传统意义上的农耕民族,他们对地方的理解与世代以土地为劳作对象的农耕民族差异较大。农耕民族赖以生存的基础是农业劳动,他们深深扎根于一方水土,祖祖辈辈在耕地上劳作,对土地产生了由衷的虔敬与热爱。犹太人一般不从事农业生产,他们对地方的情感依附不来自土地的产出,一般也不具有明确的土地所有权意识。薄弱的人地关系无法产生深刻的根植感(sense of rootedness)与地方依恋(place attachment),当犹太人对地方失去依赖或产生疏离感时,他们往往不会主动改造或建设这个地方,而是选择离开。但不可否认的是,大地抚育了犹太民族繁衍生息,为犹太人提供了栖居的场所,犹太人对自己赖以生存的地方同样饱含深情。

在经典的犹太律法中记载,犹太人是亚伯拉罕、以撒、雅各的后代。从宗教信仰与民族神话的建构上看,脉络清晰的谱系关系有利于凝聚民族文化共识。然而,根据历史学家的考证,犹太人的起源并不是来自一个统一的民族,这导致近代以来不同种族的犹太人对是否要回归犹太圣地所持的观点差异较大。在有关美国早期犹太移民的记载中,曾经描述过这样的事实:1881至1914年间,200万犹太人从东欧移居美国,占当时移民总人口的80%,而前往以色列的犹太人仅有3%。而且最初的移民者中重返欧洲的比例高达15%~20%③。从数据上看,似乎东欧犹太人在居住地的选择上,欧洲和美国

---

① 1973年出生于苏联,17岁时随家人来到美国。
② 1971年生于苏联,1994年从莫斯科移民美国纽约,居住在纽约布鲁克林区。
③ Sarna, Jonathan D. *American Judaism: A History*. New Haven: Yale UP, 2004, pp. 153-154.

是他们首选的地方,他们并没有将犹太文明的发源地真正纳入考量①。如果犹太教能接受世界各地的犹太人并不同源的说法,那么就容易理解此时以玛丽·安亭(Mary Antin)为代表的沙皇俄国境内的犹太人为什么将美国而非巴勒斯坦地区定义成"应许之地"(The Promised Land)了。

其实,绝大部分东欧犹太人的祖先原本就不是来自巴勒斯坦地区的犹太人。在典型的描写阿什肯纳兹犹太人的作品中很少能够发现东欧犹太人对以色列地充满深情。作家伊斯雷尔·辛格(I. J. Singer)②是美国犹太小说家艾萨克·辛格的兄长,他的小说《阿什肯纳兹兄弟》(*The Brothers Ashkenazi*, 1936)是一部典型的描写东欧犹太人的作品。在这部小说中,故事情节从未提及过"迦南"。这种书写方式虽然不能证明东欧犹太人完全就是另外的一个犹太群体,但足以印证《圣经》中的迦南地的重要性在阿什肯纳兹犹太人的认知中并没有得以有效的传承。

在经典理论广泛流传的前提下,对一件事的"证伪"是极其困难的。尤其当犹太人所说的起源问题仅是一种关乎于信仰,仅存在于宗教典籍中时,任何现代科学的证据都不会被虔诚的犹太教徒所接纳。宗教信仰的一致性掩盖了犹太人起源的差异。在 21 世纪的美国犹太文学中,诸多作家试图隐晦地表达这样的思想:东欧犹太人的祖先并不来自中东,而是与改宗的哈扎尔人(Khazars)③之间存在密切的血脉联系。美国犹太小说家迈克尔·夏邦(Michael Chabon)在 2007 年出版了小说《哈扎尔绅士》(*Gentlemen of the Road*),作者带领广大的 21 世纪读者重返中世纪信奉犹太教的哈扎尔汗国,感受犹太人行走于欧亚大陆之间浪迹天涯的历史。俄裔美国移民作家马克西姆·施拉耶尔在回忆录《等待美国》(*Waiting for America*, 2007)中也谈到了以色列是不是东欧犹太人的"根"的问题,他使用了"那是个很难回答的问题"④对此做出回应,

---

① 移民行为的规模性反映了一些共性特征,呈现出一个比较清晰的民族轮廓。倘若 200 万犹太人此时要"重返"民族的家园,难度并没有那么大。但事实上,仅有少量犹太复国主义者发起运动,敦促犹太人回到巴勒斯坦地区。

② 伊斯雷尔·约书亚·辛格(Israel Joshua Singer)1893 年出生于俄属波兰地区,1934 年移民美国,《阿什肯纳兹兄弟》是他移民美国后写成的作品。

③ 也称"可萨人",下文中提到的哈扎尔汗国也可称为可萨汗国。

④ Shrayer, Maxim D. *Waiting for America: A Story of Emigration*. Syracuse: Syracuse UP, 2007, p34.

绪 论

间接地引发了读者对这一问题的思考。犹太作家在 21 世纪初似乎正在广泛利用这个"事实",重建犹太人的地区性。由此,在进行 21 世纪美国犹太移民叙事文本解读之前,有必要对传统的观点进行一些必要的阐释与补充。

1. 阿什肯纳兹犹太人与被"忽略"的哈扎尔汗国

有关犹太人的起源问题,流传着一种"经典"的说法。这种说法认为:犹太民族发源于迦南,在沦为巴比伦之囚后散居于世界各地,当今世界的犹太人都是《圣经》中所描述的古代希伯来人的后代。犹太人在此后出现的种族差异与居住地的分化主要是流散的生活方式与跨种族通婚的结果。"经典"的说法建构了犹太人悠长的流散史,其意义在于证明犹太人是"从一个地区性民族发展成为一个世界性的民族","从一个地区性文化、单一民族的文化"演化成为西方文明的"源头"①。流散的观点在解释犹太人族群差异方面有其合理性。在流散的过程中,犹太人与当地原住民相融合并繁育后代,因此,出现种族和肤色的变化是真实存在的。然而,传统的认知对犹太民族史的建构并不全面,有关犹太人离开迦南后的数千年中没有自己的国家是一种片面的说法。在中世纪,黑海北岸存在一个强大而著名的犹太教国家——哈扎尔汗国。

哈扎尔汗国位于黑海和里海之间,是由游牧部落哈扎尔人建立的一个强大的帝国,其存续期为公元 7—10 世纪②。关于哈扎尔汗国的记载在各国史料中都曾出现过,《新唐书·西域传》在描述波斯、东罗马帝国(拂菻)、阿拉伯帝国(大食)的位置时,三次提及了位于北部的"突厥可萨部"③。法国汉学家沙畹所著的《新西域史料》中也出现了有关"突厥可萨部"(Turca Khazara)的记述④。哈扎尔部落在我国唐、宋年间被称为"可萨"。然而,在犹太典籍中,基本不提犹太人与哈扎尔汗国之间的关联,其主要原因包含三个方面:首先,哈扎尔人属于西突厥人,在人种上与古代希伯来人是两类人,古代希伯来人来自迦南地,他们与哈扎尔人并不同根同源;其次,承认这个由突厥人组成的犹太教国家,等同于解构了犹太人数千年来漫长且连续的民族史;此外,

---

① 徐新. 犹太文化史(第二版)[M]. 北京:北京大学出版社,2011:69.
② Straten, Jits van. *The Origin of Ashkenazi Jewry: The Controversy Unraveled*. Berlin: De Gruyter, 2011, p5.
③ 欧阳修、宋祁. 新唐书(列传第 146 卷下)[M]. 北京:中华书局出版社,1975:6258-6263.
④ 沙畹. 西突厥史料[M]. 冯承钧译. 北京:商务印书馆,1912:155.

大部分哈扎尔汗国的犹太人是通过改信犹太教而"变成"犹太人的,他们文明的发源地并非迦南,他们也从未迫切地重返迦南。所以,在犹太正典中并不提及哈扎尔人这一分支。但不可否认的是,哈扎尔人学习并沿袭了犹太教习俗,对于传承犹太教和犹太文化功不可没①。

宗教信仰的一致性掩盖了不同地域的犹太居民起源不同的历史现实。其实,犹太人的几个主要类别在血缘方面并无本质上的瓜葛。犹太人的流散史并非自古有之,古希伯来人也没有全部离开迦南,至少当时一部分居民没有离开巴勒斯坦地区。这些人虽然后来与周边阿拉伯国家的人相融合,但是他们的确是世代居住于此地的古希伯来人的后代。根据以色列历史学家施罗默·桑德的研究表明,犹太人的流散经历是近代历史学家和考古学家基于琐碎的证据和独特的想象建构而成的民族史。在《虚构的犹太民族》中,桑德指出:犹太人从"出埃及"到"散居世界各地"的经历不过是19世纪下半叶以来一些"天才的重构者们层层累积起来的……漫长且连续的谱系"罢了②。

传统的观点之所以强调犹太人的流散经历是因为正统的犹太教在某种程度上不愿意承认犹太民族里掺杂了大量其他民族通过"改宗"(religious conversion)而成为犹太人的事实。改宗是放弃某种宗教信仰皈依到另外一个宗教或者派别的行为。改宗是可以在不同宗教之间进行转换的,比如犹太人改信基督教或者非犹太教的信仰者改信犹太教的行为。也就是说,大量犹太人可能只是其他民族的人发生了信仰的变化,从而"变成"了犹太人,而根本不是古代希伯来人的后代。马克斯·韦伯(M. Weber)在《古犹太教》中的记载,改宗是一种宣教的结果,虽然圣经中不同派别对此意见相悖,但改宗在犹太教中是大量存在的。改宗者根据信仰程度和行为规范的不同,可分为半改宗者(ger-ha-toshab)、入门改宗者(ger-ha-sha'ar)和义认改宗者(ger-ha-zadek 或

---

① 东欧犹太人即阿什肯纳兹犹太人,是犹太人重要的组成部分,有关其来源问题,学界至今尚无定论。一般而言,比较流行的说法包含两类:经典理论一贯主张德国是东欧犹太人的主要来源;而凯斯特勒(Arthur Koestler)等人则坚持东欧犹太人来自哈扎尔汗国(1976),其他主张还有斯特拉特恩(Jits van Straten)提出的阿什肯纳兹犹太人来自南俄地区等论断(2011)。见 Koestler, Arthur. *The Thirteenth Tribe: The Khazar Empire and Its Heritage*. New York: Popular Library, 1976; Straten, Jits van. *The Origin of Ashkenazi Jewry: The Controversy Unraveled*. Berlin: De Gruyter, 2011.

② 施罗默·桑德. 绪论[A]. 虚构的犹太民族[M]. 王崟兴、张荣译. 上海:上海三联书店,2012: 20-21.

ger-ha-berit)三类①。然而，犹太教中对改宗的行为并非完全赞同，越虔诚的犹太教徒越不愿接受这样的事实。那就是，世界各地的犹太人与当今所说的古代希伯来人的后裔并不完全具有血缘上的传承关系，并且从人种和人口数量上看，改宗的犹太人在全部犹太人口中所占的比例更大。

就目前广为接受的分类而言，犹太人根据居住地的不同可分为三大类：即塞法迪犹太人(Sephardic Jews)②、阿什肯纳兹犹太人(Ashkenazi Jews)③和米兹拉西犹太人(Mizrahi Jews)④。除此之外，世界各地还有一些散居的犹太人，如埃塞俄比亚境内黑皮肤的法拉沙犹太人(Falasha Jews)⑤、中亚乌兹别克斯坦和塔吉克斯坦境内的布哈拉犹太人(Bukharian Jews)⑥等。其实，居住在各地的犹太人并不都是古代希伯来人的后代。中东与北非的犹太人存在一定的血脉亲缘性，而西班牙或德国的犹太人却与他们几乎两不相干。欧洲的犹太居民主要包含塞法迪犹太人和阿什肯纳兹犹太人两类，在人数上以阿什肯纳兹犹太人为主。根据历史学家的考察，阿什肯纳兹犹太人中仅有一小部分是《圣经》中古代希伯来人流散者的后代。这部分人口数量较少，并且随着种族融合已经转化为欧洲犹太人。阿什肯纳兹犹太人的繁盛得益于哈扎尔汗国的改宗以及哈扎尔犹太人在中东欧地区的流散经历，这些来自高加索地区突厥系的游牧民族虽然最终淹没于历史，但其传承的犹太文化滋养了阿什肯纳兹

---

① 马克斯·韦伯. 古犹太教[M]. 康乐、简惠美译. 桂林：广西师范大学出版社, 2007：521.
② 原指生活在西班牙和葡萄牙境内的犹太人，后来泛指采用西班牙犹太教礼拜仪式的犹太人。
③ 最初指德国莱茵河流域的犹太人，因此也译成"德裔犹太人"或"德系犹太人"。在11—13世纪第一次十字军东征期间，莱茵河一带的犹太人陆续前往波兰、立陶宛、沙皇俄国等东欧地区。包括迁入东欧的犹太人以及原东欧地区通过改宗而成为"犹太人"的哈扎尔人，在后来普遍接受了德系犹太教的礼拜仪式，因此统一称为阿什肯纳兹犹太人，与西班牙裔塞法迪犹太人相区别。居住在西欧国家的阿什肯纳兹犹太人使用居住地的语言，而居住在东欧地区的阿什肯纳兹犹太人大部分使用意第绪语或俄语、波兰语、乌克兰语、捷克语等斯拉夫语言。国内的"德裔"或"德系"的译法容易造成错觉，认为东、西欧犹太人是两种人，但其实二者的区别在于宗教礼拜仪式，而非纯粹的人种区别。
④ 指生活在中东、亚洲阿拉伯国家、伊朗、高加索等地的犹太人，有时也称东方犹太人。
⑤ 指的是信奉犹太教的埃塞俄比亚人，一般是黑人犹太人。
⑥ 指分布在中亚地区的一支犹太人群体，主要位于乌兹别克斯坦、塔吉克斯坦、土库曼斯坦境内。布哈拉犹太人源自中亚历史上的布哈拉汗国(1500—1920)。苏联解体后，大部分布哈拉犹太人移民到了以色列。根据以色列的《回归法》，任何拥有犹太血统的人都可移民以色列，这让苏联犹太人产生了移民的想法。但当时的以色列属于西方阵营，且苏联支持阿拉伯国家，所以犹太人的移民申请不被允许。这引起了苏联犹太人的强烈不满，以及世界各地犹太人的抗议。直到戈尔巴乔夫上台，放松了移民限制，苏联犹太人陆续移民到以色列、美国等国家。

犹太人的先祖。

　　塞尔维亚作家米洛拉德·帕维奇(Milorad Pavic)在1984年出版过一本小说，名为《哈扎尔辞典》(Dictionary of the Khazars)。这本小说亦真亦幻地描述了哈扎尔民族的历史起源以及迅速从这个世界上消失的缘由。故事中最引人入胜的情节之一就是有关哈扎尔人应该皈依哪个宗教的大讨论。哈扎尔人是居住在黑海以北的一个游牧民族，在公元8世纪建立起哈扎尔可汗国，此时正值东方的伊斯兰教和西方基督教激烈竞争之时。哈扎尔可汗国地处欧亚大陆的中心，位于亚欧商路的重要战略位置，周边强大的哈里发帝国和东罗马帝国都想同化这个地方。出于权宜之计，哈扎尔可汗选择与两国都相关但又都不同的犹太教作为国家唯一的合法宗教，以此保持与周边国家的谅解与合作①。哈扎尔可汗最终选择了犹太教，使得哈扎尔人获得了能够代表犹太人的文化身份。

　　长期以来，哈扎尔汗国的存在并不被正统的犹太教纳入对犹太人身份的阐释之中，哈扎尔人旁逸斜出的身份也成了广大犹太作家讳莫如深的话题。然而，只有弄清楚信奉犹太教的哈扎尔人，才能理解犹太人在欧洲长期受到各国排斥的原因。在欧洲国家的文学作品中，犹太人所呈现出来的形象常常是负面的。克里斯托弗·马洛在《马耳他岛的犹太人》(The Jew of Malta, 1592)中塑造的主人公巴拉巴斯贪婪残忍、诡计多端，莎士比亚在《威尼斯商人》(The Merchant of Venice, 1596)中描写的夏洛克唯利是图、冷酷无情。这些作品通过将犹太人刻画成劣迹斑斑的形象表达了欧洲居民对犹太人的传统排斥。

　　犹太教传统的观点一直都否认犹太人在欧洲构成了其他民族的威胁，犹太人对于此类话题的解答一般倾向于从宗教之间的对立或者犹太人自身的弱势地位进行解读。这样的做法最直接的结果是将犹太人塑造成一个"无罪"的群体，能获得其他民族的普遍同情。但事实上，信奉犹太教的哈扎尔人原本是个强悍好战的民族，同时也是欧洲各国的外来人口，他们在征战欧洲的过

---

① 米洛拉德·帕维奇.哈扎尔辞典：一部十万个词语的辞典小说[M].南山、戴骢、石枕川译.上海：上海译文出版社，1998：237-243.

程中确实劫掠、杀害过其他民族的人民。在此后的长期定居生活中,哈扎尔犹太人由于擅长经商与贸易,在商业活动中常常获益颇丰,这也就不难理解欧洲各国纷纷反犹的原因了。值得特别指出的是,传统的东方犹太人更重视履行教义,没有足够的证据证明他们是一个在商业能力上出众的群体。相反,欧洲犹太人,尤其是西欧犹太人与其居住国家的国民相比,更善于经商。

东欧犹太人在人种上与西欧犹太人并没有本质区别,大部分欧洲犹太人都属于阿什肯纳兹犹太人,也就是哈扎尔人的后代[1]。原本哈扎尔人与俄国斯拉夫人生活的地方并不重合。但随着基辅罗斯势力的不断壮大,俄罗斯人的祖先攻占了伏尔加河流域,将当地的犹太人作为俘虏带到东欧的基辅地区,也就是当下的乌克兰境内[2]。乌克兰地区的犹太居民除了包含基辅罗斯时期俘虏而来的犹太人,还有西欧各国前来做生意的犹太人,以及第一次"十字军东征"期间为了逃避迫害逃亡至此的欧洲各国的犹太人。而后,随着蒙古人所建立的金帐汗国日渐壮大,曾经繁荣一时的基辅罗斯在公元13世纪被蒙古铁骑所灭。连同哈扎尔人所建立的汗国最终都被金帐汗国彻底扫平在历史之中。居住在基辅罗斯的部分犹太幸存者留在了现今乌克兰境内,另一部分人则逃往波兰等地。"某种程度上,世界历史就是一个空间演化成为地方的历史过程"[3]。犹太人定居欧洲后,主要以群体聚居的形式生活,全部都是犹太人或者以犹太居民为主的聚集区域最终演变成西欧国家的"隔都"。犹太人也尝试与当地民族实现融合,但欧洲在中世纪盛行基督教文化,犹太教信徒受到了

---

[1] 塞法迪犹太人和阿什肯纳兹犹太人之间的区别并不等同于东欧或西欧犹太人之间的区别。虽然,流散于西班牙、法国等国家的塞法迪犹太人在相貌与种族特征上保留了中东人种的部分特征,如他们是黑头发、黑眼睛、高鼻梁,与米兹拉希犹太人比较接近,但西欧同样生活着大量阿什肯纳兹犹太人。

[2] 需要特别指出的,乌克兰在欧美文献中常被刻画成一个拥有悠久历史的独立国家,并且乌克兰与俄罗斯是两个完全不同的民族。其实,这种说法并不准确。乌克兰在中世纪及近代早期是一个地理概念,只是在近代语境中才演化成为一个政治术语。据沙希利·浦洛基(Serhii Plokhy)在《欧洲之门:乌克兰史》(*The Gates of Europe: A History of Ukraine*)一书中记载,乌克兰与俄罗斯、白俄罗斯原本是一个统一的民族,基辅是这三个国家共同的民族发源地。现代乌克兰民族在19世纪放弃"罗斯"这个称谓,并在南俄大草原哥萨克的土地上改用"乌克兰"这一名称,将自己与其他东斯拉夫人区分开来(参见150~151页)。历史上的乌克兰曾是沙皇俄国重要的组成部分,在沙皇政权覆灭后,乌克兰、俄罗斯、白俄罗斯共同成为苏联最早的缔造者。

[3] Buell, Lawrence. *The Future of Environmental Criticism: Environmental Crisis and the Literary Imagination*. Malden: Wiley Blackwell, 2005, p63.

前所未有的排挤和迫害，要实现民族与文化的融合困难重重。

中世纪欧洲对犹太人的排斥主要是教派的矛盾冲突。犹太人自认为是"上帝的选民"，与上帝保持着某种契约关系，犹太教对于其他民族人口改宗成为"犹太人"具有排斥性。而欧洲的基督教已演变成一种具有普适性特征的世俗化宗教，它认为所有的人都可以通过归化的形式成为上帝的子民，基督徒在自身笃定信仰的同时，还肩负着拯救人类和世界的使命。因此，犹太人在欧洲遭到排挤主要源自教派的分歧，欧洲的反犹是以反对犹太教（anti-Judaism）为基础的。这里所说的欧洲主要以西欧为主，因为当时的东欧地广人稀，犹太居民数量较少，尚未有大规模的反犹行为发生。西欧反犹的其他原因还包含经济上的偏见与仇视，这主要源于犹太人在商业和金融业，尤其是高利贷行业表现出众，迅速聚敛了大量财富，威胁到当地居民的生存与发展，因此成了被仇视的对象。在文艺复兴时期的文学中，犹太人被描绘成其他民众生存的"压榨者"，成为极端民族主义打压和报复的对象。这一时期所描写的反犹主义（anti-Semite）主要是针对犹太人本身的一种排斥，而不是基于宗教矛盾而展开的排犹行为。

2. 有关东欧犹太人称谓的乱象问题

由于东欧地区国家政权频繁更迭，当地犹太人的文化身份和国别称谓变得极为复杂，在认知过程中常出现一些困难与偏差。作家亚伯拉罕·卡恩（Abraham Cahan）的出生地叫作维尔纳（Vilna），这里原本是沙皇俄国的一个地方，此后归属立陶宛，并更名为维尔纽斯（Vilnius），有关卡恩是俄国人还是立陶宛人的记述莫衷一是。类似的现象在东欧犹太作家的身份表述中层出不穷。20世纪早期，东欧犹太人、波兰犹太人、俄国犹太人等称谓曾一度出现过混用的现象。苏联期间及苏联解体后，相继又出现了苏联犹太人、俄裔犹太人、俄罗斯犹太人等称谓。但有趣的是，无论在社会学或是文学领域，美国都很少使用乌克兰犹太人、罗马尼亚犹太人这类人口称谓。这并不表明美国没有来自这些地方的犹太移民，相反，称谓的改写恰是移居国对移民者文化身份的一种"修正"与重建。犹太移民称谓乱象不是一个无关紧要的话题，它关乎读者与评论者应立足何种角度、秉持何种立场品读文学作品，只有理清犹太人的称谓，才能客观、有效地理解犹太人的身份认同。

绪 论

阿什肯纳兹犹太人与"东欧"在概念上的关联是一个地理与政治相结合的问题。东欧指欧洲的东部地区，东界乌拉尔山，西滨波罗的海，北临白海，南毗黑海、亚速海和高加索山①。早期的东欧犹太人包含了被金帐汗国灭掉的基辅罗斯地区的犹太居民，还有从西欧国家逃难至此的犹太人。西欧犹太人大举搬迁至东欧定居始于14世纪下半叶，此时西欧各国反犹、排犹现象愈演愈烈，成批的犹太人举家搬迁，来到人口稀疏、种族环境相对宽松的中东欧大平原。大量犹太人经由波兰等地迁居至现在乌克兰、立陶宛境内的无人区，他们参与了东欧的土地殖民。在此，犹太人建立了由工匠、商人组成的大型社区，开启了阿什肯纳兹犹太人在东欧漫长的居住史。犹太人定居东欧的行为改写了当地的文化性，原本人烟稀少的东欧大平原变成犹太人赖以生存的现实家园。

东欧为犹太人提供了生存的土地，在其文化身份的维系过程中也发挥了重要作用。沙皇俄国领土扩张前，犹太人在东欧已生活200余年。这里的犹太人有一部分来自德国莱茵河一带，他们将自己的教义、习俗、仪式带至东欧并广泛传播，以至于当地的犹太居民接受了他们的文化，最终演化成为"德系犹太人"，即"阿什肯纳兹犹太人"②。由于东欧犹太人聚居的程度较高，他们甚少与外界交流，因此维系了阿什肯纳兹犹太人特有的生活习惯与民族特征。在没有外族干扰的情况下，犹太人安居乐业，对居住地生发出朴素的家乡认同。

随着沙皇俄国的领土扩张，原乌克兰、立陶宛、白俄罗斯以及波兰的大部分领土相继并入俄国版图，东欧犹太人相应地转变成为俄国国民，其文化身份也多了一个"俄国犹太人"的称谓。历史上，俄国曾是全世界拥有犹太人最多的国家，在此居住的犹太人多达500余万，占犹太总人口的一半。由于东欧犹太人说意第绪语，与俄国说俄语的斯拉夫人难以沟通，绝大多数犹太人仍生活在最初聚居的地方，只有约30万懂俄语的犹太人进出俄罗斯内陆地

---

① 由于东欧大部分地方都是平原地形，因此也称"东欧平原"。东欧平原主要土地位于俄罗斯境内，所以也有"俄罗斯平原"之称。

② 阿什肯纳兹犹太人与德系犹太人即音译与意义的两种称谓，但德系犹太人并非德国犹太人，他们只是在文化上接受了莱茵河一带犹太人的习俗与仪式，其来源一般认为是哈扎尔犹太人的后代。

区从事商贸活动。

美国犹太文学中所说的"东欧犹太人"一般特指19世纪80年代到一战期间来自沙皇俄国及周边的犹太移民,其中俄国犹太人占据绝大多数。在文字表述上,"俄裔犹太作家"这样的称谓并没有被特别凸显出来,一般都将俄国及其他东欧犹太移民混为一谈,一言以蔽之。给读者留下的误区是,亚伯拉罕·卡恩、玛丽·安亭、索尔·贝娄、马拉默德、多克托罗、约瑟夫·海勒等大批知名犹太作家虽然身为俄国移民或其后代,但是他们的文化身份与俄国之间缺乏地域勾连。其实,在沙皇俄国向西完成领土扩张后,主权独立的乌克兰、拉脱维亚、立陶宛等国家在现实中并不存在,上述地区的犹太人受到俄罗斯语言与文化的同化,在美国一般也被称作俄裔犹太人。而匈牙利、罗马尼亚等地始终独立于沙皇俄国之外,这些地方的犹太人自觉与俄国犹太人有明显的区别,更愿意被称为"东欧犹太人"。容易造成混淆的是俄国犹太人基本都居住在国家版图的东欧部分,因此也被称为"东欧犹太人"①。这导致俄国与其他东欧国家的犹太人出现了同等的称谓,造成了区分困难的现象。

就具体作家而言,其国别身份在文学史中一般都有明确的标注,但立场与倾向比较明显。诺贝尔文学奖得主艾萨克·辛格常被认定为波兰犹太人,即使他的出生地莱昂辛镇②被纳入沙皇俄国的版图已有一百余年。之所以出现这种现象,是因为波兰地区的犹太人对沙皇俄国长期缺乏国家认同,尤其是生活在波兰村镇的犹太人一般都否认自己的"俄国犹太人"身份。与城市居民相比,村镇里的犹太人接触俄罗斯文化的机会有限,大部分人保留了对祖国灭亡前的认同,并在后续的国别身份和文学创作中沿用了这样的称谓。其实,辛格在小说《卢布林的魔术师》(The Magician of Lublin)中曾描写过波兰犹太人受到俄罗斯文化的影响,主人公雅夏·梅休尔不但会说波兰语还能讲俄语,体现的就是俄国在占领波兰后所实施的广泛且有限的文化渗透。

波兰历经三次瓜分,大部分领土都被纳入俄国的版图。在俄国十月革命

---

① Dimont, Max I. *The Jews in America: the Roots, History and Destiny of American Jews*. New York: Simon and Schuster, 1978, p17.
② 莱昂辛镇(Leoncin)位于现波兰华沙地区西北40千米。1772—1795年,俄罗斯、普鲁士、奥地利先后三次瓜分波兰,致使其亡国长达123年,至一战后1918年恢复独立。

前，主权独立的波兰国家是不存在的。将波兰地区的犹太人独立称呼，除了源于当地犹太人的身份认同外，还由于沙皇俄国覆灭后，波兰重新获得了主权的独立，波兰犹太人的称谓得以恢复。其实，美国作为200万俄国犹太人的移居国，是存在担忧与恐惧的。倘若能有效地分化犹太人的属地认同，便能降低犹太人在美国境内建立大规模的"俄裔犹太人"聚集区的可能。其实，波兰城镇的犹太居民一般认同自己是俄国人，作家玛丽·安亭出生于普洛茨克镇（Polotsk）[1]，但她在自传《应许之地》（*The Promised Land*, 1912)中反复提及自己的俄国人身份。安亭的外祖父鼓励家人接触俄文、了解世俗文化，他们全家与俄国斯拉夫人有着广泛的接触，被乡邻津津乐道地称为"俄国人拉斐尔的后代"[2]。安亭的作品对地方叙事的贡献在于修正了有关犹太人地方意识的理解，展现了犹太人的民族身份与俄罗斯的地方属性相融合，揭示了犹太人从宗族上的犹太人向俄裔犹太人的身份转变。

历史上，在19世纪80年代到一战期间移民海外的东欧犹太人或波兰犹太人大多都是俄罗斯帝国的犹太居民。作家在进行文学创作时大量地使用意第绪语，但不可否认的是意第绪语并不是东欧某个国家犹太人独有的语言，俄国犹太人同样使用这种语言进行创作。使用意第绪语并不能够否认犹太人在移民前正在朝着俄罗斯化的方向同化，即使这种同化在犹太人离开俄国前尚未彻底实现。进入21世纪，美国评论界在重读东欧作家的文学创作时，开始修正表述中的一些偏误。伊斯雷尔·辛格的《阿什肯纳兹兄弟》在新世纪第一次被定义为"用意第绪语写成的最伟大的俄国小说"[3]。

布尔什维克革命后，犹太人从原波兰、立陶宛等地的居住区（the Pale of Settlement）大量迁往莫斯科、圣彼得堡、基辅、哈尔科夫等苏联工业化城市居住，实现了从宗族上的犹太人向文化上的俄裔犹太人身份的转变。受民族政策的影响，苏联犹太作家在国内一般不从事民族文学创作。从苏联移民美国的犹太作家受美苏意识形态对立的影响，也很少使用"苏联裔犹太作家"这样

---

[1] 位于沙皇俄国统治下的波兰地区。

[2] Antin, Mary. *The Promised Land*. Boston and New York: Houghton Mifflin, 1912, pp. 75; 105; 117; 121; 197.

[3] Epstein, Joseph. "A Yiddish Novel With Tolstoyan Sweep." *Wall Street Journal*. Eastern edition. 07 Feb 2009: W. 12.

的身份称谓。诗人布罗茨基(Joseph Brodsky)、小说家多甫拉托夫(Sergei Dovlatov)移民美国后仍延续在苏联时的创作习惯,甚少触及犹太话题,因此一般仅被认定为俄裔美籍作家,而非犹太裔作家。苏联解体前后来到美国的青少年犹太移民者,如本书重点引述的作家施泰恩加特、施拉耶尔、尤里尼奇、瓦彭娅等人,虽然祖辈生活在乌克兰、立陶宛等东欧国家,但他们本人都来自俄罗斯境内。因此,在美国被称为俄裔犹太人,或者俄裔美国人。

除俄裔美国犹太作家外,使用其他东欧国家名称命名的犹太裔作家十分少见,其主要原因包含三个方面。首先,美国历史上出现了两次大规模的犹太移民潮[1],移民者的主体均来自俄罗斯。与其他零散的东欧移民相比,俄罗斯犹太人在数量上占据绝对优势。其次,苏联期间,俄罗斯的主体民族俄罗斯族在语言与文化方面广泛地影响并同化了境内其他少数民族。各地的犹太人在放弃使用意第绪语后,并没有机会学习当地的其他语言,而是将俄语作为母语或第二语言,并把俄语的读写能力带到了美国。最为重要的是,在二战期间传统东欧地区的犹太人几乎被纳粹屠杀殆尽,犹太幸存者数量上较为稀少,而迁居俄罗斯境内的犹太人大多幸存了下来。因此,苏联及俄罗斯联邦的移民者在美国都以俄裔犹太人或俄罗斯人进行称呼。

3. 有关美国犹太人的构成与移民主体问题

根据托马斯·索威尔(Thomas Sowell)在《美国种族简史》(*Ethnic America: A History*)一书中的记载,美国犹太人的构成主要包含塞法迪犹太人、德国犹太人以及东欧犹太人三大类。其中,1881年到1918年间约200万的东欧犹太移民是美国犹太人的主体。这些东欧移民指的是正是沙皇俄国东欧地区说意第绪语的犹太人,他们占据了美国当时犹太移民总人口的3/4,彻底改变了美国犹太人口的组成结构,最终成为当今美国大多数犹太人的祖先[2]。由于德国犹太人先于俄国犹太人抵达美国,他们出于对同胞的关切,会主动协助俄国犹太人在美国安身立命,但常常扮演着雇主、精神导师或社会仲裁者的角色,

---

[1] 一次是19世纪80年代到一战期间从沙皇俄国移民的犹太人;另一次是20世纪70年代后来自苏联的犹太移民,第二次移民潮延续至苏联解体之后。

[2] Sowell, Thomas. *Ethnic America: A History*. New York: Basic, 1981, pp. 78-79.

影响着他们的发展与前途。尼博格(Sydney Nyburg)①在小说《上帝的选民》(*The Chosen People*, 1917)中曾以巴尔的摩的犹太人生活为背景,描绘了德国犹太人与俄国、东欧犹太人的劳资对立。德国人雇佣俄国新移民在他们的血汗工厂做工,却用"我们"(we)和"他们"(they)将自己与俄国人区分开来。

由于美国犹太人的主体来自沙皇俄国,因此阿什肯纳兹犹太人在犹太总人口占据了绝对优势。在20世纪70年代前,美国社会对少数族裔的文化主要持同化的态度。俄国犹太移民在"熔炉"文化环境下实现了本土化,最终随着代际的更替,俄裔犹太人演变成美国犹太人。犹太人作为沙皇俄国移民的身份定位逐渐走进历史,犹太人相应地分化出正统派、保守派和改革派等分支。就人口分布而言,美国犹太人一般集中生活在纽约布鲁克林和布朗克斯两个区域的移民社区附近。威廉斯堡(Williamsburg)、皇冠高地(Crown Heights)、市镇公园(Borough Park)、米德伍德(Midwood)、坡度公园(Park Slope)是纽约典型的犹太社区。

20世纪70年代后,苏联放宽了犹太人离境的政策,成千上万的犹太人集中申请离开,构成了美国历史上第二次规模较大的犹太移民潮②。此次移民潮一直持续到苏联解体后的俄罗斯联邦时期,总计约200万犹太人及其直系亲属离开,移民目的地主要是以色列和美国,其余少量犹太移民前往德国等地。这次移民行为的直接后果是终结了犹太人在东欧及俄罗斯的流散史,强化了犹太人在以色列和美国生活的一个新时代。现阶段,在俄罗斯生活的犹太人不足二十万。回溯百年前沙皇俄国治理下的东欧地区,曾经居住着500多万犹太人,那里曾是世界上居住犹太人最多的地方。经过两次人口大迁徙以及二战期间的犹太大屠杀,最终使得几乎所有俄裔犹太人都离开东欧。相反,美国在经历了两次大规模的移民潮后,犹太人口总数跃居世界第二,仅次于以色列,有540万之多。

---

① 1880年生于美国巴尔的摩,其祖父是荷兰犹太移民。

② 据记载,自20世纪六七十年代从罗马尼亚、波兰、匈牙利、捷克斯洛伐克、埃及、伊拉克等地均有犹太移民涌入美国,但来自苏联的犹太人在数量上占据了绝对优势。七十年代,苏联尚未放开自由移民政策时就有8万说俄语的犹太人移民美国。1989年后,移民政策松动时期多达40万犹太人集中涌入美国。参见Sanua, Marianne. "Jews and Jewish American, 1940-Present." 第1073页。

需要指出的是，苏联及俄罗斯犹太人移民美国之时，正值美国处于多元文化主义社会建设时期。俄裔犹太移民不但被普通美国民众视为来自敌对国家的外来者，还被美国犹太人区别对待。作家施泰恩加特曾描述过这样的一次经历：他5岁时移民美国，20年后有机会重访俄罗斯。在从圣彼得堡回到纽约出海关时，他被机场的工作人员拦住，被要求去非本国人的队伍进行排队。此时，施泰恩加特已经在美国生活已有20年，但他仍然能被机场工作人员分辨出来，认定他是一个"俄罗斯人"①。施泰恩加特对移民者的局外人身份耿耿于怀。在文学创作中，他经常关注新移民与移居地文化上的非契合状态。在小说《俄罗斯名媛初涉手册》(*The Russian Debutante's Handbook*,2002)②中，作者逆写移民叙事，让生活、事业都陷入失败境地的犹太移民者返回东欧去实现自我，这可谓是自亚伯拉罕·卡恩、玛丽·安亭以来最为大胆的一次尝试。

二、国内外研究现状

从时间的维度看，美国犹太文学在21世纪初的创作是一个整体性的概念，具有历时的断代性。有关这一时期的美国犹太文学研究在国内外都比较丰富，其中包含了对美国本土出生的第二代犹太作家菲利普·罗斯、辛西娅·奥兹克等人中晚期作品的研究，对美国第三代作家迈克尔·夏邦、内森·英格兰德等人文学创作壮年时期的研究。倘若抛开时间的维度，从作品的叙事特征来看，俄裔犹太新移民作家在21世纪初也创作并出版了大量的文学作品。这些作家生于苏联，在祖籍国度过了青少年时期，并于20世纪70年代后跟随父母移民美国。他们以俄语为母语，但在移民前没有俄文作品公开出版，全部创作都是移民后用英文写成的，并于21世纪在美国发表。由于他们具有多个地方直接的生活体验，其创作与同时期的美国本土作家在故事主题、叙事风格、人物塑造等方面差别较大，构成了21世纪美国犹太文学一个独立的分支。移民叙事是俄裔犹太作家主要的创作方式，另有少量作品摆脱了族

---

① Shteyngart, Gary. "The New Two-Way Street." *Reinventing the Melting Pot: The New Immigrants and What it Means to be American*. Ed. Tamar Jacoby. New York: Basic Books, 2004, p285.

② 为方便起见，文中简称《手册》。

裔特征，描写了美国本土的社会问题。

总体而言，俄裔犹太作家的创作已受到了美国本土文学界的关注和重视，这些作家先后获得了史蒂芬·克莱恩首作小说奖、美国犹太图书奖等多项文学奖项，一些作品还被《纽约时报》《华盛顿邮报》、英国《卫报》等知名期刊推介或授予"年度最佳图书"称号。本书重点引述的四位作家施泰恩加特、施拉耶尔、瓦彭娅和尤里尼奇出版的作品总体上为移民叙事，故事呈现出跨地域、跨国籍、跨语言、跨文化的叙事特征。上述俄裔犹太作家继续从事犹太文学创作的意图明显，作品在叙述方式、主题延伸、人物塑造等方面既有对传统的继承又书写出时代的新意，值得国内学者予以特别的关注。

美国是俄裔犹太作家的移居国与主要居住地，美国评论家有先在的地域优势，对作家的关注与品评较为全面，这些评论能够详尽地解读俄裔小说在美国文学框架下的地位与贡献。施泰恩加特是新生代俄裔作家的领军人物，他在世纪之初先后出版了《俄罗斯名媛初涉手册》《荒谬斯坦》(*Absurdistan*, 2006)、《超级悲伤的爱情故事》(*Super Sad True Love Story*, 2010) 3 部小说，1 部自传《废物点心》(*Little Failure*, 2014) 以及《涅瓦河上的夏洛克》(*Shylock on the Neva*, 2002) 等多个短篇故事。作者摒弃了贝娄、罗斯等前辈作家着重描写美国事件的书写范式，而将东欧及俄罗斯纳入故事的主要背景，并与美国社会并置于文本空间之中，开启了犹太作家重述移民叙事的先河。评论家万纳 (Adrian Wanner) 在《离开俄罗斯》(*Out of Russia*, 2011) 一书中，按照移民文学的视角设立了专门的章节，对施泰恩加特的创作进行了文本细读。弗尔曼 (Yelena Furman) 在解读俄裔犹太文学时发现，这一时期的移民叙事普遍存在着对"'上等'俄罗斯文化"的观照[①]。汉密尔顿 (Geoff Hamilton) 出版的《解读加里·施泰恩加特》(*Understanding Gary Shteyngart*, 2017) 一书使用了通俗、平实的语言对施泰恩加特的主要作品进行了简介与情节解析。这些评论促进了广大读者对施泰恩加特创作的理解与传播。施泰恩加特接下来又出版了《成功湖》(*Lake Success*, 2018) 和《乡村挚友》(*Our Country Friends*, 2021) 2 部长篇小

---

① Furman, Yelena. "Hybrid Selves, Hybrid Texts: Embracing the Hyphen in Russian-American Fiction." *The Slavic and East European Journal* 55. 1 (2011): 19.

说，他将特朗普统治下的美国和新冠肺炎疫情纳入故事的背景，试图以此超越对纯粹移民故事的书写。

移民文学中的跨语言写作也是美国评论界研究的重点。21 世纪初，俄裔犹太作家出版的新作书写了苏联解体前后犹太人的"地域变革"。作者创作使用的语言是英文，但描写的内容却是美国本土作家难于触及的苏联故事，其间还偶尔使用英文字母转写个别俄文短句，增强俄语读者的亲近感。在施拉耶尔的回忆录《等待美国》《逃离俄罗斯》(*Leaving Russia*, 2013) 以及小说集《阿姆斯特丹的救赎日》(*Yom Kippur in Amsterdam*, 2009)、《俄罗斯移民三故事》(*A Russian Immigrant: Three Novellas*, 2019) 中，作者本人和故事的主人公都不回避自己的母语和文化身份，他们表现出与普希金、托尔斯泰、套娃、伏特加等俄罗斯文化符号的亲近感。"俄罗斯的过往、文化、俄罗斯人已无法从施拉耶尔的犹太故事中剔除，因为这些是他身份的证明"①。在《离开俄罗斯》一书中，万纳探讨了俄裔犹太小说家使用移居国语言创作的"俄罗斯犹太故事"，指出跨语言写作在叙事层面上的新意。他还发表了《走出俄美隔都》(Moving beyond the Russian-American Ghetto, 2014) 等论文，倡导美国评论界在故事主题解析的过程中，应更加注重对作家"俄裔身份"的阐释，以此形成犹太多元文化主义框架下的俄裔文学范式解读。

此外，美国评论界还重点关注年轻一代的犹太作家在创作风格上对俄、美两国老一辈作家的继承。尤里尼奇的小说《彼得之城》(*Petropolis*, 2007) 援引了俄罗斯诗人曼德尔施塔姆对圣彼得堡落寞的挽诗，《列娜·芬克尔的魔桶》(*Lena Finkle's Magic Barrel*, 2014) 改写了马拉默德的经典名篇小说《魔桶》。福尔曼 (Andrew Furman) 曾指出：新生代俄裔犹太作家正在"以自己的艺术创作证实他们与索尔·贝娄、菲利普·罗斯及马拉默德之间的亲缘关系"②。由于俄美两国意识形态长期对立，美国评论界还对俄裔小说中有关苏联共产主义的叙述颇感兴趣，科娃谢维斯 (Natasa Kovacevic) 在《后/共产主义叙述》

---

① Fürst, Juliane. "The Difficult Process of Leaving a Place of Non-Belonging: Maxim D. Shrayer's Memoir, *Leaving Russia: A Jewish Story*." Journal of Jewish Identities 8.2 (2015): 206.

② Furman, Andrew. "The Russification of Jewish-American Fiction." Zeek. Apr. 2008. Web. 13 May 2022.

(Narrating post/communism: Colonial Discourse and Europe's Borderline Civilization, 2008)一书中，使用了多个章节解析了俄裔犹太作家笔下的苏联共产主义国家的话语。在小说集《家有犹太人》(There Are Jews in My House, 2003)的开篇故事中，瓦彭娅以大屠杀为历史背景，描写了苏联犹太人与斯拉夫人在重大历史事件中的原则和立场问题。这种亲密而又有所猜忌的民族关系，体现的正是俄裔作家在故事主题和话语建构方面对传统美国犹太文学的超越。

苏联及俄罗斯是移民作家的祖籍国。与移居国不同，祖籍国的评论界对移民者的文学成就起初是抗拒的。移民作家作为国家的"背叛者"，其文学贡献总体而言是不被苏联政府承认的，他们的作品在境内也被禁止公开出版。苏联解体后，域外作家的作品陆续回归俄罗斯，但在传播与接受方面仍然褒贬不一。施泰恩加特等人的作品广受美国评论界的好评，与之形成鲜明对比的是这些作品在俄罗斯遭到了冷遇。施泰恩加特早期出版的三部小说以及施拉耶尔的回忆录《等待美国》在俄罗斯均有俄译本公开发行[1]，但这些作品在祖籍国反响平平，专门性的评论更是凤毛麟角。伊丽娜·派里斯(Irina Peris)反对将施泰恩加特与纳博科夫或者陀思妥耶夫斯基相提并论，她认为前者的作品只相当于美国电视情景剧，没有资格与纳博科夫相提并论。还有评论家对施泰恩加特是否真的有资格被称为"俄罗斯人"也提出了质疑[2]。

国内对犹太问题的研究涉猎多个领域，代表性的专家与研究成果有南京大学徐新教授的犹太历史与文化研究、山东大学傅有德教授的犹太教研究、上海外国语大学乔国强教授的美国犹太文学与叙述学研究、社科院钟志清教授和南开大学王立新教授的以色列文学研究等。就文学而言，国内的研究成果主要集中在美国和以色列两国的犹太文学创作，如专著《美国犹太文学》

---

[1] 即施泰恩加特的《俄罗斯名媛初涉手册》(Штейнгарт, Гари.《Приключения русского дебютанта》/пер. С англ. Полецкой Елены. //Москва：Фантом-Пресс, 2004)、《荒谬斯坦》(---.《Абсурдистан》/ пер. С англ. Фрадкиной Евгении З. //Санкт-Петербург：Амфора, 2007)、《超级悲伤的爱情故事》(---.《Супергрустная история настоящей любви》/ пер. С англ. Анастасии Грызуновой. //М.：Эксмо, 2016)；马克西姆·施拉耶尔的《等待美国》(Шраер, Максим Д.《В ожидании Америки：Документальный роман》/пер. С англ. //Москва：Альпина нон-фикшн, 2016.)等。

[2] 转引自 Wanner, Adrain. "Russian Hybrids: Identity in the Translingual Writings of Andreï Makine, Wladimir Kaminer, and Gary Shteyngart." *Slavic Review* 67. 3 (2008)：667.

(2008，2019)、《变革中的20世纪希伯来文学》(2013)等。其他在相应语种国别文学框架下的研究多与各国的发展史或作家的创作偏好有关，如刘文飞教授从侨民文学的视角解读了多甫拉托夫等流亡作家的创作；陈红薇教授分析了英国犹太作家哈罗德·品特戏剧创作的驱动力问题等。这些成果的出版促进了我国学术界对犹太文学的品评。此外，还有相对丰富的硕博学位论文和期刊论文。

国内对21世纪俄裔犹太作家的关注始于翻译界，施泰恩加特的小说《荒谬斯坦》(2009)与《超级悲伤的爱情故事》(2012)①在国内先后发行了汉译本。汉译本的发行有利于国内文学爱好者的阅读，但到目前为止，仅有零星的评论公开发表。这些评论主要围绕两个方面展开，一是作家的群体创作特征，二是代表性小说的独立文本分析。在《俄裔作家：美国犹太文学的"新声代"》(2014)和《21世纪初美国犹太文学中的俄罗斯文化书写》(2023)两篇文章中，作者共介绍或提及近10位知名的俄裔犹太作家，为国内读者后续开展专门性阅读和评论提供了便利。《"再等一年"又如何？——评克拉西科夫和她的〈再等一年〉》(2017)、《结构对话语的反拨——〈荒谬斯坦〉中不可靠叙述研究》(2018)、《逆写"移民风尚"：加里·施泰恩加特小说〈俄罗斯名媛初涉手册〉中的俄裔犹太移民叙事》(2021)三篇文章分别从女性主义、叙事特征和文本细读的角度，解析了代表性俄裔犹太作家的文学创作以及作家的个性化叙事特征。此外，国内还出现了一篇有关施拉耶尔的采访稿，谈及了作者对俄裔犹太人移民和域外创作等话题的看法。由于我国作为俄、美两国意识形态对立双方的第三者，在文学评论方面体现了"置身事外"的客观性。现阶段，贝娄、罗斯、奥兹克等20世纪经典作家仍是国内学界研究的重点，有关21世纪俄裔犹太作家、作品的研究成果尚且不够丰富。

三、理论、方法与框架结构

1. 本书的理论视角

移民文学至少书写两个或两个以上地方，并且这些地方一般文化差异较

---

① 此处指李雪的汉译本《爱在长生不老时》，译名有待商榷，本书并未沿用。

大。因此，人与不同地方之间的情感、关系和互动构成了移民文学研究的核心问题之一。本书在进行文学作品解析时，总体上引述了三种理念作为文本解读时的理论支撑，以此探讨俄裔犹太人的民族特殊性以及移民者与东欧、俄罗斯、以色列、美国四个主要地方的情感关系。人文主义地理学家段义孚、拉尔夫(Edward Relph)、沙迈(Shmuel Shamai)等人在传统的"地方研究"基础上，引入恋地情结、感受的内在性、地方感的层级关系等情感要素，阐释了人地关系中情绪变化的复杂性。这构成本书探讨犹太移民由于地方感变化而引发生活变故的理论基础。俄裔犹太人是阿什肯纳兹犹太人的一部分，其民族起源具有特殊性。本书在研究的过程中参照了以色列历史学家施罗默·桑德等人有关犹太民族不同源的说法，解析了俄裔犹太人在美国和以色列两个移居地选择时所呈现出来的独特考量。在涉及民族意识建构等内容的分析中，本书参考了霍布斯鲍姆(Eric Hobsbawm)的民族主义理论[1]，对犹太民族的形成和演化等问题实现了有效的观照。

  首先，就地方感概念的内涵而言，它指的是"一种识别地方和地方身份的能力"，人们通过认识地方形成了一种认同，这种具有"联结性的感觉"，为人的存在提供了"现实感"[2]。地方感的生成过程离不开人对"地方"的认识。土地、景观、空间、场所的存在是人认识地方、累积情感的前提与基础。地方感是一种社会建构(social construct)，它反映的是人对地方建设的满意程度，同时还表明了人与土地、空间、景观、场所的关系以及其背后隐藏的社会行为规范。地方感因人而异、千差万别，它体现了人与环境的亲疏关系，反映的是人与人之间的社会联结。地方感最基本的形式是人们"依靠经验、记忆和意愿而对地方生发出的依附感"[3]。在日常生活中，人们不轻易言明地方感，但在离开家乡或是搬到新的地方居住时，这种感受则表现得尤为强烈。

  某种程度上，地方感是客观的，也是真实存在的。地方感在深层次上表现为一种地方性的情感结构(structure of feeling)，这种情感结构不以个人的喜

---

[1] Hobsbawm, E. J. *Nations and Nationalism since 1780: Programme, Myth, Reality.* Cambridge: Cambridge UP, 1992.

[2] Relph, Edward. *Place and Placelessness.* London: Pion Limited, 1976, p63.

[3] 约翰斯顿. 人文地理学词典[M]. 柴彦威等译. 北京：商务印书馆, 2004: 637.

好而改变，因而具有普遍性、稳定性等特征。"一些地方被认为是独特的、有纪念性的，这是因为其独特的自然特征或'想象力'，或通过它们与重要真实事件或神话传说相联系"，地方感是"地方自身固有的特征"①。传统的地方研究重在把疆域、领土、城市、社区等物理性场所作为研究对象，而地方感研究更侧重对地方依恋、厌恶、向往、认同等情感要素进行解读。人文主义地理学思想与传统的地方研究区别在于更重视人的参与和情感的反馈。因此，具体的地形、地貌等自然景观不是考察的重点，而人地关系构成了重点关注的对象。从地方研究到地方感研究的不断深入，是从具体的空间、环境转移到对人的存在的关切。段义孚对地方感研究的贡献在于分析了人的性情、感觉、价值、意义和目的性在社会环境中的定位，以及人与地方、土地、环境之间的内在联系。在《恋地情结》(*Topophilia*，1974)、《空间与地方》(*Space and Place*，2001)、《人文主义地理学》(*Humanist Geography*，2012)等著作中，段义孚为地方感研究做出了三个方面的理论总结，主要包括感觉的一般性与个别性、普遍与特殊性之间的区别，影响人对地方情感投射的因素，如性别、身体、智力、能力、个人喜恶等，以及独特的历史、社会和文化等要素在地方感形成过程中的作用，如居住位置、经济条件、宗教文化、社会背景等。段义孚的阐释解决了犹太人移民动机的形成问题，尤其是环境要素对犹太人行为选择的影响。

人们对地方的经验是直接的，但感觉是复杂的。人们经常无法明确地表达出某种单一的情感，因此使得地方感常处于模糊的状态。为了解决这个问题，拉尔夫使用了非黑即白的"二分法"对复杂的情感要素进行分类，即积极的地方感和消极的地方感两类。这种方法的价值在于清晰地区分了哪种情感要素占据主导地位，使得结论摆脱了含混不清的状态。在《地方与无地方性》(*Place and Placelessness*，1976)中，拉尔夫提出地方感的外在性与内在性的概念。外在性的感受可进一步分为存在主义外在性、客观外在性和偶发式外在性三种；与之相对的内在性则包含替代内在性、行为内在性、移情内在性和存在主义内在性四种基本类型。内在与外在的划分泾渭分明，体现的是一种

---

① 约翰斯顿. 人文地理学词典[M]. 柴彦威等译. 北京：商务印书馆，2004：637.

"灰度认知、黑白决策"的思想理念，有利于清晰地阐释犹太人权衡利弊后的行为抉择。

其实，拉尔夫的内在性指的是一种积极的地方感。故乡给人带来的亲切感、种族社区所激发出来的安全感都属于积极的地方感受；相反，当一个人体会到一种外在的感觉，如环境所带来的厌恶、压迫、冒犯、疏离等知觉体验，则容易生成消极的地方感受。介于积极与消极情绪之间还存在一种不偏不倚、相对中性的地方感，如瓦彭娅在小说中塑造了一群俄罗斯程序员，他们移民美国仅是对移居地经济条件、科学基础产生了场所性的依赖，而对地方的人文、社会表现出漠不关心的样子。这种人地关系相对而言并不爱憎分明，处于一个中间地带。此外，还有一些人对环境的细微变化表现出一种顿感无知或漫不经心，也都属于较为中性的地方感。

总体而言，地方感研究是一种经验的总结。人对地方的感觉、态度和行为与个性化的主观体验有着密切的关系，地方感的生成因人而异、因地方而不同。其实，地方感除了差异性外，还包含了一种层级关系。沙迈在《地方感：一种经验的考量》(Sense of Place: An Empirical Measurement)一文中将地方感分为四个层级，即地方的熟识感、归属感、依恋感和承诺牺牲[1]。这四个层级不是孤立地存在或者界限泾渭分明，而是依次递进的关系，很多时候边界也是相互重叠的。沙迈的分类解释了犹太人离开俄罗斯但却把俄罗斯视为家园的矛盾性。在小说《手册》中，主人公的祖父参加了苏联的卫国战争，最终战死沙场，被埋葬在英雄纪念碑下。祖先埋葬的地方就是子孙后代的"家"，即使主人公最终随父母一同移民美国，但这种地方情结顽强地保留了下来。

犹太人的地方感兼具人类的一般性感受，同时也表现出民族的特殊性。传统的观点之所以将犹太人认定为一个"民族"，主要是由于犹太人的宗教信仰具有统一性，而不是一个传统意义上的以血缘、土地、语言等要素为基础的"民族"。人文主义地理学思想是建立在人地关系的某些普遍性特征基础上的，并不涉及具体某一民族的特殊性问题，对犹太人的起源、流散、"民族-国家"的建立等问题观照不足。为了厘清犹太问题的特殊性，本书适量引述了

---

[1] Shamai, Shmuel. "Sense of Place: an Empirical Measurement." *Geoforum* 22.3 (1991): 354.

施罗默·桑德关于犹太民族虚构性的阐释以及霍布斯鲍姆有关民族与民族主义的思想,以此完善有关阿什肯纳兹犹太人民族生成等问题的阐释。

有关犹太人的起源和民族形成存在两种相悖的观点。传统的观点认为犹太人的发源地具有唯一性、民族具有同源性、流散经历具有连续性,而后面出现的种族差异是犹太人由于居住地不同而引发的分化问题。但随着生物学、考古学等现代科学的发展,犹太人的起源、民族问题出现了新的阐释。具体观点在前文中已经有所阐述,这里不重复说明。关于犹太人起源不同的论述已不是思辨性的猜想,而是一种趋于完备的现代理念,施罗默·桑德是持这种观点的代表性人物之一。在《虚构的犹太民族》《我为何放弃做犹太人》《虚构的以色列地:从圣地到祖国》等著作中,桑德不断完善有关犹太民族起源于多个地方的观点,并解构了以色列作为犹太圣地的历史地位。桑德的核心观点是"犹太教是存在的,作为(统一)民族的犹太人不存在"[①]。这些观点遭到了来自犹太民族主流价值观的批判,但对阐释阿什肯纳兹犹太人为什么在欧洲广受排斥、俄裔犹太人在移居地选择方面并没有首选以色列等问题起到了至关重要的作用。这些问题是经典犹太流散理论一直回避的话题。

霍布斯鲍姆的民族理论主要集中体现在《民族与民族主义》(*Nations and Nationalism*, 1992)一书中。在论述民族(nation)与国家(state)概念的语义变化时,霍氏区分了狭义的民族和广义的民族两个概念。在狭义的概念中,民族的构成需要具备四项基本要素:即相对固定的区域、血缘相连的亲属团体、共同的语言、类似的文化。而广义的民族概念与国家权力、领土疆域、政治体制相结合,民族上升为国家中央政府所管辖下所有领土范围内全体子民的统称[②]。按照霍布斯鲍姆的民族定义,犹太人作为一个总体,不具有共同的语言、文化,没有共同的历史背景和血缘,他们仅凭借主观认同来界定成一个统一的"民族"是不成立的[③]。然而,阿什肯纳兹犹太人在东欧及俄罗斯生活期间恰好吻合构成"民族"的基本条件。阿什肯纳兹犹太人在东欧地区居住地稳定,在血脉、语言、习俗、文化上具有亲缘性或相似性,也就是桑德所说

---

① 施罗默·桑德. 我为何放弃做犹太人[M]. 喇卫国译. 北京:中信出版社,2017:129.
② 霍布斯鲍姆. 民族与民族主义[M]. 李金梅译. 上海:上海人民出版社,2000:14-16.
③ 霍布斯鲍姆. 民族与民族主义[M]. 李金梅译. 上海:上海人民出版社,2000:8.

的构成了"意第绪民族"①。这种观点的建构是对传统犹太民族定义的有效修正，同时合理地解释了东欧和俄罗斯对俄裔犹太人的地方价值，以及当出现以色列和美国两个主要移居地时，为什么移民者出现了人口的分化。霍布斯鲍姆还论述了民族在生成、转变的过程中所产生的群体性问题，解析了民族主义的意识对其他民族和地区的影响。民族主义的概念推进了关于民族对立、融合、同化、反抗等问题的探讨，这对理解犹太人与俄罗斯人之间的民族关系问题大有裨益。

长期以来，美国犹太文学研究主要围绕流散、族裔、身份、同化、记忆等几个关键词展开。20世纪70年代，西方理论家开始着重思考人与自然、环境、空间、土地的关系问题，对空间与地方的关注推进了对"人的地方性存在"这样的哲学问题做出积极的思考。自此，城市、土地、空间、社区等概念出现在文学阐释中，并实现了用地理学解读犹太文学的方法，相应地取得了一系列的研究成果。地方感是人文主义地理学的重要概念，解读21世纪犹太文学中的地方生成、依恋与厌恶、土地情结是对犹太文学中有关地方的认识的不断深入。地方感不仅表明人与地的空间关系，还包含人们对逝去文化的某种情感结构的表达。因此，借助民族理论，推进犹太文学中的地方性认识是本研究的重要目的所在。

2. 研究思路与方法

俄裔犹太文学的逻辑叙事起点不是《圣经》中的迦南，而是沙皇统治下的东欧。之所以出现这样的叙述现象是因为作者本人或者故事主人公的祖父母大多来自乌克兰、白俄罗斯或立陶宛等东欧国家。由于祖辈仍然在世或者祖辈虽然过世，但他们的故事流传了下来，导致21世纪初的俄裔文学与20世纪早期美国犹太文学在故事时间和空间两个维度达成了叙事起点的近乎一致。不同的是，以卡恩、安亭、辛格为代表的20世纪美国犹太移民作家在现实环境中无法直接接触到沙皇政权覆灭后东欧发生的积极变化，他们的作品止步于布尔什维克革命前的东欧。而21世纪俄裔犹太文学通过对主人公祖辈亲身经历的描写，展现了社会主义东欧国家在文化上的变迁。本书在研究过程中

---

① 施罗默·桑德. 我为何放弃做犹太人[M]. 喇卫国译. 北京：中信出版社，2017：44.

所遵循的总体书写原则包含两个方面：一是兼顾作品在时间上的纵深与空间上的拓展，从历时的角度进行切入，按照共时的角度进行解读；二是将美国经典作家的叙事纳入论述，进行适度的比较。

具体而言，美国20世纪早期犹太人的移民行为是单向、永久的一次性行为。因此，他们的立场不得不考虑移居国读者的感受，将东欧描述成了"苦难之乡"。此时，200万犹太人陆续抵达美国，但留在东欧的犹太人还有300万之多。他们从犹太村镇走进苏联的工业化城市，生存状态发生了革命性的转变。俄裔文学描写了布尔什维克革命胜利后，东欧犹太人迁居内地并放弃了意第绪语的使用，在文化上同化成为俄罗斯人的过程。许多人积极支持苏联的政治制度，成为社会主义革命的领导者或苏联共产党员。虽然民族文学创作在苏联境内管控严格，但是在移民者的域外创作中，实现了对这一历史时期的有效书写。随着故事进程的推进，有关现代以色列国家建国的消息出现在俄裔文学作品之中。与美国犹太人表现出来的漠视感不同，苏联犹太人民族情绪高涨，他们积极申请重返以色列，虽然大量移民者的举动充满了一定的盲目性，但的确有一半的犹太人回到犹太圣地，其余数十万犹太人移民到了美国、德国等地。

俄裔犹太小说在建构百年移民史的过程中，采用了共时的叙述方式，将东欧、俄罗斯、以色列、美国等多个地方并置在文本之中。小说的故事空间自由切换，共时地展现了俄罗斯及东欧国家的社会变革、犹太人对圣城耶路撒冷的文化记忆、美国多元文化主义社会的建设。这种叙事方式将近代犹太人主要的生活区域以独立又相互联结的形式关联起来，突破了美国本土出生的作家惯于言说"本国事件"的书写方式。俄裔文学擅长在一个故事中描写三代犹太人的生存状况，即祖辈的东欧生活、父子两代人共同的苏联经历、犹太青少年移民者在美国的成长过程。小说《手册》以主人公一家三代人的故事串联了犹太人从东欧到俄罗斯，移民美国后又重返东欧的非线性生活经历。《彼得之城》的主人公从祖父那里传承了黑人的肤色，从父亲养母那里继承了犹太身份，最终不堪身份的压力和环境的落寞移民去了美国。代际分割并不意味着三代人独立地生活在各自的时空之中。相反，大多数时候是两代或者三代人居住在一起，一同经历了地域和文化的变迁。进行代际分类的目的在于揭示 21 世纪犹太移民叙事在描写具体时空时的文化特征嬗变,通过选取不同代际的人物作为时代的见证者,反映犹太人文化性的渐进式蜕变过程。代际的区分能有效地揭示犹太人在地方感形成的过程中所表现出来的差异。

文学作品中的地方感书写可以表现为对具体的、现实的空间场所的情感投射,但更多的情况下是根据作者表达的需要,对地方意象的建构与情感表征。乔国强教授在《叙说的文学史》中指出:文学作品中的情感真实受到作者的文学史观、价值取向、所处时代等要素的影响,这体现了作者对材料的筛选、运用和建构的过程[①]。对相同的时代或地域,不同的人能产生完全相悖的感受,本书在研究过程中充分吸收了乔教授的文学批评思想,警惕文学作品在创作过程中不可回避的主观性与建构性,重点区分了个体感受与群体意识之间的差异,关注个体感知如何上升为族群意识等问题。

厘清犹太移民地方感形成过程中的个性与共性的关系,有利于理解一个地方的时代特征。在阐释犹太主人公的地方感是群体的时代特征而非个人的一时喜怒时,本书援引了威廉斯(Raymond Williams)有关"情感结构"的理念与论述,解读犹太人与地方的社会规范(Social Norm)、文化目标之间的紧张关系。在《漫长的革命》(*The Long Revolution*, 1961)一书中,威廉斯解释道:情感结构是一代人的思想与感受,并且这一代人希望通过合理的方式将自己的思想与感受传承下去。然而,新一代在独特的生存环境中,虽有沿袭与继承,但更多的是熔铸了自己已经变化了的新的"情感结构"[②]。俄裔犹太小说中,个体的地方感形成过程正是对上一代文化的反叛。本质上,情感结构是一种文化假设,这个概念的产生源自人们试图理解一代人或一个时期内各种要素之间的联系,并且要弄清这些,必须回到这些证据的互动关系上[③]。

人地关系的确立离不开地方的历史、人文、环境、社会等诸多现实要素。传统的研究主要围绕同化、身份、受难、大屠杀等话题展开,这些研究解决了犹太人经历的特殊性问题。本书在此基础上,将"地方感"的概念引入文本分析,历时性地串联了犹太人百余年的生存体验。为了解决宏大叙事容易缺

---

① 乔国强. 叙说的文学史[M]. 北京:北京大学出版社,2017:265.
② Williams, Raymond. *The Long Revolution*. London: Penguin, 1961, p 65.
③ Williams, Raymond. *Marxism and Literature*. Oxford and New York: Oxford UP, 1977, pp.132-133.

乏细致性的问题，本书在论述的过程中采用内、外两个视角进行比较，以保证观点的清晰、明确。具体而言，包含如下六个方面：一、犹太人地方体验的独特性与人类感知的一般性规律之间的区别；二、百年后与百年前东欧叙事的文化变迁；三、苏联的政治制度与俄罗斯的民族文化对犹太人的双重影响；四、当出现以色列与美国两个移民目的地时，犹太人选择的分化；五、俄裔新移民与美国本土犹太人地方感受的差异；六、犹太人作为本国人和局外人的两种身份对祖籍国产生的感情差异。

地方感研究具有明显的地理学特征。在主体章节的论述中，本书重点揭示了三个方面的问题。首先，犹太人对地理位置、区域环境的选择是有强烈"偏好"的。犹太人在苏联期间，主要居住莫斯科、圣彼得堡等大城市，甚少有人移居地处偏寒的比罗比詹①犹太人自治州；移民政策放开后，犹太复国主义者义无反顾地移民以色列，但大多数世俗化的犹太人选择了交通发达、生活条件更为优越的美国都市。只有在美国施行配额制度，限制犹太移民数量时，才有更多的人前往以色列定居。探讨犹太人对区域、环境的选择，对理解犹太文学叙事的边界和文学传播的范围大有裨益。

其次，俄裔文学中出现了诸多文化差异较大的城市、社区、地域、空间的描写，本书对上述"景观"做了必要的区分。爱沙尼亚的海滨城市派尔努(Pärnu)被描述成感受西方自由思想的前线，这里吸引了大量苏联犹太人前去度假。以色列被想象成旧式、落后、随时濒临战乱的国家，大批世俗化的犹太人因此放弃了重返耶路撒冷的意愿。位于纽约布莱顿(Brighton Beach)海滩的移民社区和俄罗斯人兴办的"红菜汤"避暑胜地被塑造成移民者在美国的文化圣地，人们蜂拥而至，言说俄语表达乡愁。景观的体验、再现与重构是俄裔作家塑造地方感的重要方法与手段，注重对文学地理挖掘与的阐释，符合本书的研究视角与立场。

此外，本书在论述过程中运用文学阐释与文献考证相结合的研究方法，实现对文学与文献的双重关注。族裔文学中的地理要素多模仿现实，尽量做到逼

---

① 比罗比詹(Birobidzhan)位于俄罗斯远东地区南部，苏联政府以此为中心设立犹太人自治州。这一地区原为中国领土，被沙皇俄国通过不平等条约《中俄瑷珲条约》(1858)强行割占。

真，以求呈现出现实主义的色彩。对此类文本的研究可采用田野调查的方法，深入真实的城市、社区或者人物亲历的地方进行考证，即文学地理学所说的"现地研究法"。在文学批评实践中，结合文献进行书面考证，也是比较通行的做法。对超越现实，作者主观"臆造"的地理，如施泰恩加特描述的东欧城市"布拉格"（意指布拉格），在现实中无法找到准确的对应物，一般采取考证文学事象指向的地理文献，实现对其深入的理解，这种方法被称为"系地法"。文献考证是文学地理学研究的重要方法，也是本书所使用的重要研究方法。

3. 框架结构

本书在框架结构设计过程中充分考虑了两点事宜：一是犹太人的生存经历具有历时性的特征，二是人物的地方感受具有区别性与排他性的特征。因此，章节的划分既要体现地域性，同时也要兼顾时序性。内容上，绪论部分重点概述了阿什肯纳兹犹太人的起源，这种历史渊源决定了俄裔犹太人的民族性与地方选择。正文按照东欧、俄罗斯、以色列、美国四个地方设立主体章节，每章采取平行的结构展开论述，但论述的内容和视角各有侧重。结语是对犹太人的后移民生活进行了总结和展望。其中正文具体内容总结如下。

第一章将东欧的概念按照自然地理、政治制度、地缘环境进行划分，解析犹太人与东欧复杂的情感关系。传统的东欧大平原是阿什肯纳兹犹太人世代居住的地方，人们言说同样的语言，拥有相近的习俗，近乎演化成为具有完备民族特征的"意第绪语"民族。小说《手册》中，主人公的祖母一家世代居住在乌克兰，家族的繁荣引发了犹太人对东欧产生根植感与地方依恋。苏联时期的各东欧加盟国并未得到彻底的同化，施拉耶尔的回忆录《离开俄罗斯》展现了犹太知识分子在爱沙尼亚产生了向外逃逸的感觉，最终实现了移民。苏联解体后，境外犹太人前往受苏联政治影响的原东欧社会主义国家，他们发现年轻一代很难找回祖辈的东欧精神。

第二章鉴于俄罗斯在苏联加盟国中的主导地位，且东欧犹太人在二战中几乎被屠杀殆尽，移民美国的犹太人主要来自俄罗斯，本书将其从自然地理学中的东欧国家独立列出，以此探讨犹太人在走进俄罗斯后生成的"家乡感"。在《手册》中，作者描写了犹太人与苏联其他民族在重大事件上保持了目标的一致，原则、立场的相同，深化了他们对国家的信任与依赖。尤里尼奇的小说《彼得之城》以西伯利亚为背景,展现了犹太人在苦难的经历、恶劣的生存环境中,对家乡的客观认识。犹太人在俄罗斯受到主体民族排斥也是客观存在,小说《问道维拉》讲述的是犹太小女孩在缺乏友好的环境中实现身份的自洽。当犹太人在苏联解体后回到俄罗斯时,曾经熟识的环境引发了移民者的乡愁。尤里尼奇的小说《列娜·芬克尔的魔桶》描写了主人公从抗拒回到祖籍国到实现故乡认同的一段心路历程。

第三章通过解析犹太人对神圣与凡俗的地方的区别,探讨以色列作为犹太文明发祥地在俄裔美国犹太人情感要素中的辩证地位。与定居以色列的犹太移民不同,移民美国的犹太人在选择移居地时放弃了以色列,他们缺乏亲身的地方体验,对以色列的感情停留在对空间的敬畏层面。小说《荒谬斯坦》讲述了两类犹太人对以色列的神圣保持了崇敬感,一类是俄罗斯都市中的犹太复国主义者,另一类是高加索地区的山地犹太人[①]。相反,世俗化的年轻一代则从未想过移民以色列。犹太人在苏联是一个民族共同体,而不是一个宗教共同体,甚至都不是一个"文化"共同体。世俗化给苏联犹太人带来了生活上的优越感,他们不必拘泥于宗教的虔诚,在离境时出现了两个或多个可供选择的移民目的地,而不是仅有以色列一个目的地。

第四章主要解析犹太人移民美国的目的不是由于土地情结,而是因为对其经济、科技、教育、市场等优势领域的场所性或功能性依赖。小说《奥利维尔沙拉》讲述了犹太人移民的盲目性以及由此带来的意料之外的生活困境。而《第三层架子上的西兰花》塑造的一群从事计算机编程人员因业务素质高、技术性强,在美国实现了自我价值,他们对移居地所提供的生活场所也比较满意。犹太移民者在美国大多集中居住在纽约的移民社区附近,移民社区为初到美国的犹太人提供了安全感与生活的便利。《兄弟情》中所描写的"森林小丘"社区就是俄裔犹太人的聚集区,但俄裔犹太人终究是美国社会的外来者,他们对美国社会的行为规范容易产生诸多误解与不适。《失踪的扎尔曼》通过描写种族通婚问题展现了在俄、美两国生活的犹太人在理解犹太性方面的分歧。

---

① 山地犹太人即"Mountain Jews",中文译法中也有称为"山里犹太人"或"山区犹太人",一般指分布在高加索山脉和北高加索地区的犹太人,尤其是阿塞拜疆、达吉斯坦以及车臣共和国境内。因此,山地犹太人也称高加索犹太人(Caucasus Jews)。

第一章 大地根植：渐行渐远的东欧家园

犹太文学里的东欧是一个地方意象(place image)，主要包含三重内涵。首先，东欧在地理学中意指地理方位上的"东欧大平原"，这里是阿什肯纳兹犹太人自中世纪末期的主要居住地。苏联期间，东欧的概念受政治因素影响，主要指俄罗斯、乌克兰、白俄罗斯、爱沙尼亚、立陶宛等全部16个加盟共和国。此外，波兰、民主德国、捷克斯洛伐克、匈牙利、罗马尼亚等欧洲国家虽然未必地处东欧，但政治上追随苏联，也被认为是东欧国家[①]。美国犹太作家笔下的"东欧"是一个相对的概念，它既与西欧对立，又与俄罗斯相区别。西欧经济发达，意识形态施行资本主义；与之相对，东欧国家盛行集体主义思想，在20世纪大部分时间都施行社会主义制度。由于犹太人在苏联时期与其最大的加盟国俄罗斯产生了复杂的人地关系，在东欧的狭义概念中一般都不包含俄罗斯。

21世纪初，美国犹太文学中的东欧叙事主要围绕乌克兰、立陶宛、拉脱维亚、爱沙尼亚、捷克等地展开。施泰恩加特与其同时代的小说家在描写东欧时没有创作独立的叙事文本，而是通过描写年迈的老年犹太人对故地产生的依恋作为叙事情节，散落于移民叙事的创作之中。老年人常谈论曾经居住过的地方，他们留恋那里的人、那里的事。虽然有时那些人和事未必积极快乐，但却给听者带来持久性的现实感。东欧对饱经苦难与风霜的老一代犹太

[①] 见《世界地名词典》(1981)中的词条"东欧"和"东欧平原"。此外，为了弥补政治地理与自然地理在地方位置上的差距，学术界近年来频繁使用"中东欧"的概念指代苏联及受其政治影响的国家。本章所讨论的东欧地区包含上述中东欧国家，而有关俄罗斯的问题将另辟章节，独立探讨。

人而言，它的地方价值在于这里是他们真实居住过的地方。长期停留与居住满足了人地互动的基本要求，地方生活定义了居民的文化身份，东欧因此成为一个可以提供真实感的价值中心。

第一节　东欧叙事：阿什肯纳兹犹太人根植感的生成与日渐式微

地方感最基本的象征意义是对"根"的执着与坚守。某种程度上，曾经的居住环境、丰富的生存体验、集体性的乡愁与记忆、当地的历史文化都是一个地方的根，它们能给生活在其中的居民带来根植感与地方依恋。根植感是人地关系中一种较为纯粹的感觉，这种感觉不是通过长期自觉的人地互动形成的有意识的行为，而是随着时间的流逝与经验的积累而生发出来的一种无意识的现象。根植感的生成意味着人们领会了地方的重要意义并对这个地方产生了依恋的情结。当一个人觉得他对某个地方产生了根植感，最基本的内涵就是对地方产生了一种深深的眷恋，一种深切的关怀与牵绊[1]。当一个民族把自己与特定的地方联系起来，就会觉得那里是自己的家，是他们祖先的家园[2]。

农耕民族与土地能建立肌肤相亲的直接联系，农民成为展现大地根植最为明显的群体，而犹太人从事农业生产的事例并不多见。作家多甫拉托夫在自传体小说《我们一家人》(*Ours: A Russian Family Album*)中曾这样记载："我"的曾祖父是苏霍沃村的犹太人，但也是个农民，这种身份组合极其罕见[3]。犹太人很少从事农业生产与其丧失土地所有权直接相关。历史上，犹太人居住的地方大多不是本民族的土地。就阿什肯纳兹犹太人而言，他们长期遭到异族的驱赶，很难将个人财富的累积与土地径直相连。作为犹太民族重

---

[1] Relph, Edward. *Place and Placelessness*. London: Pion Limited, 1976, p38.
[2] Tuan, Yi-Fu. *Space and Place: The Perspectives of Experience*. Minneapolis: U of Minnesota P, 2001, p194.
[3] Dovlatov, Sergei. *Ours: A Russian Family Album*. Trans. Anne Frydman. New York: Weidenfeld & Nicolson, 1989, p1.

第一章 大地根植：渐行渐远的东欧家园

要的分支，阿什肯纳兹犹太人的历史可以追溯到公元 7 世纪。一支古代犹太人经由巴比伦、波斯和亚美尼亚迁移到伏尔加河下流，将犹太教传播至哈扎尔汗国，并被确立为国教。10 世纪，哈扎尔汗国先后被来自北方的基辅罗斯和来自东方的金帐汗国所灭，部分犹太人被以奴隶的身份带回基辅①，其他人也被驱赶，散居在欧洲各地，成为阿什肯纳兹犹太人的祖先。受欧洲基督教势力的影响，阿什肯纳兹犹太人在欧洲始终是外来者，他们被剥夺了土地所有权。这一点在西欧国家尤为明显，犹太人也因此练就了高超的商业本领。在东欧，斯拉夫人建立的国家一直都是农业国，他们对土地同样尤为珍惜。不同的是，东欧地广人稀，犹太人从事规模性贸易的人数相对有限，大量犹太人以工匠或小生意人的身份维持生计。

由于犹太人从事非农业生产，他们对土地本身缺乏忠诚与依恋。犹太人离开一个地方，去其他的地方依然可以谋生，"居无定所"的生活剥夺了犹太人对土地的执着与坚守。然而，土地实践的匮乏并不妨碍犹太人对其生活的地方生发出根植感。犹太人定居东欧时，这里的大片土地仍是未开垦的荒地。他们在此建立犹太村镇，参与当地的殖民，东欧广袤的大平原被犹太人改造成理想的安居之所。从 14 世纪犹太人迁居东欧到 19 世纪 80 年沙皇俄国犹太人大规模迁往美洲②，犹太人在此生活长达近 500 年。世代的居住使得犹太人对东欧产生了地方认同(place identity)。

除了长期居住，阿什肯纳兹犹太人对东欧产生根植感的另一个重要原因来自其独特的民族史。阿什肯纳兹犹太人的主体被认为是改宗犹太教的哈扎尔人的后代，这一点从他们几个世纪以来并没有重返迦南的土地意识中可以看出端倪。哈扎尔犹太人的祖先没有巴勒斯坦地区的生活经历，相反，他们长期将东欧视为理想的生活家园。归根到底，现代犹太人被视为一个统一的民族是历史、宗教、文化等多重要素合力作用的结果，多元的犹太人能组成统一的犹太民族离不开理论家对其民族起源创造性的建构。以色列历史学家桑德曾做出如下总结：

---

① 郭宇春.俄国犹太人研究(18 世纪末—1917 年)[M].哈尔滨：黑龙江人民出版社，2015：1-2.
② 俄裔犹太人第一次大规模移民时期。

尽管(犹太人)被选定的"历史"表面上看与宗教的意象相符，但它不属于真正的宗教，因为犹太一神教不是以历史的演变期限为基础。它也不是完全世俗的，因为为了建构新的集体认同，它不停地使用古老的末世论信仰中的材料。我们必须记住犹太民族主义承担了一项几乎不可能完成的使命——从多种多样的文化-语言群体——每个群体都有着特殊的起源——中锻造出一个单一的民族。这导致了把《旧约圣经》采用为民族记忆的宝库。由于民族主义历史学家迫切需要建立一个"民族"的共同起源，他们就不加批判地欣然接受了犹太人处于永远流浪之中这个古老的基督教观念。在建立共同起源的过程中，他们抹除和忘记了早期犹太教所推行的大众改宗化，而正是由于大众的改宗化，摩西的宗教才在人口统计上和智识上得以极大地增长①。

在 21 世纪初的俄裔犹太移民叙事中，故事的主人公本人一般不生于东欧②，他们无法通过个人直观的生存体验表达阿什肯纳兹犹太人对根植东欧的理解，但他们仍然在世的祖辈一般都曾在东欧长期居住。祖辈的在世象征着东欧地方性的在场，祖父母的记忆尚存，东欧就不是一个陌生的地方。另外一些主人公的祖辈已经去世，但是他们的故事流传了下来。因此，东欧成为年轻一代讲述自己人生经历的逻辑起点。总结起来，21 世纪犹太移民叙事有关东欧根植感的描写主要包含三个方面的内容：一是由于先祖世代居住于此，犹太后代传承了地方认同；二是源于家族曾在此发展基业，犹太家庭表现出对财产的固守；三是出于情感忠诚于欧洲，犹太人对地方凝结出依恋与情结。书写祖辈生活的地方体现了当代犹太人对东欧根植感的传承。这种根植感不仅满足了人们对观照与归属的诉求，还意味着人们可以从这里展望世界，把握自己在世界秩序中的位置③。

施泰恩加特的小说《手册》是一部逆写犹太人从美国重返东欧的反向移民

---

① 施罗默·桑德. 虚构的犹太民族[M]. 王崇兴、张荣译. 上海：上海三联书店，2012：279.
② 指传统的东欧国家，不包含俄罗斯的东欧部分。
③ Relph, Edward. *Place and Placelessness*. London: Pion Limited, 1976, pp. 36-37.

第一章 大地根植：渐行渐远的东欧家园

叙事。在描写主人公童年与祖母朝夕相处的情节中，故事再现了阿什肯纳兹犹太人久居东欧的历史。主人公格施金的祖母来自一个大家族，这个家族世代居住在乌克兰地区。在这里，祖母一家通过几代人的努力发展起繁荣的家族事业。在卡缅涅茨-波多尔斯科镇（Kamenets-Podolsk）[①]，他们坐拥三家酒店，为来往旅客提供住宿服务，这是乌克兰第一批知名的汽车连锁旅馆[②]。《手册》所描写的乌克兰小镇按照时间的推演可追溯至沙皇俄国晚期，作者借助宏大叙事的历史背景再现了犹太人在东欧的历史变迁。

在美国犹太文学中，东欧是一个泛化的概念。无论是在波兰、立陶宛或者乌克兰，犹太人在东欧的居住地都以点状的小镇或犹太村落的形式呈现出来。玛丽·安亭在《应许之地》中曾描写过典型的东欧小镇：普洛茨克镇居住着大量的犹太人，在安息日，犹太居民如约前往教堂祈祷；人们冬季结伴滑雪橇，闲暇时以打牌为乐；女人们常坐在一起缝缝补补，还有人讲故事，生活悠然惬意[③]。《应许之地》是20世纪早期的移民叙事，故事中有关犹太居民的生存体验总体上符合当时东欧的现实。这里生产方式落后，文化生活单调，沙皇针对犹太人的民族政策阴晴不定，犹太居民时而生活愉悦，时而处于恐怖的状态。但是，历经当地居民的长期改造，东欧小镇正在走向世俗与现代化，从沙皇限制犹太人公民权的地方转变成为犹太人赖以生存的现实家园。

由于阿什肯纳兹犹太人祖祖辈辈居住于此，东欧被当地的居民改造成了适宜经商、发展的地方。小镇虽然限制了居民的活动范围，但也为犹太人提供了家园建设所需要的土地，同时还阻隔了外来者的随意闯入。在东欧，犹太人建立起完备的"法院和社区组织"，他们开店经商、繁衍生息，"除了商业行为以及非犹太人前来收税或袭击他们的居所时，犹太人与非犹太人几乎不复相见"[④]。长期的自力更生使得犹太人成功地将东欧改造成理想的居住地，犹太人虽然时常受到沙皇的苛待，但他们对赖以生存的地方生发出根植感是客观存在的。

[①] 俄罗斯帝国时期乌克兰地区小镇。
[②] Shteyngart, Gary. *The Russian Debutante's Handbook*. New York: Riverhead Books, 2002, p404.
[③] Antin, Mary. *The Promised Land*. Boston and New York: Houghton Mifflin, 1912, p103.
[④] 转引自 Johnston, Barry V. *Russian American Social Mobility: an Analysis of the Achievement Syndrome*. Saratoga: Century Twenty One, 1981, p5.

21世纪初的犹太文学在故事时间上接续了安亭所描写的东欧叙事,以格施金祖母为代表的犹太人对东欧产生根植感的原因不是来自空间的封闭性,而是出于世代居住并在此积累了大量固定的资产,因而产生了对土地、财产的坚守。桑德曾将东欧犹太人喻为一个独立的"意第绪(语)民族",他认为这些人"在几个世纪里集中在市郊小镇或单独分开的地方生活,在那里,他们是多数派或者代表着非常重要的少数民族。介于郊区与城市之间的犹太人小村镇,成了广大意第绪(语)民族的主要摇篮"[①]。

东欧犹太人之所以被视为一个独立的"民族",不仅由于这些人言说同样的语言,他们在血缘和文化背景方面也保持了广泛的一致性[②]。阿什肯纳兹犹太人言说意第绪语源于德国的东扩。14至15世纪,德国人向东进行殖民扩张,约四百万德国人从东德进入波兰地区。受德国人的影响,东欧犹太人的语言中掺杂了大量德语,最终形成了独特的意第绪语,"阿什肯纳兹"即是当时德国人对犹太人的称呼。值得注意的是,绝大多数讲意第绪语的阿什肯纳兹犹太人并非来自德国,而是源于高加索、伏尔加河大草原、黑海及斯拉夫国家。在血缘上,他们大部分人都有斯拉夫血统[③]。除了语言、血脉、文化上的统一,阿什肯纳兹犹太人还拥有相对固定的土地,这些要素构成了一个民族得以维系的基本条件。

阿什肯纳兹犹太人信仰犹太教,但在履行教规方面不够严格。施泰恩加特的《手册》描写的是经过苏联社会主义文化洗礼的当代犹太人,主人公一家对犹太教律例表现得漫不经心,这种世俗化的行为很容易被贴上文化同化的标签。但事实上,阿什肯纳兹犹太人的祖先本身就是通过改宗而"成为"犹太人的,清规戒律在这个群体里一直都偏向文化性,而非宗教性,打破律例的行为在东欧犹太人中十分常见。回溯玛丽·安亭一百年前所写的几个作品:

---

① 施罗默·桑德. 我为何放弃做犹太人[M]. 喇卫国译. 北京:中信出版社,2017:43.
② 根据霍布斯鲍姆的研究及引述,民族构成的广义基础包含一致性的语言、共有的居住地、共同的历史与文化特征等要素,但就具体民族的演化史而言,也存在诸多独特性。此外,民族的概念还受到历史、政治、哲学等理念释读的影响,具有很强的复杂性。具体见 Hobsbawm, E. J. *Nations and Nationalism since 1780: Programme, Myth, Reality*. Cambridge: Cambridge UP, 1992, pp. 5-9. 对于东欧犹太人所形成的民族性特征,本书沿用了广义上的基本定义,与其他民族的特殊性不相矛盾。
③ 施罗默·桑德. 虚构的犹太民族[M]. 王崇兴、张荣译. 上海:上海三联书店,2012:265-266.

在《应许之地》中,她记载了父亲在安息日仍然工作的场景;在《玛琳科的救赎》(Malinke's Atonement, 1911)中,她描写了犹太小女孩食用不洁之物并获得自洽的解释。同时期的作家亚伯拉罕·卡恩在小说《戴维·莱文斯基的发迹》(The Rise of David Levinsky, 1917)中也记载,原本宗教虔诚的主人公移民美国后,迅速摆脱了犹太教仪式的束缚,成功实现了物质上的发迹。东欧犹太人虽然在行为上离经叛道,但是他们确信自己不是异教徒,而是亚伯拉罕的后代,是犹太民族一个重要的分支①。

21世纪的犹太移民叙事缺少一类地方描写,即全部由犹太人组成的枯燥、乏味的犹太村落。十月革命后,犹太人经历了一场人口大迁徙运动,他们从农村走向莫斯科、圣彼得堡、基辅、哈尔科夫等大城市,就很少有人居住在封闭、落后的犹太村落。《戴维·莱文斯基的发迹》中的主人公移民前生活的地方就是与世隔绝的东欧村落,那里几乎全部的居民都是虔诚的犹太教徒。主人公就读犹太学校、诵读《塔木德》,与非犹太人甚少接触,完全遵循犹太教义,规行矩步地生活。评论界曾批判这样的地方充斥着保守的宗教氛围,认为东欧的犹太人居住区与坐落于西欧城市的"隔都"相比,"精神生活匮乏至极"②。其实,封闭的生存环境虽然在生活上无法令人感觉惬意,但对宗教虔诚者而言,却是实践犹太性较为理想的地方。某种程度上,犹太人长期生活在相对封闭的环境里,缺乏与外界环境的比较,同样能对这片区域产生根植感。

有关根植感的描写在21世纪的小说文本中展现的是一种地方认同,其中包含了对故乡历史、文化难于割舍、忘却或释然的情怀。一般而言,根植感关乎人最亲近的地方,这个地方能引起人们积极而非消极的情感投入。施拉耶尔在小说《红菜汤度假区》(Borscht Belt)③中描写了一个被称为扬克尔逊夫人的老年移民者,她的祖父母不愿意搬到莫斯科或迁居到其他地方居住,一直留在拉脱维亚的首都里加,最终在二战犹太大屠杀中丧生殒命。对于留守

---

① 哈扎尔人的起源可追溯至苏美尔文明,虽然这个群体没有前往巴勒斯坦地区的经历,但是他们认为自己与传统意义上的犹太人同根同源。
② Dimont, Max I. *The Jews in America: the Roots, History and Destiny of American Jews*. New York: Simon and Schuster, 1978, p15.
③ 收录在《俄罗斯移民三故事》中。

东欧的犹太人而言，终生居住的地方就是他们无法割舍的家园。尤其对老年人，离开家乡似乎"可以被理解为一种生命的移置，如植物从大地中拔根而出，其痛苦首先来源于根系和土壤的冲突"①。需要特别指出的是，犹太《圣经》中所记载的"根"是犹太人祖先希伯来人所生活的迦南。但现实中，大部分阿什肯纳兹犹太人的"根"却在东欧。在20世纪早期的美国犹太移民文学中，作者通过一维单向度的叙事方式将东欧描绘成一个充满苦难的地方，200万犹太人离开东欧后才遇见美好的新生活，东欧仅是犹太人千年流散中的一个"驿站"②。但如果考虑到移民叙事的书写方式和西方市场的阅读趣味，则不难理解当时的作家如此创作所要顾及的读者感受与价值考量。

在21世纪初的移民叙事中，有关犹太大屠杀的描写是表现东欧根植感日渐式微的重要叙述内容。大屠杀事件发生在20世纪中叶，但欧洲人对犹太人的仇视由来已久。1881年到20世纪20年代，东欧犹太人途经德国移民北美。穿着怪异、习俗特殊的犹太人接连不断地涌入西欧，旷日持久的大迁徙激发了欧洲对犹太人的"传统敌意"，为后来的种族大屠杀埋下了隐患。二战期间，东欧幻化成该隐之城，犹太民族在此遭遇了灭顶之灾。

> 讲意第绪语的犹太人穿越德国去往在西方的各接受国……这次大规模的人口迁移附带产生的一个结果是间接地加剧了在德国，在那过境场景表层治下一触即发的传统敌意。这种极端狂暴的仇恨——还没有得到解释——将会在20世纪的一次最恐怖的种族灭绝行动中释放完毕③。

俄裔犹太人是大屠杀事件的亲历者，他们或惨遭杀害或侥幸逃脱④。小说在演绎这段历史事件时一般采用外聚焦的视角，将人物身份设定为历史的局中人，以此还原当事人对事件可能的后果毫不知情。在《手册》中，格施金祖

---

① 王山美. 文学地理学视域下北美新移民作家的原乡与他乡[J]. 文艺争鸣, 2021(9)：174.
② 郭宇春. 俄国犹太人研究(18世纪末—1917年)[M]. 哈尔滨：黑龙江人民出版社, 2015：2-3.
③ 施罗默·桑德. 虚构的犹太民族[M]. 王崇兴、张荣译. 上海：上海三联书店, 2012：276.
④ 二战后，有关犹太大屠杀死亡人数的问题一直被广泛讨论。目前，较为公认的说法是有600万犹太人惨遭杀害。

第一章 大地根植：渐行渐远的东欧家园

母一家住在卡缅涅茨-波多尔斯科镇，这里的犹太居民在代号为"巴巴罗萨计划"(Operation Barbarossa)①的纳粹入侵行动中几乎被屠杀殆尽。而格施金家族侥幸未受到殃及，他们依旧保持了经济上的繁荣②。《手册》在展现大屠杀情节时轻描淡写(understatement)，一笔带过。甚至在描绘这一惨绝人寰事件时，文本中都没有使用"大屠杀"(holocaust)这个标志性的术语。这种看似波澜不惊的叙述方式恰恰证明了这场有预谋的杀戮行为最初具有极大的隐秘性。作为事件的亲历者，格施金祖母一家当时并没有意识到事态的严重。在数十年后，当主人公格施金长大成人，来到奥斯维辛集中营参观时，也保持了沉默不语。

大屠杀发生在欧洲，美国犹太同胞对近600万犹太人的死亡选择了集体缄默，但对俄裔犹太人而言，这一历史事件无法回避。死去的欧洲同胞是俄裔犹太人的亲友、家人与近邻，幸存者无法面对故乡物是人非的物理环境，对东欧的根植与眷恋变得日渐式微。《红菜汤度假区》中的扬克尔逊夫人是大屠杀的幸存者。她1912年生于沙皇俄国，13岁时从拉脱维亚的首都里加来到莫斯科。拉脱维亚在一战结束后获得了独立，脱离了沙皇俄国的版图，并未迅速加入苏联。扬克尔逊的祖父母出于忠于欧洲而一直留在里加生活。1940年，当她的父母回乡探望祖父母时正好赶上了大屠杀，两代人全都死在了当地。扬克尔逊对东欧的感情爱恨交加。她说："我爱里加，我也恨里加。那是我出生的地方；也是一座死亡的城市"③。

两次世界大战中断了犹太人正常的移民渠道，有关东欧地方意象的塑造在俄、美两国作家之间发生了彻底的割裂。美国本土出生的犹太作家由于无法亲身经历东欧接下来的变化，作品中对东欧的描写变成了有关历史的重述与纯粹的地方想象。甚至，当20世纪早期犹太移民离开东欧定居美国后，也开始为生存环境的变革津津乐道。这些人"同历史上所有前近代时期的人一

---

① 二战期间，纳粹德国发动入侵苏联的行动代号。战争于1941年6月2日展开，在最初的数月里，德军横扫大半个东欧平原，但在后续攻占莫斯科的战役中遭遇挫败。该计划开启了长达数年的苏德战争，总计数千万人因此死亡，而迁居俄罗斯内陆城市的犹太人大多幸免于难。
② Shteyngart, Gary. *The Russian Debutante's Handbook*. New York: Riverhead Books, 2002, p403.
③ Shrayer, Maxim D. "Borscht Belt." *A Russian Immigrant: Three Novellas*. Boston: Cherry Orchard Books, 2019, p123.

样，大开眼界。他(们)的世界从乡村过渡到城市，从小型过渡到规模宏大，从一种日复一日、无忧无虑的日子，变为一种复杂、变化、紧张的生活"①。东欧在美国作家的笔下成了"苦难之乡"，而美国则成为犹太人的"应许之地"。

马拉默德是生于美国本土的犹太小说家，他的父辈来自俄国，他本人没有俄国或苏联的生活经历。在小说《店员》(*The Assistant*，1957)中，东欧仍旧停留在沙皇治下，是令人恐惧的犹太人居住区，那里生活依旧贫穷、艰难。《基辅怨》(*The Fixer*，1966)②的故事背景也是沙皇俄国反犹时期，犹太人在那里被不分黑白地随意定罪。对这样的书写，菲利普·罗斯(Philip Roth)曾批判道：马拉默德作品的缺憾在于远离社会环境③。从时间上看，此时的东欧早已摆脱沙皇的统治，苏联社会主义现实主义文学正在塑造健硕的农村青年、参与劳动生产的工人阶级女性等积极的人物形象。而美国本土作家的小说在回溯历史的过程中，给英语世界的读者留下了一个静止的时空与印象，从而无法感知犹太人对东欧的地方感转变。

其实，与早期离开东欧的200万犹太人相比，21世纪初的移民叙事更乐于记载留在东欧的300余万犹太人对地方的执着与坚守。布尔什维克主义结束了沙皇的统治，东欧大部分地区建立起苏维埃社会主义共和国，犹太人在法律上获得了民族地位上的平等并实现了生存环境的改善。当犹太人迁居苏联的工业城市后，他们接受高等教育，学习世俗化知识，在复杂、紧张的城市生活里，参与国家物质财富的生产和精神文化的建设。苏联的城市同样为犹太人实现自我提供了机会与场所。

21世纪犹太移民叙事的创作者大多生于20世纪六七十年代，他们的出生地不在传统的东欧，而是集中在俄罗斯境内的莫斯科与圣彼得堡。出现这种状况的原因在于东欧犹太人大多死于二战期间的犹太大屠杀，而俄罗斯境内的犹太人无意间得到了救助，并在两代人的时间内实现了阶级的跃迁。新世

---

① 段义孚. 浪漫主义地理学[M]. 赵世玲译. 新北市：立绪文化事业有限公司，2018：128-129.

② 由于《基辅怨》的出版，马拉默德当选了美国艺术与科学院院士，这部小说还获得了美国国家图书奖和普利策奖。

③ Roth, Philip. *Reading Myself and Others*. New York：Farrar, Straus and Giroux, 1975, p117.

纪犹太移民故事中有关东欧的描写呈现出来的叙事基调是深刻的根植感与根植感的日渐式微，二者并行但并不矛盾。根植感由盛转衰主要包含三重缘由：一、东欧是祖辈的家园，不是吾辈的家园。新生代犹太青年缺乏切实的东欧生活体验，根植东欧只是一种文化记忆的传承。二、苏联建立后，犹太人走出种族集中的"居住区"，搬到莫斯科、列宁格勒等基督教和世俗文化盛行的大城市，犹太人独有的民族特性与东欧文化日渐耗尽。三、二战期间被杀害的东欧犹太人是俄裔犹太人的至亲、挚友，东欧是个布满心灵创伤的地方。

总体而言，犹太作家在21世纪初对东欧的地方塑造包含了认知与情感两个维度。认知是有关地方本质、属性、文化和身份知晓程度的集合；而情感是关于地方感觉、印象、态度、价值、体验的主观表达。犹太人对东欧存在一种朴素的"根"的情结，这种情结的生成来自阿什肯纳兹犹太人与东欧土地的历史纠缠。犹太人在东欧漫长且相对稳定的居住史，在塑造地方观念方面发挥了重要的作用。

第二节 《逃离俄罗斯》中东欧短期居民的海滨体验

沙皇俄国时期，俄罗斯全境是一个统一的国家。俄国覆灭后，苏联继承了其大部分领土，但政治体制上实行联邦制，各地区通过共和国、自治州或民族边区等形式加入其中[①]。苏联政府对地方的约束力不如从前，各加盟国虽然主权上交国家，但是拥有地方管理条例，享有高度的自治权[②]。在区域文化上，各地呈现出繁荣的多样性。波罗的海三国之所以被苏联接纳，主要源于

[①] 苏联成立之初，仅包含俄罗斯、乌克兰、白俄罗斯以及外高加索联邦四个加盟国，中亚及波罗的海三国是在此后通过缔结条约或强制手段并入其中的。
[②] 根据《苏联宪法》(1949)第13，14，15条规定，苏联国家的性质为联盟国家，各加盟国持平等、自愿的态度加入，苏联最高国家政权机关管理国家事务，各加盟国独立实施起政权。参见第7-13页。

俄国人对海滨地区的"热爱"①。相对于内陆城市，海滨具有天然的景观优势，是休闲、度假的理想场所。苏联政府在东欧海滨城市开发了一些旅游区、疗养院，为知识分子、劳动模范提供度假服务，以此表彰他们对国家和社会所做的贡献。犹太人在苏联是受教育群体程度较高的群体，大批犹太知识分子都获得了前往度假区疗养的机会，因此成为东欧的短期居民(transients)。

在东欧的度假区，知识分子暂时卸下繁重的常务工作，享受短暂的放松。久居俄罗斯境内的犹太人摆脱了如影随形的"小民族"身份，在远离苏联政治中心的东欧海滨，以陌生人的身份感受身体的轻松与内心的愉悦，收获的是类似西方国家的"自由"。他们对这种宽松环境产生了向往与追逐，由衷的愉悦感加剧了犹太知识分子分离主义思想的形成。当犹太人返回莫斯科或圣彼得堡时，对现实的反感进一步加深。《逃离俄罗斯》是作家施拉耶尔撰写的一部回忆录，书中记载了作者从出生到成年总计20年间的苏联生活，其间以插叙的形式描绘了他们全家从1972年到1986年间，先后15次前往爱沙尼亚共和国的海滨城市派尔努度假的故事。爱沙尼亚地处波罗的海东岸，芬兰湾南岸，南面和东面分别与拉脱维亚和俄罗斯接壤。从地理位置上看，爱沙尼亚属于波罗的海国家。在18世纪早期俄国领土扩张时并入其版图，一直受到沙皇的统治。沙皇政权覆灭后，爱沙尼亚获得了独立，但苏维埃俄国随即宣布对其拥有主权，并于二战期间出兵将其纳入苏联，直至1991年爱沙尼亚再获独立。

从政治上看，苏联原加盟共和国都施行社会主义制度，与西方资本主义制度相对立，属于政治文化上的东欧国家。然而，爱沙尼亚人民自觉与俄罗斯人差异较大，甚至比较憎恶俄罗斯人。据施拉耶尔记载，广大的爱沙尼亚人痛恨俄罗斯人，但对犹太人能友好一些。作为俄罗斯人中的一员，俄裔犹太人是爱沙尼亚入侵者的一部分；但是作为犹太人本身，他们也是俄苏帝国

---

① 俄罗斯是苏联最大的加盟国，它与三个大洋海陆相接，但其终年不冻港十分有限，主要包含四个出海口，即北冰洋沿岸的摩尔曼斯克，波罗的海沿岸的加里宁格勒和圣彼得堡，黑海沿岸的塞瓦斯托波尔以及太平洋沿岸的符拉迪沃斯托克(海参崴)和彼得罗巴甫洛夫斯克。波罗的海三国的海滨优势对于苏联的国家发展至关重要。

第一章 大地根植：渐行渐远的东欧家园

的牺牲品①。来到派尔努度假的犹太知识分子并没有感受到严重的民族冲突，但是他们的母语是俄语，在当地一般被认为是俄罗斯人，因此也不完全受欢迎。这一点可以从作者后期出版的自传体小说《兄弟情》(Brotherly Love)中略见一斑。在《兄弟情》中，故事的主人公西蒙与几个朋友相约前往爱沙尼亚的一家酒吧，爱沙尼亚本地人可以随时进屋就座，但酒吧的老板会让说俄语的客人在外面等候许久，尽管室内有空位，西蒙与朋友还是在门口等待40分钟②。

在爱沙尼亚，60%的居民是本民族人口，其余多为俄罗斯人③。由于爱沙尼亚是沙皇东扩时期吞并纳入俄国版图的，俄语在这里是通用语，但是当地的原住居民对俄罗斯人和俄语普遍排斥。苏联政府为了同化当地人的文化，改善民族关系，大力开发爱沙尼亚的海滨城市，派尔努被改造成为苏联重要的旅游度假区。依施拉耶尔所述，前往派尔努度假的苏联知识分子包含俄罗斯、乌克兰、白俄罗斯、乌兹别克、鞑靼等各民族人口，但是犹太人占比最高，占总人数的三分之二。犹太父母会带着子女一同前往，说俄语的犹太孩子在此相互结识，这些前来度假的知识分子构成了东欧重要的暑期居民。施拉耶尔一家居住在莫斯科，但在离境前的15年间每年暑期都会来此度假，从未间断过。他们多年始终租住在同一所公寓里，"假装自己生活在一个异域的西方国家"。爱沙尼亚的经历在施拉耶尔移民前的岁月中占据重要的位置，最终成为他"青少年时期记忆中快乐的源泉"④。苏联时期，东欧是一块介于俄罗斯与西方之间的地方。与俄罗斯境内相比，东欧各加盟国家的主体民族并没有形成强势的种族优势。因此，这里的文化氛围处于一种相对平等的状态。

在人类地方感的形成过程中，景观起到重要的作用，尤其是视觉上的冲

---

① Shrayer, Maxim D. *Leaving Russia: A Jewish Story*. Syracuse: Syracuse UP, 2013, p54.
② Shrayer, Maxim D. "Brotherly Love." *A Russian Immigrant: Three Novellas*. Boston: Cherry Orchard Books, 2019, p72.
③ 1920—1940年间，爱沙尼亚90%的人口都为爱沙尼亚人。二战中，因阵亡或逃离导致人口下降20%。战后，人口总量有所上升，但本民族人口占比下降。东北海岸沿线新兴大量的工厂，需要大批劳动力，俄罗斯人借此集中涌入。参见Tailer, Neil. *Estonia: The Bradt Travel Guide*. Chesham: The Bradt Travel Guide Ltd, 2010, pp. 36-37.
④ Shrayer, Maxim D. *Leaving Russia: A Jewish Story*. Syracuse: Syracuse UP, 2013, pp. 53-54. ---. *Waiting for America: A Story of Emigration*. Syracuse: Syracuse UP, 2007, p81.

击与比较，能给人带来最直观的感受。久居俄罗斯境内的犹太人来到爱沙尼亚，一目了然地就能发觉这里的景观与俄罗斯有所差别。爱沙尼亚的景色简约、自然，偏重北欧风格，建筑构图擅用线条、色块点缀，与俄罗斯大量使用花环、弓箭、贝壳图案而形成的富丽堂皇的宫廷风格区别明显。施拉耶尔在爱沙尼亚度假期间看到许多街道的名字都以苏联文化重新命名，但是城市建筑保留了大部分战前的特征，苏联统治并没有把北欧的文化滋养带离当地的居民，甚至当地苏联官员的办公室也坐落于哥特式穹顶的建筑中①。迈克·克朗曾言："文学作品不能被视为对地理景观的简单描述，许多时候是文学作品帮助塑造了这些景观"②。在施拉耶尔的观感中，俄罗斯的建筑具有典型的巴洛克风格，房顶是洋葱头式的穹窿圆顶，而爱沙尼亚哥特式建筑的特点是采用高耸的尖顶。作者通过比对两地建筑风格上的差异，让东欧海滨的异域性和开放性凸显出来。

除了建筑风格的差异，作者还刻意描写了爱沙尼亚海岸的风景，这是莫斯科这种内陆城市完全无法比拟的。派尔努的海滨风光秀美、景色宜人，给施拉耶尔一家带来了一种清新而淳朴的感觉。对久居内陆的犹太知识分子家庭而言，前往海滨满足了他们对回归自然的热切期望。其实从本质上说，景观能够通过有关愉悦和美的界定、公共空间和个人空间的主张等复杂的哲学而发生内涵的迁徙③。派尔努的风景并不是纯粹的自然，而是人化自然的再现，是被赋予了感觉、价值、观念、立场的人化自然。

爱沙尼亚在政治上不属于"西方"，但是在作者的笔下显现出了西方的浪漫。施拉耶尔第一次来到派尔努时仅有5岁，但已被当地优雅的文化生活所折服，以至于他在多年后回想起彼时的情境，依然可以清晰地记得那里"白色的沙滩、柔和的色彩、低调而优雅"的景色④。前来派尔努度假的人们主要是苏联的英雄人物，他们是各行业的劳动模范或是从事脑力劳动的知识分子。度假能够让人摆脱忙碌的工作、复杂的社会关系，暂时不必考虑生计问题，

---

① Shrayer, Maxim D. *Leaving Russia: A Jewish Story*. Syracuse: Syracuse UP, 2013, pp. 66-67.
② 迈克·克朗. 文化地理学[M]. 杨淑华等译. 南京：南京大学出版社，2005：55.
③ 戴维·马特莱斯. 景观的属性[A]. 文化地理学手册[M]. 北京：商务印书馆，2009：325.
④ Shrayer, Maxim D. *Leaving Russia: A Jewish Story*. Syracuse: Syracuse UP, 2013, p75.

第一章 大地根植：渐行渐远的东欧家园

以陌生人的身份回归"自然"，从而收获了精神上的自由。这种感觉让前来度假的人们除了对景观本身产生热爱，还生成了一种对"地方"追求与向往的动力。相反，当犹太知识分子返回莫斯科时，则感到令人窒息，"有一种被困住的痛苦的感觉"①。

一个地方的大小、距离、空间、宽敞程度或者开放性是一个相对的概念。对犹太知识分子而言，俄罗斯虽然幅员辽阔，但人口和经济发展主要集中在莫斯科、圣彼得堡两个主要城市。人们在满是工作的环境中倍感疲惫，所以俄罗斯在生存环境上是拥挤的。离开俄罗斯的工业化城市前往派尔努是从"狭小""拥挤"的环境来到宽敞、自由的地方，这种体验让施拉耶尔一家暂时"远离莫斯科的官场，为他和家人注入了能够维持一年的精神与能量"②。段义孚曾经写道："在开放的空间，人们可以强烈地意识到地方的存在；在孤独、只能容身的处境里，远方空间的广阔性能给人带来一种令人难以忘怀的存在感"③。施拉耶尔一家在15年间每年前往派尔努度假的经历让其坚定了追求这种宽松、自由的"环境"的决心，阶级地位的跃迁增强了犹太知识分子逃离俄罗斯的能力。

由于年复一年前来派尔努度假，犹太家庭结识了当地许多居民，甚至还有他们的兄弟、姐妹、父母、亲属。15年间，施拉耶尔一家多次来到派尔努，在杂货店、咖啡馆、电报局反复看到一些熟悉的面孔，他们也被视为"本地人"，一种被接纳的内在感(sense of insideness)油然而生。这种区别于莫斯科高度政治化的生活体验促进了犹太人分离主义和逃避主义思想的形成。对犹太知识分子而言，他们觉得自己早已疲于受到苏联政府的监管，在派尔努的经历令其产生一种"神秘莫测的感觉，那就是"自由"④。派尔努地处苏联边境，远离政治文化中心，成年人会谈及流亡作家纳博科夫、索尔仁尼琴、布罗茨基以及其他禁忌的话题，像施拉耶尔这样的青少年也能够阅读到巴别尔⑤

---

① Shrayer, Maxim D. *Leaving Russia: A Jewish Story*. Syracuse: Syracuse UP, 2013, p75.
② Shrayer, Maxim D. *Leaving Russia: A Jewish Story*. Syracuse: Syracuse UP, 2013, p75.
③ Tuan, Yi-Fu. *Space and Place: The Perspectives of Experience*. Minneapolis: U of Minnesota P, 2001, p54.
④ Shrayer, Maxim D. *Leaving Russia: A Jewish Story*. Syracuse: Syracuse UP, 2013, p54.
⑤ 全名伊萨克·巴别尔(Isaac Babel)，苏联犹太小说家，代表作《红色骑兵军》。

的种族小说《奥德赛的故事》。这些离心的举动使得犹太知识分子家庭获得了一种有别于普通民众的集体身份。这种身份不是宗教意义上的犹太身份，但也是一种激进的背离主义的生活体验。犹太人觉得前往派尔努会得到精神上的洗礼，这种行为被视为一年一度的"夏日朝圣"①。

对来自莫斯科的犹太知识分子而言，在爱沙尼亚度假的经历至关重要。犹太人与爱沙尼亚人都自觉是苏联社会中的少数派，这种离心的感觉使得他们对苏联试图通过改革而实现社会进步的举措并不感兴趣。他们共同的目标都是想方设法摆脱苏联的统治。爱沙尼亚人尚可以对自己国家的土地和民族习俗保留根植感与地方认同，但犹太知识分子是自我意识觉醒的小众群体，他们缺少可以聚居的本民族的土地，因此坚定了离开的愿望，寻找与自我身份匹配的地方和生存方式。其实，并不是所有的苏联加盟国都处于分离主义状态，一些国家的居民和当地的犹太人和谐相处，并没有感受到强烈的民族主义或种族歧视。

阿塞拜疆位于东欧和西亚的"十字路口"，在历史上曾有部分或全部领土并入沙俄及苏联。阿塞拜疆境内的犹太人属于高加索地区的山地犹太人，他们与爱沙尼亚境内的"短期居民"不同，对苏联产生了积极的地方认同。施拉耶尔在另一部回忆录《等待美国》中写道，当以色列成立后苏联犹太人大规模离境时，阿塞拜疆犹太人颇感困惑："我不明白我们为什么要离开。在巴库②没有针对我们的歧视，也没有针对其他人的歧视。阿塞拜疆人、犹太人、亚美尼亚人、俄罗斯族人像兄弟般的一起生活"③。其实，东欧及亚洲加盟共和国领土面积相对狭小或人口稀少，犹太人与本地人相处较为融洽，民族矛盾并不常见，他们普遍对家乡产生了较为强烈的认同与依恋。

苏联成立初期，东欧地区仍居住着大量犹太居民。苏联政府实施了一系列积极的民族政策，大力打击境内排犹倾向，促进犹太人民族地位的提升。一些后并入苏联的加盟国，如波罗的海国家的居民感到新政府偏爱犹太人要胜过其他族群，因此引发了不满。到二战后，东欧本地的犹太人口数量锐减，

---

① Shrayer, Maxim D. *Leaving Russia: A Jewish Story*. Syracuse: Syracuse UP, 2013, p53.
② 阿塞拜疆的首都。
③ Shrayer, Maxim D. *Waiting for America: A Story of Emigration*. Syracuse: Syracuse UP, 2007, p11.

前往东欧地区的犹太人主要是来自俄罗斯境内的犹太商人、记者、知识分子等各领域的专业从业者,而其他普通的苏联犹太民众并没有获得频繁前往东欧海滨度假的机会,他们继续朝着俄罗斯人的方向进行同化。苏联境内的犹太人作为一个整体,并没有对国内进行实质性的改革抱有幻想,因为在一个俄罗斯人为主体的国家,犹太人始终处于"小民族"的地位,很难在短时间内发生翻天覆地的变化。当犹太人出现了更好的地方供其选择时,他乡(elsewhere)变成为犹太人理想的去处。

与怀揣宗教理想的犹太复国主义者不同,世俗化的犹太民众所持的他乡情怀是含混的。一方面,他们在苏联没有沉浸在犹太教和犹太传统文化之中,对回到犹太圣地本身缺乏强烈的渴望;另一方面,当经济条件发达、生活水平优越的世俗化国家出现时,犹太人离境的想法则被激发出来。尤其是对年轻一代,西方"时尚""自由""平等"的社会氛围成为其理想的他乡去处。犹太人对异域的追求不必是西方生活真实的反映,想象中理想主义的地方意象足以构成犹太人移民的重要驱动力。

第三节 "文化旅行者"重访东欧时的异化与困惑

伴随着东欧剧变、苏联解体,世界的两极格局在20世纪90年代最终被打破,东西方意识形态的对立出现了阶段性的终结,海外犹太人出现了重返东欧的条件与机遇。移民者返回原欧洲社会主义国家主要包含三种原因:一些人仍有亲属居住在东欧,他们探亲或因办理私事重回故地;另一些人由于移民引发了文化冲突(cultural shock),在自己尚无法效调节之时回到原来的环境,以期重拾东欧的地方精神;还有一类人是出于事务性原因短暂造访东欧,当事务完结时,他们会按时返回当下的居住地。需要指出的是,对美国人而言,东欧是由七零八落的多个国家组成的一个地方,无论俄罗斯、乌克兰或是白俄罗斯、捷克都是历史悠久且彼此独立的国家。但是这种理念并不符合历史实情,至少对犹太移民来说,东欧在历史上是一个具有整体性的文化区域。因为无论是在先祖生活的沙皇俄国还是自己曾经居住的苏联,东欧都是一个完整且相对独立的地方。

重返东欧的犹太人具有一种共性特征,他们像是来自异乡的"文化旅行者",徜徉在与故乡接近的景观中,感受后苏联时代东欧的社会变迁。老年人重返故地一般会引发深深的地方情怀,而年轻一代的移民者由于缺乏长期居住的经历,只能建立起一种"肤浅"、暂时的人地关系。在尤里尼奇的小说《列娜·芬克尔的魔桶》中,主人公芬克尔的父亲回到明斯克①继承了一份家族遗产,便再也不愿回到美国。《手册》的主人公格施金因受到一个斯拉夫人的鼓动重返东欧,试图通过经济活动重现犹太人在东欧经商的历史。施拉耶尔在《波希米亚的春天》(Bohemian Spring)②中描写了一名博士生因学术研究来到布拉格③,在此邂逅了短暂的爱情。俄裔犹太人作为一个民族整体与东欧有着千丝万缕的历史渊源,但大多数年轻的回访者由于无法形成深刻的土地情结,最终都选择了离开,仅以游记的形式展现了他们的见闻,东欧成为年轻一代犹太人回不去的精神家园。

身份的认知深刻影响着移民者对故乡的情感定位。在俄国移民史上,共出现两类"异乡人",相应地呈现出两种亲疏有别的人地关系。第一类是遭到驱逐或被迫离境的人,一般称为流亡者;第二类是在移民政策松动期,通过合法程序离境的人,被认为是一般性移民。流亡者与移民者在对待祖籍国和移居国的情感上是不同的。流亡者对祖国充满深情,他们是因为某些外在因素被迫离开祖国的。出于思乡,流亡者会对新的居住地感到排斥,无法融入新世界。某种程度上,小说《列娜·芬克尔的魔桶》中主人公的父亲代表的就是"当代犹太流亡者"。芬克尔的父亲生于白俄罗斯,在东欧犹太人大规模移居苏联城市时搬到了莫斯科,而后成长为一位高级知识分子,在国家研究院工作。1991年苏联解体时,芬克尔一家移民美国,她的父亲被迫离开祖国。

从芬克尔父亲的个人意愿来说,他是抗拒离开苏联的。但是由于政局动荡,家庭其他成员都选择了移民,为了保持家庭的完整,他也只能背井离乡。

---

① 现为白俄罗斯的首都。
② 施拉耶尔自传体小说《俄罗斯移民三故事》中的第一篇。
③ 捷克的首都。

父亲在白俄罗斯仍有亲属，他的姑姑住在平斯克①，在她去世后留下了一间公寓。芬克尔的父亲从美国出发，返回白俄罗斯去变卖房产，行程预计一个月，但出发后杳无音信。根据小说情节的叙述，父亲回到的地方不是莫斯科，而是他出生、成长的白俄罗斯。出生地的特殊含义在于定义了一个人的身份，一个人无论后来居住在哪些地方，总会以出生地表明自己的身份。芬克尔的父亲在重返白俄罗斯后拍摄了大量家乡的照片，并把它们上传到脸书上，以此袒露一种心理上的亲近感。其实，父亲后来回到了美国，但一个人独自住在当地的汽车旅馆里。他始终没走出移民的阴霾，并把生活的变故归咎于子女，拒绝与他们一起居住。芬克尔理解父亲的举动，在她看来，犹太新移民大多"没有真正抵达美国，大家都在泥泞的车辙里……寻找更好的道路"，在美国的俄裔犹太人"不过是一幅拥有俄罗斯灵魂的讽刺画"②。

白俄罗斯是苏联的缔造国之一，它与俄罗斯具有历史同源和文化相近的双重特征。在"东"与"西"的文化对立中，白俄罗斯始终保持了与西方相对的文化立场。但是，与白俄罗斯不同，一些未加入苏联的欧洲社会主义国家，在这场意识形态对立中，始终扮演着东西方文化交割前沿阵地的角色，捷克便是典型的范例。在21世纪的犹太移民文学中，捷克是"东欧叙事"的重要组成部分。它的重要性源于其地缘政治的文化性。从地理方位上看，捷克位于欧洲中部，毗邻德国、波兰、斯洛伐克和奥地利。二战期间，这里曾被德国占领，而后在苏联红军的协助下实现了解放，成立捷克斯洛伐克人民民主共和国。苏联解体前，捷克发生了颜色革命，改为联邦共和国。

地方的分类不能仅从地理、地貌特征进行考量，地方还承载了一个民族的历史、文化与信仰。地方为生活在其中的居民提供物质保障，其文化特征与政治内涵也成为外来者关注的对象。小说《手册》的主人公多年后重新回到的地方就是捷克首都布拉格。格施金重返东欧是偶然性与必然性共同作用的结果。主人公生于俄罗斯，12岁时跟随家人移民美国，而后在此生活了13年。主人公的人物形象沿袭了辛格、马拉默德等经典作家对小人物的塑造，

---

① 白俄罗斯北部港口城市。
② Ulinich, Anya. *Lena Finkle's Magic Barrel*. New York: Penguin, 2014, p361.

但不同的是,格施金的文化身份更加复杂,他内化了的"俄罗斯性"(Russianness)与他的美国国籍、犹太相貌并行,"三重身份叠套在一起,就像俄罗斯的套娃"①。总体上,主人公的俄罗斯身份占据主导地位,这阻碍了他融入美国社会的进程,也成为他离开美国重返东欧的重要根源。

当代犹太人大规模移民美国的时间节点是在 20 世纪 70 年代后,此时正值多元文化主义方兴未艾之时。犹太人原本崇尚的民族统一性在此时也出现了内部的分化。在美国,来自苏联的犹太移民因为母语是俄语,在日常生活中被认定为俄罗斯人,受到美国本土犹太人的排斥。小说中,主人公的父母在美国赚了很多钱,他们住在纽约的富人区,但是主人公本人在美期间却是一个失败者,是个典型的犹太倒霉蛋(Schlemiel)。格施金获得了美国国籍但生活四处碰壁,是个当地的局外人。他年少时,就读于希伯来文学校,父母希望他在种族环境宽松的美国社会重拾犹太传统。但是当地的犹太同学自觉与苏联犹太新移民有着本质区别,取笑"他的外套不合时宜,充满了东欧的味道",讥讽他是一只"恶臭的俄罗斯熊"。大学期间,主人公结识了美国女友,希望在女友的原生家庭能获得重生。然而,女友诟病他的相貌、口音,嘲讽他"是个带口音的外国人"②。长大后,格施金找不到一份体面的工作,只能勉强在一个非营利移民组织做着低端的工作。主人公的父母"以为美国满是机会与成功,是个美国梦常在的地方,但这份没有前途的工作昭示着格施金在经济与职业生涯中的失败"③。

从生活的表象来看,格施金成长的困境源于个人对新文化的适应性较差,但深层次原因是移民者在新国家每时每刻都被提醒着不是这片土地真正的主人。年少的移民者在成长过程中一般需要独自面对文化障碍,移居地变成了安全感匮乏的地方。语言与文化原本是情感沟通的工具,现在反而成了交流

---

① Rovner, Adam. "So Easily Assimilated: The New Immigrant Chic." *Association for Jewish Studies Review* 30. 2 (2006): 317.
② Shteyngart, Gary. *The Russian Debutante's Handbook*. New York: Riverhead Books, 2002, pp. 36; 78.
③ Taugis, Michaël. "There and Back: Cross-Cultural Journeys and Interweavings in Gary Shteyngart's *The Russian Debutante's Handbook*." *Hybridity: Forms and Figures in Literature and the Visual Arts*. Newcastle upon Tyne: Cambridge Scholars, 2011, p193.

第一章　大地根植：渐行渐远的东欧家园

和理解的屏障。移民者即使后来学会了当地的语言，也会出现口音或者词汇选择等问题，从而被迅速地区分出身份，排除在本地人之外。小说的主人公自觉能给他带来文化亲切感的不是美国人，而是美国人眼中不求上进、实难同化的格鲁吉亚人、俄罗斯人和塞尔维亚人，他更愿意和这些国家的人打交道①。这些国家在历史上都曾受苏俄政治的影响，来自这些地方的移民者与主人公在语言和文化上较为接近，以至于更容易产生认同与亲近感。

地方文化的秩序性是建立价值感的基础，当移民者无法按照自己的世界观建立秩序性时，容易产生疏离感。对移民者而言，最迫切的精神诉求是"要超脱社会规范与价值体系中微妙的意义维度……锻造出一种新的社会现实……让新、旧世界达成一种平衡，哪怕它很脆弱"②。其实，作者施泰恩加特本人对移民带来的全球化特征是肯定的，但他在作品中常常表达了一种乡愁，"一种对旧世界、对移民经历的怀乡"③。依故事情节所述，主人公重返东欧是受偶然因素所支配，但实质上，是文化的亲缘性使得主人公离开美国。小说中，格施金在工作中结识了一个叫作莱巴科夫的老年移民者，他贿赂主人公以求快速移民，并承诺主人公可以前往东欧与自己的儿子一同做生意、发大财。莱巴科夫是作者戏仿俄裔美籍作家纳博科夫的名字杜撰的一个斯拉夫人，作者让其扮演格施金的精神导师指引他的回归之路。

移民行为解构了犹太人的苏联公民身份，但移民者的文化转变不会一蹴而就。尤其对于年少者而言，出生、成长的地方总能带来特别的依恋与归属感。因为与童年结伴的还有一个特殊的"地方"，在那里，孩子的期待、愿望能够得到充分的满足与关注。主人公挥之不去的"地方"使其开启了东欧之旅。格施金回到了作者杜撰的"大食堂共和国"（Republika Stolovaya），它的首都叫作"布拉格"（Prava）④。从地名的隐喻可以看出，小说意指捷克因受苏联政治影响，施行了社会主义公有制，其首都布拉格变成了一个光辉、荣耀的地方。

---

① Shteyngart, Gary. *The Russian Debutante's Handbook*. New York: Riverhead Books, 2002, p117.
② Stavans, Ilan. *Becoming Americans: Four Centuries of Immigrant Writing*. New York: Literary Classics of the United State, 2009, p. xxi.
③ Sokoloff, Naomi. "Introduction: American Jewish Writing Today." *AJS Review* 30. 2 (2006): 229.
④ 文本中的"布拉格"是捷克语首都布拉格（Praha）的一种错误的拼写形式，其中包含了俄语"光荣"（слава/slava）一词的部分音节。

"布拉格"吸引主人公的原因包含三个方面：首先，这里景色优美，有"东欧巴黎"之美誉。虽然格施金本人对此没有什么特殊的记忆，但是他的父亲比较了解。小说中，父亲提及此事，引发了儿子的兴趣；其次，"布拉格"还是一个能生财致富的地方，格施金从俄裔移民莱巴科夫那里得知，前往东欧可以赚大钱。作为一个在美国社会并不成功的年轻人，他对实现个人经济上的富足有着强烈的渴望；此外，"布拉格"作为主人公"回归"的场所不是因为这里与他本人有什么特殊联系，而是在他的认知里，社会主义东欧是一个整体的地方意象。在主人公移民美国前所生活的苏联，东欧各地同属于一个国家或者深受这个国家影响。这里是阿什肯纳兹犹太人祖辈世代生活的地方，是"拥有格施金姓氏之人第一次被称为格施金家族的地方"[①]。

　　文化身份对于地方感的生成至关重要，小说探讨了主人公应当以什么身份回到东欧并在此逗留的问题。主人公期待着以俄罗斯人的身份在自己熟悉的环境里重获成功者的自信，但当地的居民始终把他视为一个外来者，一个美国人。这与他在美国被视为俄罗斯人如出一辙，以"局外人"的身份生活在不属于自己的国家，很难找到归属感。主人公回到东欧体现了作者本人对于地方文化性的选择。很大程度上，主人公的形象是作者依照自己为原型塑造出来的，或者称其为施泰恩加特的"第二自我"（alter-ego）。格施金与施泰恩加特都是苏联犹太人，作者7岁移民，而他让故事的主人公12岁才离开苏联。这多出来的5年足以让格施金充分领会犹太人身上的"俄罗斯性"。在广义划分的美、苏二元文化性中，主人公选择了后者。作为新移民，犹太人的局外人身份令其产生疏离感。书写身份的异质性能够唤起更多新移民的地方认同，"书写也为作者逃避敌对的周遭环境提供了庇护"[②]。

　　地方的文化性包含景观与人文两个类别。无论是自然风景或是人文景观，本质上都具有文化政治的内涵。风景首先是文化，其次才是自然，一旦有关风景的观念或想象在某处形成之后，它便以一种独特的方式赋予隐喻，超越

[①] Shteyngart, Gary. *The Russian Debutante's Handbook*. New York: Riverhead Books, 2002, p170.
[②] Furman, Yelena. "Telling Their Hybrid Stories: Three Recent Works of Russian-American Fiction." *Slavic and East European Journal* 59. 1 (2015): 117.

其所指，指涉更高的真实①。作为东西方文化交锋的前沿阵地，东欧地缘政治的复杂性前所未有。苏联虽然解体，但苏联的遗风尚存。伟人雕像、各式格言标语在"布拉格"随处可见，集体主义思潮在这里仍旧盛行②。与此同时，这里还有许多跨国公司，生活着数万说英语的美国侨民。无论是苏联的标识还是美国文化的侵袭，对作为俄裔美国人的格施金而言都有一种似曾相识的感觉。主人公来到"布拉格"的目的不是辨识东欧的文化更迭，而是追求物质上的发迹，挽救移民行为给自己生活和事业带来的冲击。格施金最终通过非正当手段迅速积累了财富，他也结识了新女友并最终娶其为妻，可以说格施金的东欧之行令其欣慰。东欧为主人公的物质发迹和自我实现提供了实践的场所，在某种程度上隐喻了阿什肯纳兹犹太人在此安身立命的断代史。

格施金重返东欧逆写了犹太人从"苦难之乡"到"应许之地"的移民轨迹，反映了东欧的经济环境得到了有效的发展。主人公曾尝试留在这里，凭借自己的俄罗斯身份挽救他在美国作为"局外人"的尴尬处境。在他的认知里，捷克属于斯拉夫文化的一部分，拥有俄罗斯身份的犹太人能融入斯拉夫人的生活。但是在东欧，格施金陷入同样的身份悖论。在以斯拉夫人为主体的地方，犹太移民者要么被认定为犹太人，要么做回美国人，试图做一个彻头彻尾的"俄罗斯人"在这里是无法实现的③。小说在这种无休止的身份之辨中陷入僵局，似乎作者也无力为主人公找到与其身份匹配的安身之所，让俄裔美国犹太移民摆脱没有归属感的精神困境。因此，故事情节戛然而止。主人公因协助莱巴科夫办理了假的移民手续而遭到追杀，不得不仓皇逃回美国。

当代俄裔犹太移民时常重返故乡，这种行为与愿望来自一种前所未有的乡愁。一百年前，移民作家不敢让"人物沉湎于乡愁，因为他们必须完全切断

---

① 西蒙·沙玛. 风景与记忆[M]. 胡淑陈、冯樨译. 南京：译林出版社，2013：67.
② Shteyngart, Gary. *The Russian Debutante's Handbook*. New York: Riverhead Books, 2002, p171.
③ 据记载，在俄裔犹太人中广泛流传的一句话："如果你想做一个犹太人，就留在俄国。如果你想做一个俄国人，那么就去美国"。见 Dyrud, Keith P. "Russians and Russian Americans, 1940-Present." *Immigrants in American History: Arrival, Adaptation, and Integration*. Ed. Elliott Robert Barkan. Vol. 3. Santa Barbara: ABC-CLIO, 2013. p1245.

自己与故国文化的联系——同化意味着抛弃"①。沙皇俄国时期的移民者玛丽·安亭曾偷偷回到故乡，但在自传中她对此事讳莫如深。辛格曾号召故事的主人公重返东欧，但自己却终生留在了美国。施泰恩加特塑造的格施金是一位事业失败的小人物，但他却是21世纪犹太文学中第一位渴望并成功回到阿什肯纳兹犹太人故乡的人。21世纪犹太移民者的思乡"因其具备能力往返于故乡和移居国之间而变得更为深切"②。这种精神上逆向移民的书写方式可谓是自亚伯拉罕·卡恩、玛丽·安亭以来俄裔犹太文学中一次大胆的尝试。

其实，大部分犹太人重返东欧时，并没有怀揣着崇高的理想。尤其是在苏联解体后，往返于欧美之间已经成为一种生活常态。然而，受个人素质和认知能力的影响，对同样的地方进行造访，不同的人也能产生不同感受。施拉耶尔在《波希米亚的春天》中塑造的主人公与小说《手册》中的主人公年龄相仿、经历相似，他们都是在苏联解体后前往布拉格的犹太人，在当地看到了近似的风景。但是，施拉耶尔笔下的人物不是一位生活、事业的失败者，而是一名具备科研能力的博士研究生。他对景观与社会的洞见，反映了东欧文化的蜕变。

由于地方感常常表现为个体的主观感受，因此在形成过程中会受到个人素质的影响。具有相似经历的人在同样的地方进行"游历"，科学研究者一般会比普通的民众观察得更加仔细、客观，感受得更加深刻。《波希米亚的春天》的主人公西蒙是一位苏联犹太移民，他20岁跟随父母来到美国，目前正在美国攻读比较文学的博士学位。为了撰写毕业论文，西蒙飞往捷克首都布拉格，计划用四周的时间在国家图书馆搜集资料。西蒙的研究方向不是国际政治，而是捷克犹太作家的文学创作，但他作为一名科研工作者，具备较为广博的知识和客观观察事物的能力，能够做出冷峻的思考与价值判断，他的关注点在某种程度上要比普通民众更具批判性。

---

① Friedman, Friedman, Natalie. "Nostalgia, Nationhood, and the New Immigrant Narrative: Gary Shteyngart's *The Russian Debutante's Handbook* and the Post-Soviet Experience." *Iowa Journal of Cultural Studies* 5.1 (2004): 78-79.

② Friedman, Friedman, Natalie. "Nostalgia, Nationhood, and the New Immigrant Narrative: Gary Shteyngart's *The Russian Debutante's Handbook* and the Post-Soviet Experience." *Iowa Journal of Cultural Studies* 5.1 (Fall 2004): 79.

第一章 大地根植：渐行渐远的东欧家园

东欧的城市与西欧不同，大多没有经历过规模宏大的现代化改造，许多历史性的建筑被完好地保存了下来，东欧保留了真正的欧洲历史。《手册》中的主人公格施金25岁回到东欧，而西蒙26岁时前往布拉格，他们看到的共同景象包括东欧建筑的原始风貌、苏联时期留下的遗风旧制以及东欧的现代化转型。不同的是，格施金怀揣着一腔热情，希望在阿什肯纳兹犹太人的故乡实现个人物质方面的成功，以此化解移民行为给他的人生带来的诸多否定。而西蒙在布拉格逗留的时间只有短短的四个星期，他对地方的描述范围相对狭小，但事物更加具体。西蒙看到布拉格的旧城广场日益开放，这里除了本地人外，还聚集了很多德国人、美国人。广场上的老年人保持了苏联旧式的装束习惯，但年轻人已经变得美国化，这里还聚集一些新贵①。

一般而言，外来者经常利用视觉来建构图景。"外来者本质上是从审美的角度去评价环境的，是一种置身事外的视角"②。西蒙聚焦的画面反映的是西方势力正在碾轧苏联留下的文化遗迹。《手册》中格施金看到的静态雕像与标语在西蒙的视角下已经不复存在，只有身穿苏联旧服的老年人还能见证苏联曾经在这里发挥了重要的影响力，而其余的德国人、美国人、西化的年轻人以及富足的新贵无不昭示着布拉格的文化终将被再次改写。西蒙重返布拉格的故事发生在1993年，此时距离"天鹅绒革命"③仅有三年多的时间。虽然东西方文化仍在此交割混战，但透过西蒙的视角已经能看到西方阵营在捷克已取得了重大胜利。

作为拥有美国国籍的外来者，主人公仅是一名逗留在布拉格的游客，东欧的变化对游客而言，至多仅能留下短暂的兴奋或悲凉。这些积极或者消极的地方感最终都将随着访客的离开而迅速消逝。其实，西蒙作为"游客的判断是有恋地情结参考价值的。他的主要意义在于提供一种新鲜的视角"④。本地人有时不容易察觉地方某些细微的变化，或者由于身在其中无法做出明晰的判断，但是地方的微妙变革经常能够被外来者迅速识别，并做出针对性的

---

① Shrayer, Maxim D. "Bohemian Spring." *A Russian Immigrant: Three Novellas*. Boston: Cherry Orchard Books 2019, p13.
② 段义孚. 恋地情结[M]. 志丞、刘苏译. 北京：商务印书馆，2019：94.
③ 指东欧剧变期间捷克斯洛伐克共和国解体，分裂成捷克和斯洛伐克两个独立国家的历史事件。
④ 段义孚. 恋地情结[M]. 志丞、刘苏译. 北京：商务印书馆，2019：96.

评价。

西蒙此行的目的在于搜集资料,他在捷克国家图书馆偶然结识了年轻、漂亮的图书管理员米莲娜,他们二人相互倾慕,并迅速展开了交往。西蒙与米莲娜邂逅的故事戏访了纳博科夫在1936年用俄文创作的经典短篇《菲雅尔塔的春天》。纳博科夫在《菲》中描写了作为流亡者的男女主人公在俄国以外的地方恋爱、重逢与离别。他们不问过往、不道未来,甚至连彼此的名字都不知道,对未来没有任何期许。小说《菲》描写的是1917年十月革命前人们生活的动荡不安,而施拉耶尔将故事的叙述时间定义在苏联解体后,重述了"俄国人"在70年后依旧迷惘、幻灭的精神状态。由于米莲娜是捷克本地人,她深爱这个国家、爱她的家人,她告知西蒙自己不会离开捷克,并奉劝西蒙也"不要再次移民",因为他"已经离开家一次了"①。小说借助米莲娜的忠告重述了俄裔犹太人的家园所在,东欧与俄罗斯才是阿什肯纳兹犹太人的"根"。在小说的结尾,西蒙与米莲娜的爱情邂逅随着西蒙的回国而自然终结。表面上看,这则小说描写的是青年男女之间常见的无果的爱情,但实际上反映了犹太人对东欧积极的情感投射和事与愿违的尴尬处境。

人文主义地理学家段义孚曾经解析过外来者(outsider)与本地人(insider)对地方感受的不同理解,这对于领会身份在地方感生成中的作用大有裨益。

> 外来人(尤其是游客们)有明确的立场……相反地,本地人所持有的是一种复杂的态度,其根源是他们浸淫在自己所处的环境整体中。外来人的立场很简单、也容易表达……本地人所持有的复杂的态度,只能通过行为、习俗、传统和神话传说等方式艰难、间接地表达出来②。

从地方的经济条件来看,捷克明显逊色于美国。但对本地人米莲娜而言,这里有她的家人,她对东欧保留着一种对土地、家乡、亲情的深切依恋。与

---

① Shrayer, Maxim D. "Bohemian Spring." *A Russian Immigrant: Three Novellas*. Boston: Cherry Orchard Books 2019, p58.
② 段义孚. 恋地情结[M]. 志丞、刘苏译. 北京:商务印书馆, 2019:92.

米莲娜复杂的地方感相比，西蒙爱憎分明的情感表达显得有些"肤浅"。对已经加入美国国籍的西蒙而言，东欧代表了落后的生活方式，他不会长期生活在这里。哈维·考克斯（Harvey Cox）认为"地方的连续性是人们产生现实感的必要条件"①。对犹太移民者而言，他们失去了对地方连续性的感知，因此出现了现实感丧失的心理状态。对当下居住的地方，他们是闯入者，而对于回归"祖国"，他们又是一个访客。"居无定所"的生活使得犹太人在很多地方都无法保持长期、持久的居住状态，频繁更换居住地的生活方式使得"安稳的地方"在犹太人的价值排序中占据了次要的位置。因此，主人公错过了可期的爱情，同时也很难生成深刻的地方依附感。

本章小结

21世纪美国犹太移民叙事描写的东欧囊括了三个历史时期，分别对应地域空间上的三重变化，反映了犹太人对东欧三种不同的态度。首先，从前现代到现代这一漫长的历史交替期，犹太人在东欧实现了意第绪语民族的身份沉淀，积聚了阿什肯纳兹犹太人对"文化发祥地"的认同。自基辅罗斯时期，哈扎尔犹太人开始定居东欧，这方水土从原始、少有人居住的荒蛮之地逐渐转变为犹太人赖以生存的现实家园。由于世代居住，犹太人对东欧产生了较为深刻的根植感。一些家族获得了经济上的繁荣，生发出一种对家园、财富、环境、基业的地方依恋。21世纪初的犹太文学通过塑造一些老年人的形象，将东欧传奇口述或者播散到后代的记忆之中，实现了地方感的有效传承。在新生代犹太人的认知里，东欧是阿什肯纳兹犹太人"根"文化汇集的地方，犹太人在此实现了文化身份的转变，从宗族上的犹太教信奉者变成了文化上的俄裔犹太居民。在21世纪犹太文学中，传统的"栅栏区"等剥夺犹太人权利的地方意象不复存在，犹太人对东欧的根植感没有因为大批移民者的离去而消失殆尽。

苏联期间是东欧政治、历史、文化重要的变革期，第二次世界大战将社会主义东欧进一步分化成两个不同的历史阶段。二战前，犹太居民对国家普

---

① Cox, Harvey. "The Restoration of a Sense of Place." *Ekistics* 25（1968）：423.

遍生发出信任与热情，对个人的发展充满希望与期待；二战后，大屠杀的死难者无法表达个人的地方感受，而犹太幸存者则青睐西方国家的自由，产生了分离主义的思想。具体而言，十月革命后，东欧的疆域比照沙皇俄国时期有较大程度的萎缩，芬兰、爱沙尼亚、拉脱维亚、立陶宛以及波兰纷纷获得了主权独立。苏联后来恢复了对波罗的海国家等地的管辖权，但芬兰和波兰始终保持了国家的独立性。犹太居民在此期间广泛地分布在苏联的工业化城市，东欧不再是生活条件落后，让人缺乏安全感的地方，而是历经革命与建设，正在蓬勃发展的工业化城区。与20世纪早期的文学创作相比，21世纪的犹太故事在东欧地方意象的塑造上呈现出诸多积极的观点。然而，二战将东欧幻化成人间炼狱，数百万犹太人惨死在纳粹的铁蹄之下。战后，苏联政府重建东欧。当犹太幸存者来到东欧海滨，感受生活的自由与惬意，他们与边疆居民产生了情感上的共鸣，最终衍生出分离主义的思想，在20世纪70年代后极尽所能离开了苏联。

　　苏联的解体是东欧文化的二次变革期，原东欧社会主义国家发生了颜色革命，变成了西方与俄罗斯政治、文化交割的前沿阵地。移居海外的犹太人在苏联解体后，获得了重返东欧的机会。当年轻一代以访客的身份故地重游时，他们发现这里早已世异时移，物是人非。年轻一代试图以某种方式找回犹太人在东欧的辉煌，重塑东欧的地方精神。但现实问题是，他们单凭一己之力根本无法重塑犹太人的东欧精神。年轻一代的俄裔犹太人是在俄罗斯语言和社会主义文化环境中成长起来的，当他们回到东欧时，只能以"陌生人"的身份体会自己在"旧世界"的地方感重塑。东欧不是他们的出生地，他们可以重访，但却没有回归的诉求。21世纪的俄裔犹太文学敏锐地捕捉到这种肤浅的人地关系，展现给读者的是对阿什肯纳兹犹太人曾经在此繁荣的一声叹息。21世纪犹太文学通过对比刻画了犹太人渐行渐远的东欧情结。这里再也无法让犹太人生发出强烈的地方依恋，东欧最终成为阿什肯纳兹犹太人后裔无法回归的精神家园。

第二章 故乡熟识：缠绵悱恻的俄罗斯

世界上大多数国家都是"民族-国家"。在"民族-国家"中，地方与民族性之间的关系较为稳固。地方为民族的生成与发展提供了土地支撑，居民的民族认同与地方认同休戚相关。俄罗斯是斯拉夫人建立的"民族-国家"，在其不断壮大的过程中从单一的民族演变成了一个多民族国家。俄罗斯历史上最多时曾拥有近200个民族，但俄罗斯族人始终占据绝对的优势，约为总人口的80%。在俄罗斯，人口达到一定规模的少数民族可以实行区域自治，他们通过建立共和国或自治区的形式实现人口的聚居。自治区是民族文化与民族精神的汇聚地，在此的居民拥有相似的历史、文化与记忆。对居住地的认同寄托了人们对地方的深切热爱，同时也表明这个族群对国家秩序性的理解。

与一般性的加盟国不同，俄罗斯是苏联面积最大、综合国力最强的共和国。二战期间，俄罗斯为其境内的犹太人提供了生存的庇护，移民美国的当代犹太作家主要来自俄罗斯的莫斯科和圣彼得堡两座城市。对年轻的移民者而言，他们一般主观上没有移民的意愿，其移民行为主要是追随父母的意愿而跟从离境。这些人对俄罗斯仍然表现出家乡的认同感。家乡认同感的生成缘于一种"内在性"(insideness)的认识，简单地说，就是认可自己的身份是局中人(insider)而非局外人(outsider)。在文学领域，有关苏俄时期是否存在严重排犹现象描述不一。乐观主义者认为在莫斯科和圣彼得堡这样的大城市，明显的排犹现象已经不复存在，但是另一些事件的亲历者则以切身经历证实了犹太人受到俄罗斯人的排斥与歧视。苏联解体后，犹太人对于重返俄罗斯是抗拒的，因为以外国人的身份回到曾经的居住地容易引发身份危机。然而，当移民者真正回到故乡后,又难免显露出乡愁与依恋。

第一节 家乡感的生成:《俄罗斯名媛初涉手册》中的同化叙事

家乡感是人地关系中一种积极的情感联系。家乡感的生成源自人们对居住地的人文、景观、文化、环境产生了地方认同。地方认同具有双向的情感特征,反映的是人对地方的满意度和地方对人的文化性改写。生存条件的改善、民族地位的提升、接受语言国情教育都能产生地方认同。认同感促进了居民对地方身份的认可,在情绪和行为上表现出一种"持久的一致性和统一性"[1]。犹太人在十月革命后走进苏联的工业城市,在不考虑国家政治体制的情况下,苏联仍然是一个以俄罗斯族人为主的"民族-国家"。犹太人通过参与国家的政治、经济、文化建设,实现了族群身份的转变,从一个言说意第绪语的外来民族转变为拥有和主体民族平等身份的境内少数民族。

苏联的主流文化并不提倡渲染民族主义,犹太人在苏联的民族文学创作没有得到鼓励,相反是受到限制的。伊萨克·巴别尔曾创作小说《红色骑兵军》(1926),书中把红军哥萨克骑兵对犹太人的仇视描写得淋漓尽致。作者因此而获罪,小说也被列为禁书多年。其实,在苏联主流文学中关于犹太人的形象是有所呈现的。《钢铁是怎样炼成的》(1933)一书将犹太人划归为普通劳动群众,小说对国内战争时期彼得留拉武装力量劫掠犹太人持同情的态度,这印证了主流文化所倡导的平等与包容的民族政策以及意欲同化犹太人的民族目标。

21世纪初的移民叙事在书写犹太人的家乡感时总体上秉持积极、肯定的态度,这种肯定是诸多因素共同促成的结果。历时地看,犹太人的居住地历经多次变迁,但"流动性或游牧生活并不妨碍地方依恋的产生"[2]。在苏联,

---

[1] Relph, Edward. *Place and Placelessness*. London: Pion Limited, 1976, p45.
[2] Relph, Edward. *Place and Placelessness*. London: Pion Limited, 1976, p29.

第二章 故乡熟识：缠绵悱恻的俄罗斯

犹太人跨种族、民族通婚的现象十分常见，国家的无神论和爱国主义教育也加深了公民对国家的支持与认可。为了加速民族融合、增强国家认同感，苏联政府在全社会推行俄语学习，让包括犹太人在内的各少数民族都能使用俄文进行交流。苏联的发展史还是一部饱含战争、革命、动荡的苦难史。在莫斯科保卫战、列宁格勒保卫战等重大事件上，犹太人和主体民族拥有共同的认识、一致的目标，他们与国家保持了同样的原则和立场。苦难的经历、恶劣的生存环境非但没有让犹太人对国家心生厌弃，反而增强了他们作为内部成员的凝聚力。

苏联曲折且沉重的国家经历激发了犹太人的公民意识，使其明确了身份归属。犹太人对国家的认同与自我认同保持了同频同向，在此基础上，他们形成了对家乡地理环境、生活条件、人际交往的认可。历经跌宕起伏的生存经历，犹太人找到了民族认同与国家认同相融合的方法，由此产生了对俄罗斯的依恋、满足、归属等积极的情绪。以小说《手册》中格施金家族的经历为例，地方身份仅是格施金一家一种临时性的身份，主人公一家最终对俄罗斯实现了家乡认同。格施金一家原本住在西乌克兰地区，当布尔什维克革命的结果传播到此地后，格施金家族采取了务实的做法，清空家中的资产，主动适应当地文化性与社会制度的变革。他们"集中了所有的黄金，足足装满一辆手推车，然后将手推车倾倒至当地的河流中，回到家里吃光了最后的鲟鱼和鱼子酱"①。

格施金家族将资产倾覆的行为隐喻成逾越节的献祭，他们认为这种"损失"是上帝的安排与保护。据犹太圣经记载，神要击杀埃及人各家的长子，犹太人在逾越节这天遵照神的吩咐宰杀了羔羊，把羔羊血涂抹于门楣之上，通过这种献祭的方法，他们躲过了"灭命者"的索命②。格施金家族抛弃了财产，避开任何与资产阶级有关的名声，他们从犹太富商转变为苏联无产阶级，为后续融入苏联做好了充分的准备。

在文化生活上，格施金一家也陆续转变成了政治上的苏联人。当乌克兰

---

① Shteyngart, Gary. *The Russian Debutante's Handbook*. New York: Riverhead Books, 2002, p404.

② Exod. *The Holy Scriptures: According to the Masoretic Text*. Philadelphia: The Jewish Publication Society of America, 1917, 12: 23.

施行社会主义制度后,格施金的祖母加入了少先队、共青团、共产党。她的老照片中"眼睛闪闪发光,嘴角努力地上卷,露出笑容","她那下垂的农民般的胸部"和"宽阔的肩膀"让她看上去"就像苏联发起运动的人的典范"①。主人公格施金的祖母被塑造成一个无产阶级女性摩西的形象,她成了家庭的"精神领袖"。在祖母的带领下,格施金一家从乌克兰迁居俄罗斯,在列宁格勒②郊外安顿下来,开启了东欧犹太人向俄罗斯犹太人的文化转变。从地缘政治学的角度看,犹太人迁居列宁格勒,反映的是地理景观中的政治权利问题。犹太人从东欧进入俄罗斯的初期,尚未拥有政治权利和经济条件。"即使他们相信列宁格勒和莫斯科能够实现梦想,也伴随着一种对冒险感的忧虑"③。

与村镇代表着愚昧、落后不同,城市是与落后的生产力相脱离的地方,这里意味着机遇和秩序。如果说乌克兰的卡缅涅茨-波多尔斯科镇代表了贫乏和一无所有,那么俄罗斯的列宁格勒则象征着丰富与包罗万象。格施金一家在列宁格勒安家落户后,积极主动地融入苏联生活。他们重现了犹太民族走出"苦难之乡"的壮举,在定居后也积极认可自己的苏联公民身份,由此生发出一种饱含内在性的地方感。迈克·克朗曾有一段关于地方感内在性如何生成的描述,对于理解以格施金一家为代表的外来者在俄罗斯如何产生家乡认同很有益处。

> 一种特定的行为方式只要不断重复,就会与某一特定的地区相联系,而那些初到这个地区的人只要留下,其行为方式便会被当地同化。结果是地方为人们提供了一个系物桩,拴住的是这个地区的人与时间连续体之间所共有的经历。随着时间的堆积,空间成了地方,它们有着过去和将来,把人们困在它的周围④。

事实上,主人公格施金一家在迁居列宁格勒后,经历了极为苦难的一段

---

① Shteyngart, Gary. *The Russian Debutante's Handbook*. New York: Riverhead Books, 2002, p404.
② 即圣彼得堡,为尊重原文与历史语境,本章下文对此历史称谓有所沿用。
③ Sahadeo, Jeff. "Soviet 'Blacks' and Place Making in Leningrad and Moscow." *Slavic Review* 71. 2 (2012): 339.
④ 迈克·克朗. 文化地理学[M]. 杨淑华等译. 南京:南京大学出版社,2005:131.

第二章 故乡熟识：缠绵悱恻的俄罗斯

时期。恶劣的生存环境非但没有让他们产生厌弃感，反而增强了他们作为地方内部成员的凝聚力。二战期间，轴心国封锁了列宁格勒，苏联人民奋起抵抗。格施金一家在围困初期被迫逃到了乌拉尔山，他们除了一头猪，其余物资一无所有，甚至连维持生活的食物都捉襟见肘。为了生存，他们宰杀了这头猪，猪肉支撑了他们接下来五年的生活，剩下的猪油换作纺线、煤油，艰难度日①。根据《旧约·未利篇》的记载，犹太人按照律法是不能食用猪肉的。"凡蹄分两半，倒嚼走兽，你们都可以吃……猪因为蹄分两半，却不反刍，就与你们不洁净。这些兽的肉你们不可吃，死的你们不可摸，都与你们不洁净"②。格施金一家食用猪肉有两种现实原因。格施金的外祖父不是犹太人，再向前追溯他的曾外祖父是东正教的教士。因此，主人公的母亲延续了家族的信仰与习惯，并在一定程度上"同化"了格施金一家人。另外，现实的穷苦也加速了格施金一家的世俗化。为了生存，他们只能极尽所能，将生存置于信仰之前。苦难的经历加速了犹太人在俄罗斯的世俗化进程，与本地人共克时艰是犹太人本土化的具体体现。

经历战争的洗礼，幸存者会加深对祖国的信任与依赖，而阵亡者的家人与后代更愿意铭记并传承亲人的丰功伟绩。苏联在对犹太人的同化过程中，使用了"纪念性的地理景观使空间民族化"③，以此增强犹太人对内在性的认同。在列宁格勒保卫战中，格施金的祖父战死沙场，被埋葬在烈士公墓中。祖母在战后每逢周日都会"带他去皮斯卡廖夫公墓祭奠列宁格勒的捍卫者——那是俄罗斯最有教育意义的行程——他们会为祖父献上新鲜的雏菊……在国家雕像前，祖母回想着过去，面对着长明火哭泣"④。历史感的传承不能"借助基因继承，它只能通过文化（记忆）的手段一代又一代地沿袭下去"⑤。记忆与仪式感强化了人对地方的依附，人们通过与具体的实体之间展开互动，表

---

① Shteyngart, Gary. *The Russian Debutante's Handbook*. New York：Riverhead Books, 2002, p35.

② Lev. *The Holy Scriptures：According to the Masoretic Text*. Philadelphia：The Jewish Publication Society of America, 1917, 11：2-8.

③ 迈克·克朗. 文化地理学[M]. 杨淑华等译. 南京：南京大学出版社, 2005：46.

④ Shteyngart, Gary. *The Russian Debutante's Handbook*. New York：Riverhead Books, 2002, pp. 37-38.

⑤ 扬·阿斯曼. 文化记忆：早期高级文化中的文字、回忆和政治身份[M]. 金寿福、黄晓晨译. 北京：北京大学出版社, 2015：87.

达他们对地方的情感依恋。为了增强人对地方的忠诚感，人们建立公墓、纪念碑等具有特殊意义的标志性建筑，让后人即使没有亲历历史也能产生共鸣。这些建筑通过它们自身的物质性获得创造地方感的力量，提升一个民族或一个国家的居民对地方产生内在感与地方认同。

犹太人热爱苏联这个国家，参与苏联爱国主义教育，这也让犹太人感受自己不是外来者。"爱国主义意味着对出生地的热爱"[①]，犹太人通过履行与原住居民一样的保卫国家的行为，拥有了热爱这个地方的权利。伴随着国家英雄历史的书写，格施金家族的后代对俄罗斯产生了家乡认同。他们相信，英烈的鲜血将大地神圣化，埋葬祖父的地方就是自己的家乡。随着岁月的累积，人们会加深对地方意义与价值的理解。愿意"为一个地方牺牲是地方感的终极和最高境界，它包含了对地方最深刻的承诺"[②]。普通居民可能不一定准确地记住这些历史、建筑所代表的意义，不记得具体的战争和事件的细节，但他们能够通过对历史的回溯或对纪念碑的瞻仰等实际行动，在潜意识中沉淀对地方深深的眷恋。当人们与这个地方产生强烈、积极的情感互动时，这个地方对这些人而言则变得意义重大。

除了特殊的历史事件或标志性的建筑引发了犹太人的家乡认同，苏联政府在改善犹太民族社会地位中也做了积极的努力与尝试。犹太人进入俄罗斯时正值苏联社会主义时期，社会主义国家成立的基础即是建立在无产阶级专政、各民族平等的思想之上。为了改善民族关系，布尔什维克政党颁布了一系列积极的民族举措[③]，促进犹太人社会地位的提高。在苏联，政府将包括俄罗斯人、犹太人在内的各民族身份都以法律的形式固定下来，犹太人获得了与主体民族平等的法律身份，他们从"外来者"转变为"内部局中人"。"到20世纪30年代，在莫斯科、列宁格勒知识分子生活的回忆录中都记载着，针对

---

① 段义孚. 恋地情结[M]. 志丞、刘苏译. 北京：商务印书馆，2019：148.
② Shamai, Shmuel. "Sense of Place: an Empirical Measurement." *Geoforum* 22.3 (1991): 350.
③ 在苏联，各民族平等是布尔什维克党在民族政策上的一贯主张，列宁在《社会主义民主党纲草案及其说明》（1895—1896）、《俄国社会民主工党纲领》（1902）、《民族问题纲领》（1913）、《关于民族平等的法律草案》（1914）等一系列纲领性的文件中多次重申人民不论民族、信仰，"在法律面前一律平等"。见列宁：《列宁全集》（第25卷），中共中央马恩列斯著作编译局译，北京：人民出版社，1988. 列宁去世后，他有关民族平等的许多设想没有得到彻底的贯彻，但总体上，少数民族在法律层面获得了平等的民族地位。

第二章 故乡熟识：缠绵悱恻的俄罗斯

犹太人的敌意没有了，普遍的种族比较或标签也没有了"①。事实上，犹太人从东欧迁居俄罗斯仍是"国家"内部的迁徙，犹太人的身份仅是从沙皇俄国治下的一个族群转变为苏联国家的少数民族公民。如果暂且搁置各加盟国加入苏联的具体时间不同，犹太人的迁居行为仅是从一个相对落后的地方来到一个更发达的地方。对这种地理位置上的转变，他们是认可的。

在生存问题得到解决后，犹太人开始主动适应新环境。格施金一家在列宁格勒要面对的问题是与俄罗斯族人的交往问题。莫斯科或列宁格勒在公共空间领域是种族混杂的居住地，具有类似于大都市的跨国主义特征，但俄语仍是居住者彼此交际的重要媒介。为了加速民族融合、增强国家的认同，让少数民族人士和季节性来此从事贸易活动的外来者实现顺畅交流，苏联政府在赫鲁晓夫和勃列日涅夫时期大力推行俄语学习和俄罗斯文化渗透，让包括犹太人在内的各少数民族都能使用俄文进行交流。"苏联各个民族在掌握其母语的同时，还必须掌握族际交流语——俄语，并将其作为本民族的'第二语言'"②。在学校，由于使用俄语教学，学习者在一个相对封闭的环境，能够迅速掌握俄语，年轻一代在成长的过程中失去本民族语言的现象十分普遍③。到20世纪下半叶，苏联境内"已经没有犹太学校，没有重要的犹太报纸、杂志或者其他与其民族文化相关的东西"④。丧失民族文化滋养的犹太人在日常生活与大众文化方面与普通的俄罗斯民众日趋相像。

语言同化的基本目的在于改善交流，少数民族通过交流与人际互动生成内在感，提升了地方认同。20世纪下半叶承载着犹太民族文化的意第绪语书籍出版的数量骤减，从1951年的24种降为1970年的4种，苏联原本并不发

---

① Slezkine, Yuri. *The Jewish Century*. Princeton and Oxford: Princeton UP, 2004, p253.
② 周承. 以色列新一代俄裔犹太移民的形成及影响[M]. 北京：时事出版社，2010：69.
③ 周承. 以色列新一代俄裔犹太移民的形成及影响[M]. 北京：时事出版社，2010：70. 根据周承的研究，犹太人放弃本民族语言的使用而改说俄文是苏联"大俄罗斯主义"语言文化政策的一部分，从20世纪50年代末一直持续到80年代，不仅使其境内许多少数民族的文化和语言慢慢退化，而且也直接导致了犹太人的传统民族语言希伯来语和苏联犹太人使用的意第绪语出现消亡迹象……犹太人使用本民族语言的人数比例从1929年的71.9%下降到1970年的17.7%。
④ Gitelman, Zvi. *A Century of Ambivalence: The Jews of Russia and the Soviet Union, 1881 to Present*. 2nd ed. Bloomington: Indiana UP, 2001, p177.

达的犹太文学不断衰退,犹太人的文化传统在俄罗斯文化的冲击下逐步弱化①。其实,除了苏联政府推行俄文教育外,犹太人自身也会主动融入其中,格施金一家通过学习俄语完成了文化上的"自我殖民"。格施金的祖母在掌握了俄文后,亲自教他学写西里尔字母,给他讲俄罗斯的神话故事。她希望生于列宁格勒的子孙能融入这个地方,成为真正的俄罗斯人。格施金的父亲在学习俄语后,成为苏联的高级知识分子。当沟通变得十分便利,民族之间的隔阂也更容易被打破,犹太人与俄罗斯人之间的交往日益增多。相应地,改说俄语的犹太人也从宗族上的犹太人转变成文化上的俄罗斯人。

苏联的俄文教育增强了移居者对地方的家乡感,迁居此地的人们从偶然的移民变成了当地的长期居民。当交往障碍减少,生存环境变得友善,犹太人感受到的是"安全而非威胁,包裹而非暴露,松弛而非压力"。松弛与安全的居住环境让犹太人认同自己生活在这个地方的内部,一种身在其中的内在感油然而生。当犹太人融入俄罗斯生活后,历史上在此发生过的某些消极事件或文化冲突便"无法感知",甚至被遗忘。21世纪的俄裔犹太文学减少了对沙皇时期犹太人被视为异邦者的描写,这种不公正的民族问题与民族矛盾在犹太人接受新身份的过程中逐渐淡化,转而加强对日常起居、苏联生活方式的关注。

为了加速犹太人对俄罗斯,甚至整个苏联的家乡感认同,从列宁、斯大林时期起,对犹太人的文化改造始终持续、有序地开展,并从思想理论、政策法规、学术研究等方面保障其有效实施。苏联的国家文化政策包含了民族主义、英雄主义、革命性、社会主义、爱国主义,是社会秩序与国家文化共同体建设的重要体现。苏联公民要学习并适应"在一个致力于英雄主义和英雄社会的环境下,诚实、道德的生存"的状态②。犹太教在日常生活中的分量日渐凋零,犹太人学习现代化知识、主动地参与国家经济、文化建设,从参与建设中产生了行为上的内在感(behavioural insidenss),增强了自身对俄罗斯家

---

① 周承. 以色列新一代俄裔犹太移民的形成及影响[M]. 北京:时事出版社,2010:70.
② Brintlinger, Angela. "Antiheroes in a Post-heroic Age: Sergei Dovlatov, Vladimir Makanin, and Cold War Malaise." *Chapaev and His Comrades: War and the Russian Literary Hero across the Twentieth Century*. Academic Studies P, 2012, pp. 180-181.

第二章 故乡熟识：缠绵悱恻的俄罗斯

乡地位的认可。格施金一家自祖辈就积极促进家乡发展，祖母身上的那种家乡感影响了其后代的地方认同。祖母是苏联共产党员，她要求格施金在思想上也要进步，日后也要加入少先队、共青团、共产党。祖母还与格施金一起演练宣誓口号："准备好了吗，为列宁和苏联人民而战！""时刻准备着！"格施金坚定地回答道[1]。

犹太人对俄罗斯的情感依附是个复杂的认知过程，体现的是人地互动中人性的深度。一般而言，人与地方的情感关系可根据人的来源不同大致分为两种情形：一是外来人口出于工作、游历、移民等流动性原因而来到某个地方生活，人们在此基础上形成了一种后天的、临时性的情感；另一种是由于出生在本地，以原住居民的身份长期居住于此而生成一种原生情感和持久的依恋。二者的区别在于，移居者对地方产生深刻的情结主要是偶发的，而原住居民与地方的情感关系具有天然性，是一种自觉的情感投入。其实，从代际关系上看，格施金一家三代人产生的家乡感在层级上是不同的。格施金的祖母进入列宁格勒是个体或家庭的行为选择，体现的是犹太人的冒险精神。格施金的祖父参加卫国战争履行的是公民保家卫国的义务，他的牺牲展现的是人"对地方的奉献、拥护与忠诚"[2]。祖父的英勇让其他家庭成员增强了对俄罗斯的热爱。

对出生在俄罗斯的犹太后裔而言，俄罗斯的家乡地位毋庸置疑。当犹太人拥有了与原住民一样的地方经验后，则对家乡产生了天然的土地情结。格施金与他的父亲都是在俄罗斯出生的犹太人，如果硬性区分父亲一代与世代生活在列宁格勒的俄罗斯人之间的差别，那么可以说他是东欧犹太移居者的后代，仍然受着东欧犹太人习俗与文化的影响，还不能算上彻底的俄罗斯人。但是，他的出生地位于俄罗斯，这让其产生了存在的内在感（existential insideness）。就格施金本人而言，他是在俄罗斯父母的培养、教育下长大，他的生活充斥着和当地孩子一样的喜怒哀乐，这种名实相符的"俄罗斯人"的经历使他认可自己的地方身份，对其产生一种不离不弃、生死相依的感觉。正

---

[1] Shteyngart, Gary. *The Russian Debutante's Handbook*. New York: Riverhead Books, 2002, p38.
[2] Shamai, Shmuel. "Sense of Place: an Empirical Measurement." *Geoforum* 22. 3 (1991): 350.

如段义孚所言:"人们之所以会出现潜意识性质却深沉的依恋是因为熟悉和放心,是因为抚育和安全的保证,是因为对声音和味道的记忆,是因为对随时间积累起来的公共活动和家庭欢乐的记忆"①。无论是主动或被动接受同化,犹太人在三至四代人的时间里,同时完成了公民身份、民族身份、文化身份三重身份的转变,他们最终接受了俄罗斯的物理环境和人文特征,对居住地生成了家乡的认同。

第二节　小镇情劫:《彼得之城》中的西伯利亚轶事

在21世纪的犹太移民叙事中,最常见的地方描写是有关莫斯科和圣彼得堡的城市生活的记述。几乎所有的作家都绕不开城市中发生的惊心动魄、荡气回肠的重大历史事件,城市生活见证着最广泛的犹太人的经历与蜕变。小说家瓦彭娅曾以莫斯科作为背景,描写了二战期间俄罗斯人对犹太人的救助,展现了同为苏联公民的犹太人与斯拉夫人之间的生死友谊。在短篇小说《家有犹太人》(There Are Jews in My House)②中,主人公嘉丽娜是俄罗斯人,住在莫斯科,她的朋友拉娅是犹太人,来自基辅。为躲避纳粹的种族屠杀,拉娅住进了好友嘉丽娜的家。嘉丽娜冒险收留了拉娅一家,但拉娅由于害怕连累好友同时也对自己的处境深感不安,在逗留一段时日后,于一个深夜带着女儿偷偷离开,选择独自面对死亡的威胁。这则小说借用大屠杀的历史背景,将故事的叙述地点置于莫斯科,将俄罗斯人为犹太人提供了庇护场所表现得淋漓尽致。虽然主人公之间也相互心生嫌隙,但是因为同为苏联公民,俄罗斯人还是愿意为犹太人提供力所能及的救助。

其实,除了莫斯科、圣彼得堡等大城市外,在俄罗斯广袤的领土范围内,

---

① 段义孚. 空间与地方:经验的视角[M]. 王志标译. 北京:中国人民大学出版社,2017:130-131.

② 收录在瓦彭娅同名小说集中,见 Vapnyar, Lara. "There Are Jews in My House." *There Are Jews in My House*. New York: Anchor Books, 2003, pp. 3-50.

第二章 故乡熟识：缠绵悱恻的俄罗斯

还散居着一些犹太人。他们的生活条件远不如都市中的犹太居民，甚至在20世纪末仍然处于相对闭塞、贫穷的状态。但是交通不便、信息不灵、与外界缺乏沟通、情况不清也能构成生成家乡感的重要条件。某种程度上，封闭的环境让内部成员很难获取外界信息，在没有信息比对的情况下，生活在落后地区的居民会甘于充当这个地方的一员。这种家乡感的生成并不是建立在对地方的依恋基础上，而是源于自己对环境的熟悉，对家人在场的满足而产生。然而，当人们有机会了解外面丰富多彩的世界，一般而言，会选择离开。这一点在尤里尼奇的小说《彼得之城》中有细致的描述。

《彼得之城》讲述的是西伯利亚黑人"犹太"女孩移民美国芝加哥的故事。小说在描写主人公的西伯利亚生活时，展现的是人在封闭的世界如何沿袭身份，生成内在的家乡感。主人公萨沙·戈德堡是个拥有黑人血统的犹太女孩，她的种族、肤色、身份的来源十分复杂。萨沙的祖父是来苏联交流的非洲青年，他与一位莫斯科白人女子生下一名男婴而后离开了苏联，这名男婴就是萨沙的父亲。父亲刚出生又被生母弃养，后来由一对苏联犹太夫妇抚养长大。根据犹太教重建派（Reconstructionist Judaism）的观点，父亲是犹太人或父母按照犹太人的方式抚养长大的孩子都可以被认定为犹太人[1]。萨沙的父亲虽然不是犹太人所生，但是他的养母是犹太人，并且他沿用了养父母家里的犹太姓氏"戈德堡"。因此，萨沙的父亲成了俄罗斯黑皮肤的犹太人，并且将肤色和文化身份传承给了女儿萨沙。从血缘、种族、宗教信仰上看，萨沙与犹太人没有任何关系，但是她的姓氏与身份传承"而非宗教或种族特征让她成为一个犹太人"[2]。在萨沙10岁时，父亲觉得黑皮肤在俄罗斯过于显眼，于是移民去了美国，剩下萨沙与母亲相依为命。

小说的故事场景设置在西伯利亚的一个偏远小镇。主人公萨沙与母亲生活的地方叫作"石棉二镇"，这里初建时是苏联劳改营总局"古拉格"的行政办公场所，负责全国的劳改营事务。石棉二镇在1932年至1961年间被叫作"斯大林斯

---

[1] 与严格的犹太教律法按照母系的方式传承相比，教重建派的观点有了实质性的变化。具体见 Sarna, Jonathan D. *American Judaism: A History*. New Haven & London: Yale UP, 2004, p322.

[2] Senderovich, Sasha. "The 'Soviet Jew' in Fiction by Russian Jewish Writers in America." *Prooftexts* 35. 1 (2015): 116.

克",现在的名称是为了纪念乌拉尔山脉一座拥有石棉资源的小镇而起的。石棉二镇有两条街,分别叫作斯大林街和列宁街,两条街在劳动广场汇聚,前面是苏维埃区,由囚犯所建,这里有这个国家最初建造的砖石结构建筑,一直沿用至下来①。石棉二镇有六幢公寓楼和一家食杂店,建筑的墙面用红色字体分别写着"荣耀属于""苏联部队""进食后""刷牙""欢迎来到""石棉二镇""模范镇"的字样②,这些断续的标语分别成为六座建筑和杂货店的名称。

不同于俄罗斯欧洲部分的大城市,小说中的石棉二镇历史较短,是苏联开发时间不长的工业荒地。镇里的生计取决于石棉的生产,镇上的居民每天仅供电两小时③。这里没有教堂,也不会吸引传教士前来传教。主人公萨沙无论对基督教或者犹太教的习俗、律法、饮食都不清楚。如果说贫穷、落后、尚未开化的地方也能促进家乡感的形成,那么这个形成过程除了依赖于人们在此出生、成长,还因为它足够闭塞、人们对外界顿感无知。段义孚在《空间与地方》中有一段关于家乡的论述,解释了生活在偏远、落后地方的人们家乡感生成的缘由。

> 家乡是一个亲切的地方。它或许平淡无奇,缺乏建筑特色与历史魅力,但我们却讨厌外人对它的批评。它丑陋并不要紧,在孩童时代,我们爬过那里的树,在裂缝的人行道上我们骑过自行车,在家乡的池塘里游过泳,它的丑陋我丝毫都不在意④。

小说的主要情节是围绕母女两代人对居住地的情感反馈展开,女儿萨沙年纪尚小,她没有明确地意识到家乡环境的落后,因此不存在排斥心理。相反,在童年,她受到母亲体贴的照顾,对居住环境仍然充满深情与依恋。萨沙的家庭生活条件十分拮据,但母亲依旧努力培养孩子的艺术情操。由于家里空间狭小,无处摆放钢琴,母女不得不放弃学习钢琴的想法;但是母亲带

---

① Ulinich, Anya. *Petropolis*. New York: Penguin, 2007, pp. 41-42.
② Ulinich, Anya. *Petropolis*. New York: Penguin, 2007, p3.
③ Ulinich, Anya. *Petropolis*. New York: Penguin, 2007, p237.
④ Tuan, Yi-Fu. *Space and Place*: *The Perspectives of Experience*. Minneapolis: U of Minnesota P, 2001, pp. 144-145.

第二章 故乡熟识：缠绵悱恻的俄罗斯

着女儿去学习小提琴，可是接连三个老师都说萨沙五音不全；母亲又给女儿报了芭蕾舞和花样滑冰，但是老师说她太胖，身体不协调。最终，萨沙只被当地的一家儿童艺术夜校录取。夜校位于名为"进食后"那幢楼的地下室，通往地下室的过道阴森潮湿，地上满是积水，通道里布满灰尘。画室的门廊杂乱，堆砌着石膏塑像、画架和供暖设备。隔壁房间的盆子装满了湿黏土、还有一个毛绒玩具狐狸、一篮子石蜡做的水果模型，好像石棉二镇周围能找到的所有旧式、华丽、复杂的西方文明的碎屑都堆在这个地下室里①。小说中的萨沙是个反英雄的人物形象。她结识了画室同学的哥哥后，在自己未成年时就生下一个女儿；她依靠夜校教育考取了一所位于莫斯科的套牌艺术学校"列宾艺术学院"（Repin Lyceum），实现了从西伯利亚到首都的地域跨域②；她通过婚恋中介改了年龄，嫁给一个美国人，成功移民美国。

  移民文学的叙事结构展现的是主人公背离家乡的过程，但从地方情感的角度看，主人公对故乡与移居地的认同感却与移民轨迹保持了逆向性。小说中主人公反复谈到自己要离开石棉二镇，但她也不断叮嘱自己"要回到石棉二镇，看看我能为家人做些什么"③。主人公不但没有嫌弃童年生活的环境，她还对家乡的人产生了强烈的依恋。那里有在逆境中独自养育她长大的母亲，还有她未成年的女儿。移民者的家乡感一般是通过移民后对家乡的牵挂表现出来。无论是在移居地或是重返故乡时，都对家乡的历史、建设、风貌保持关心，在获得个人成功后对故乡的亲人或家乡的建设承担责任感。萨沙前往美国的目的是"寻求美好的生活"④，她到达美国后，生活质量的确有所改观，但是并没有因移民而迅速实现财富的增长。萨沙没有明确的定居美国的意愿，她仍然关心家乡的变化与亲人的境况。在美国的六年间，萨沙曾先后五次回到家乡，她说："只要母亲和女儿娜迪亚仍然住在那里，石棉二镇就是一个我还能回去的地方。有时我回去，它就像唯一一个我熟知的真实的地方"⑤。美

---

① Ulinich, Anya. *Petropolis*. New York: Penguin, 2007, p8.
② 俄罗斯的列宾学术学院（Academic Lyceum of Repin）和列宾美术学院（Academy of fine arts of Repin）都位于圣彼得堡，小说中的列宾艺术学院戏访了两个学校的名称，并将故事的地点设置在莫斯科。
③ Ulinich, Anya. *Petropolis*. New York: Penguin, 2007, p251.
④ Ulinich, Anya. *Petropolis*. New York: Penguin, 2007, p92.
⑤ Ulinich, Anya. *Petropolis*. New York: Penguin, 2007, p311.

国对于萨沙而言仅是赚钱的场所,她尚未摆脱家乡的牵绊,这一点可以从萨沙给女儿写的信中看出端倪:

> 我不幻想着拥抱你,或者将你从妈妈那带走。我几乎记不得你的模样,但是我知道你需要什么。你会有食物、衣服,你还会有会发光的运动鞋、樱桃味的维他命、卡通床单、有小家具的玩偶之家。我会在很远的地方张开泰迪熊般柔软的双臂拥抱你,我会寄去音乐贺卡与你交谈。我会成为你活下来的依靠①。

地方自身的"发展"产生了独特的地方文化,文化反过来又深刻地影响生活于其中的人,影响人的行为与价值观。"对成年人来说,地方可以通过多年来情绪的稳定增长而获得深层的含义。每一件传承下来的家具,甚至是墙上的一个污点,都讲述着一个故事"②。小说中,萨沙的母亲是一个扁形人物。她自始至终都维持了一个坚定地留在石棉二镇的人物形象。对终身生活在一个地方而不曾远行的人而言,地方无论是环境优越或是衰败落后都是现实中的家乡,尤其是当家乡的环境恶劣时,增强认同感能减轻身处其中的人的焦虑和狂躁。萨沙的母亲对贫穷的石棉二镇产生了依恋是由于这个地方凝结了她的人生意义,虽然这种意义并不崇高或伟大,但是这对她本人而言意义重大。

在萨沙父亲移民美国之际,她的母亲也动摇了移民的信念,但是因为家中的老人和自己的女儿无法一同移民,她甘愿留下来照顾她们。萨沙在从美国回到家乡时,她希望母亲能搬离这里,但是母亲拒绝了,她说"房子怎么办?""我割舍不了这一切","这是我的命,这是我存活的地方"③。在长期的人地互动中,人与地方形成了一种情感上的联结,人与人之间的交往演变成人与地方的情感关系。"地方与环境其实已经成了情感事件的载体,成了(具备深刻价值的)符号"④。从对人的责任感到对物的眷恋,是人地关系生成的重要转向。与人的自由活动相比,土地、房屋是固定不能随意搬动的,对物

---

① Ulinich, Anya. *Petropolis*. New York: Penguin, 2007, p239.
② Tuan, Yi-Fu. *Space and Place: The Perspectives of Experience*. Minneapolis: U of Minnesota P, 2001, p33.
③ Ulinich, Anya. *Petropolis*. New York: Penguin, 2007, p277.
④ 段义孚. 恋地情结[M]. 志丞、刘苏译. 北京:商务印书馆, 2019: 136.

第二章 故乡熟识：缠绵悱恻的俄罗斯

的固守表现的是对地方的情感维系。相对于新女性形象而言，萨沙的母亲是个保守主义者，但她的保守维系了人们对地方的依存感。

  人们表达和增进地方感的方式有多种：或者投身于家乡的经济、文化和社会建设，为保护家乡的文化遗产和自然生态出钱、出力、出智慧；或者参与地方的各种公益活动，关心乡党，尊老扶幼，恤孤济贫；或者投资建造标志性的建筑物如学校、路桥、公园、纪念碑、教堂、宗祠、庙宇等，为家乡增加更多的整体特征。除了用实体形态表达和增进自己的地方感，人们还可以运用各种符号形式，例如音乐、美术、文学、影视作品和回忆录等来描绘和赞美家乡①。

依恋是地方感中较高层级的情绪感受。地方依恋的产生与个人或者集体的生存体验有直接关系，人们通过强调地方的特殊性，表达此地与其他地方的差异，赋予其独特的价值与意义。小说的故事定格在 2001 年，镇上的人几乎都搬走了，萨沙也将女儿带去了美国，但是依然没有带走病重的母亲。萨沙的母亲将自己关在一间破旧的图书室里，体面地死去。母亲原是这里的图书管理员，她为自己精心打扮了一番，坐在熟悉的书桌旁，平静地直面死亡。在她面前是一本摊开的书，书页赫然印着 1918 年俄罗斯诗人曼德尔施塔姆为悼念沙皇俄国的灭亡所做的一首挽诗"彼得之城"（Petropolis）：

  一束来自苍穹游荡的光，
  或是一颗星星如此闪烁？
  透明的星，摇曳的光，
  你的兄弟，彼得之城，正在消亡。
  ……

"彼得之城"是圣彼得堡的旧称，诗人曼德尔施塔姆使用这个古词以凸显

---

① 曾大兴.文学地理学概论[M].北京：商务印书馆，2017：34.

这个地方的伟大。全诗共四个小节,每小节的最后一句都重复同样的话:"你的兄弟,彼得之城,正在消亡",以此表达对这个伟大城市衰落的惋惜。萨沙母亲端坐的死亡照片被登在当地的杂志上,媒体甚至没有去辨别死者的身份,而是给她起了更具诗意、更具象征性的代称"冰雪女王、白雪公主、石棉圣母"①,并配有诗文。诗文的标题改写了曼德尔施塔姆的诗句,成为"你的兄弟,石棉二镇,正在消亡"。萨沙母亲死在偏僻、落后的家乡,完成了人与环境的融合。"人不仅具有身体,还拥有思想和灵魂",当人甘愿与山川、河流、土地、家乡相融合,表明的正是地方感中"恋地情结"(Topophilia)的精神内涵。

  很长一段时间,地理学主要关注的是国家、区域、景观的空间性与物质性,无论是对宏观上的空间探索还是对具体地点的研究,都缺乏对地方意义的追问。空间关注的是地方的物理性边界与容纳包围性;与空间的物理性相对,地方最大的特点在于它是一种感性或文化性的地域认识。犹太人在进入俄罗斯后,不仅仅是地域空间上发生了位移,在文化的适应性、地方认同方面也实现了认识的转变。犹太人通过被动的濡化与主动的自我殖民,使自己了解并认同俄罗斯的地方常识,在参与地方建设与文化建构的过程中,实现了自我文化性的重塑。21 世纪的犹太移民叙事聚焦了美国作家无法触及的犹太人在苏联的生活细节。犹太人将俄罗斯视为家乡并生成了强烈的依附感,这与他们后续移民离开并不矛盾。在故乡时,犹太人受到俄罗斯国家与民族文化的浸染,实现了对俄罗斯国家的认同。当环境发生了变化,犹太人产生孤独、异化的感觉,最终选择离开,也是遵从地方感的本真性原则。

---

① Ulinich, Anya. *Petropolis*. New York: Penguin, 2007, p322.

第二章 故乡熟识：缠绵悱恻的俄罗斯

第三节 童年感知：莫斯科文本中的
孤独、冒犯与记忆的深渊

　　人类的情绪复杂多样，犹太人总体上对俄罗斯产生了温暖的家乡感，但某些个体或群体由于自觉受到了孤立或冒犯而变得沮丧、消极。这些人觉得，虽然身处俄罗斯却有一种外在感（sense of outsideness）如影随形，其内心的感受如同白人社会中的"黑人"，不言自明[1]。历时地看，犹太人是在十月革命后大规模迁入俄罗斯的，要收获理想的社会地位仍需要充足的时间，以及民族政策的不断完善。苏联政府在缓解民族矛盾方面做出过积极的努力，但政策收效差强人意。相貌、习惯等一些显性要素以及身份、思维、记忆等隐性特征，仍是划分彼此的重要标准。在瓦彭娅的小说《问道维拉》（A Question for Vera）中，主人公是一位正在上幼儿园的犹太小女孩，相貌成了区分她与其他同学的指标。施拉耶尔在《逃离俄罗斯》中记载了自己是班级唯一一位登记在册的犹太人，身份成了他被孤立、被排斥的缘由。

　　某种程度上，苏联政府为公民身份设立"民族"一项，有利于准确地统计各民族人口的数量与分布。身份的确定性让犹太人从一个外来族群转变为苏联境内的合法民族，与俄罗斯人实现了法律上的平等。但身份确定后，民族界限也变得难于跨越。甚至在少数民族群体中，犹太人也觉得与乌克兰人、亚美尼亚人、乌兹别克人、鞑靼斯坦人等其他少数民族有本质的区别。其他主要少数民族拥有本民族的土地，而犹太人没有[2]。其实，"无论是个体或是群体，都愿意将自我当作世界的中心。自我中心主义与民族中心主义是人类的共性特征，只不过其强度在个体和社会群体之间差异显著"[3]。犹太人作为

---

[1] Sahadeo, Jeff. "Soviet 'Blacks' and Place Making in Leningrad and Moscow." *Slavic Review* 71. 2 (2012): 338.

[2] 斯大林执政时期在西伯利亚建立了犹太人自治州，但其位置偏寒且远离苏联经济、文化核心区，甚少有人移居。

[3] Tuan, Yi-Fu. *Topophilia: A Study of Environmental Perception, Attitudes, and Values*. Englewood Cliffs: Prentice-Hall, 1974, p43.

一个民族排斥位于边境地区的犹太人自治州,但这并不否定犹太人对拥有本民族土地的诉求,他们只是在"中心"与"边缘"的地缘政治中,选择留在核心的位置以挽救作为"小民族"的社会地位。

俄罗斯大部分犹太人居住在莫斯科和圣彼得堡,但一些身居核心地域的犹太人仍觉得自己是局外人。他们拼命地把自己独立出来,根本原因就是安全感的匮乏。在21世纪初的犹太文学中,许多故事都以首都莫斯科为叙述地点,但表达的却是犹太人被孤立、排挤的地方感受。莫斯科的居民种族、阶层多样化,除了俄罗斯人外,还有来自东欧、中亚以及高加索地区的人。这里被认为是最具开放性和包容性的地方,但当地的居民对莫斯科人文环境的评判莫衷一是。"一些人坚持认为这里没有歧视;而另一些人则看到显著的种族阶层划分"[1]。小说《问道维拉》的故事场景设置在莫斯科的一家幼儿园,主人公犹太小女孩卡佳仅有四五岁。在没有成年人参与的场景中,她的同学依然可以通过相貌辨认出她的"与众不同",这说明俄罗斯人对犹太人的刻板印象在代际传承中"顽强地"保留了下来。

在俄罗斯文学中,犹太人曾被描述成身体或心理有缺陷的群体。作家果戈里、屠格涅夫、陀思妥耶夫斯基都曾不加修饰地攻击过犹太人的"贪婪""世故"与"傲慢"。小说《问道维拉》的作者瓦彭娅是俄裔移民,她深知俄罗斯反犹人士如何看待犹太人的"先天不足"。在故事情节的建构中,她通过残疾叙事的方法,将俄罗斯人对犹太人的天然排斥表达得淋漓尽致。小说的主人公卡佳在幼儿园有一个玩偶,它只有一只眼睛,但卡佳很喜欢它,给它取名"维拉"。一只眼的玩偶无疑代表了某种残疾,但"残疾不是一种静止的状态;它是流动的、不稳定的"[2]。在得到合理的关切后,残疾可以转变成"健全"。小说中,主人公卡佳是这个独眼玩偶最好的伙伴。在没有旁人时,卡佳就跟这个玩偶说话。作者所描写的主人公与残疾玩偶之间的亲密互动,表达的是弱势人群对陪伴、认同的渴望。这在缺乏安全感的人群中表现得尤为明显。有一天,抱着这个玩偶的不是卡佳,而是一个名叫伊拉的俄罗斯小女孩。卡佳

---

[1] Sahadeo, Jeff. "Soviet 'Blacks' and Place Making in Leningrad and Moscow." *Slavic Review* 71. 2 (2012): 338.

[2] Bérubé, Michael. "Disability and Narrative." *PMLA* 120. 2 (2005): 570.

第二章 故乡熟识：缠绵悱恻的俄罗斯

想上前攀谈，却被断然拒绝，因为她是个犹太人。

人类获取信息的渠道包含两种：一是直接的感官接触，二是与他人的交流。小说的故事场景被设定在幼儿园，此时所有的家长均不在场，排除了孩子被当场教唆的可能。但仅有五六岁的俄罗斯小女孩依然能通过观察，分辨出犹太人与俄罗斯人之间的相貌区别。其内涵在于隐喻读者，区分犹太人与非犹太人的思想在包容、开放的莫斯科并没有缺席，隐性的歧视、排斥观念依然根深蒂固。故事中写道，伊拉将卡佳拉到镜子前，让她观察自己的体貌特征。卡佳觉得自己的耳朵和双腿并没有什么不同，但眼睛是棕色的，而且很大，鼻子虽然不大，但是鼻头向下，而不是上扬。她觉得与家人、亲戚都长得很像，但在伊拉看来这很不正常[1]。阿什肯纳兹犹太人历经通婚与民族融合，在肤色、身高、形体上与俄罗斯人没有明显的差别，但某些细微的犹太体貌特征仍然能看出区别。正如故事中的独眼玩偶，原本仅作为"差异性"的相貌特征，在犹太人与俄罗斯人的比较中成为一种"残缺"。

其实，苏联政府一直致力于解决犹太人的问题，在媒体与报道中淡化对差异性的宣传。苏联之所以要淡化对犹太问题的讨论，其目标是要建立一种去犹太化的社会行为规范。这种规范是隐藏在社会运作中的一套行为标准，它规定了其成员群体什么是可以接受的，什么是不能接受的[2]。小说中没有讲述犹太人的历史与形象被人代代相传，但在日常生活中，俄罗斯人不经意的态度仍能表现出对犹太人的传统排斥。卡佳在家人那里或电视中从来没有听到有关犹太人不同于俄罗斯人的评论，但她记得母亲在蔬菜店里发生过的不愉快经历。在挑选西红柿时，母亲选中一些品相好的而放弃那些烂掉的。这导致店员的大为不满："不许挑好的，不许耍犹太人的把戏！"在卡佳看来，母亲的做法没有什么错误，但是在非犹太人眼中，这是不能接受的。这让卡佳意识到，犹太人似乎确实与其他人不同[3]。历史上，犹太人居住西欧期间一直

---

[1] Vapnyar, Lara. "A Question for Vera." *There Are Jews in My House*. New York: Anchor Books, 2003, p84.

[2] Bicchieri, Cristina. *The Grammar of Society: The Nature and Dynamics of Social Norms*. Cambridge: Cambridge U P, 2006, p. ix.

[3] Vapnyar, Lara. "A Question for Vera." *There Are Jews in My House*. New York: Anchor Books, 2003, p85.

表现得善于经商，长期的商业活动让他们背负了高利贷者、奸商等恶名。而此时，犹太人正当的生活习惯也被迅速地与获益的历史相联系，对犹太人排斥的记忆随时可能被唤醒。在俄罗斯民众的记忆中，犹太人从来没有摆脱狡猾、世故的传统，这种立场在代际中得以沿袭并传递。

在描写有关俄罗斯境内各少数民族社会地位的问题时，《问道维拉》做了一个排序，犹太人的地位要比其他少数民族低下。在幼儿园，卡佳有一个乌兹别克族朋友叫阿吉扎，阿吉扎同样是有"残疾"的，因为她保留了民族用手抓饭吃的习惯，吃饭很慢。乌兹别克人手抓饭、犹太人区别化的相貌体征原本都不是某种缺憾，但此时却成了一种残障。"残障人士形成一个类别，这种类别源于差异，但深刻影响着身份政治"①。小说中，卡佳和阿吉扎每次总是最后吃完饭，但她们彼此不会嫌弃对方，而是"仔细地计算着另一个人咀嚼、吞咽的速度，最后同时吃完，然后把空盘子给老师看一下，而后跑到一边玩耍"②。一次，阿吉扎感冒在家休息，卡佳成了吃饭最慢的那个小孩。由于缺乏陪伴，她看起来忐忑不安。在意识到犹太人就像那个独眼的玩偶具有天然的"残缺性"之后，卡佳自问："如果做乌兹别克人会不会比犹太人要好呢？"③乌兹别克人用手抓饭吃的习惯并没有受到诟病，但是卡佳却不能那样。如果一定要做一个"不正常"的人，为什么不能成为一个"乌兹别克人"呢？

苏联成立后，族裔文学中对犹太民众遭受迫害的描写已很少记载，但是对犹太人仍受到潜在的歧视或排斥的描写仍然时而存在。小说中的独眼玩偶是一个典型的形象隐喻。由于犹太人的相貌和民族身份都无从更改，卡佳只能通过自我的意识觉醒实现民族身份的认同与自洽。卡佳告诉玩偶维拉："我是犹太人"。她发现"维拉并没有什么意外的情绪或震惊，她仍然用平静的表情看着自己。她也未表现出同情"。卡佳接着说道："维拉，你知道吗，很巧合，你也是犹太人……看你的一双眼睛！抱歉，是一只眼睛。它又大又圆。你认为它正常吗？不，它不正常……你有两只典型的犹太人的耳朵……维拉，

---

① Couser, G. Thomas. "Disability, Life Narrative, and Representation." *PLMA* 120. 2 (2005): 602.

② Vapnyar, Lara. "A Question for Vera." *There Are Jews in My House*. New York: Anchor Books, 2003, p80.

③ Vapnyar, Lara. "A Question for Vera." *There Are Jews in My House*. New York: Anchor Books, 2003, pp. 85; 86.

第二章 故乡熟识：缠绵悱恻的俄罗斯

你在意吗？"①卡佳对玩偶的发问其实是一种成长与认同的过程，玩偶自然无法作答，但主人公自己却得到了答案。故事的结尾以传统的成长小说的方式描写了卡佳与犹太身份的和解。当家长们来接孩子时，卡佳看到祖母穿着皮大衣，披着羊毛披肩，从人群中向屋内凝视。周围也都是穿着同样装束的女人。卡佳意识到，祖母和其他家长没有什么不同，维拉也不在意自己只有一只眼睛，自己"做犹太人也没什么不好或特殊的"②。

苏联时期，犹太人的生存环境有了很大程度的提升，但俄罗斯民众却保留了对犹太人消极、否定的负面认识。《问道维拉》的作者在讲述犹太人受到的排挤时拒绝使用代际之间口耳相传的方式，本身是对犹太人民族地位提升的一种肯定，但她描写的俄罗斯孩子通过独立观察形成消极的立场同样令人生畏。这种难于磨灭的排斥意识久久挥之不去。其实，不仅俄罗斯人一再破坏政府所设计的去犹太化的行为规范，犹太人也在反复强化自身的民族性，以此抗拒被肆意的同化。一个地方的社会规范需要各种族、阶级的人共同去维护，当这种规范受到冲击、削弱或破坏时，其内部成员很可能失去心理价值所引，从而引发价值观的崩溃或瓦解，进而导致人地关系出现紧张、对立、甚至决裂的局面。许多犹太人都曾被长辈告知民族矛盾的原委，孤独、异化、消极、暴躁等诸多负面情绪在年轻一代成长过程中继续累积，使得新生代在遭遇类似事件时倍感焦虑。

作家施拉耶尔在四岁时就意识到自己作为犹太人的"他者身份"，他在成长过程中倍感疏离。施拉耶尔同样生活在莫斯科，在上幼儿园时，保育员当众给他的盘子刻意加了一个未去皮的鸡腿，调侃他说只有犹太人爱吃带皮的鸡肉③。班上的其他男孩子还使用带有蔑视、诋毁性质的词汇称呼犹太人。中学时，施拉耶尔是班里唯一一位犹太学生，其他同学担心犹太身份会带来麻

---

① Vapnyar, Lara. "A Question for Vera." *There Are Jews in My House*. New York：Anchor Books, 2003, p90。
② Vapnyar, Lara. "A Question for Vera." *There Are Jews in My House*. New York：Anchor Books, 2003, p90。
③ 犹太人是使用鸡皮的，这一点与大部分俄罗斯人有所区别。如东欧常使用的一种脆鸡皮的做法被称为"Gribenes"，在意第绪语中有"碎片"的意思。它的做法是用鸡肉中的脂肪加工而成，并加入洋葱和一些盐调味，直到它们变脆为止。

烦而虚假地登记为俄罗斯人。大学期间,他积极参加学校各项活动,但"在学校的每一天都感到孤独";老师提到犹太人时,同学们会歇斯底里地大笑,好像犹太人是个"骂人的词汇","自带侮辱性,肮脏且令人捧腹"①。

从性别上讲,施拉耶尔的经历代表了犹太男孩在成长过程中的生存体验。一般而言,女孩在沟通过程中不太使用侮辱、谩骂性的词汇激怒他人,而男孩在成长过程中叛逆性表现得更为明显,他们会认为谩骂性词汇表达更具力量感,或者能形成一种群体身份。与瓦彭娅所描写的卡佳不同,施拉耶尔在犹太激进主义家庭中长大。他幼年时,父亲就给他讲述犹太人的历史,俄罗斯人的反犹主义、犹太教堂被迫关闭、犹太复国主义者遭到流放等故事,这些消极、负面的信息在他的情感世界中逐渐沉淀、内化并形成了一种民族对立的思想。父亲还告知他如何使用暴力回击身边人对他的不敬。因此,在施拉耶尔的成长过程中,虽然文化上深受俄罗斯同化,表现出明显的俄罗斯性,但在民族立场上却是反对俄罗斯的,呈现出强烈的犹太反抗意识。他是一个要"逃离"俄罗斯的犹太人,而不是"摆脱"国家的犹太人。然而,俄罗斯的历史、文化与人民已经证实了一种身份,这种身份无法从施拉耶尔的犹太故事中删除②。

施拉耶尔在《逃离俄罗斯》中记载的移民拒签事件,有力地说明了俄罗斯犹太知识分子家庭对居住地的排斥。犹太人在以色列建国后申请离境,但苏联政府通过关闭国门或拒绝签发许可等形式限制犹太人的离开。移民者中,知识分子受到的波及程度最深,一些人甚至要历经数年才被允许离境。这些长期"未获得苏联政府准迁而无法重返以色列"的犹太人被称为"移民拒签者"(refusenik)③。移民拒签者与苏联的持不同政见者(dissident)一样,大多都是社会上的激进主义者,同时也是苏联社会中的不服从者(non-conformist)。这些人与美国记者有着多渠道的联系,这些记者为其移民海外提供政策资助。

二战后,苏联境内申请离境的犹太居民多达上百万,其中不乏大批在医

---

① Shrayer, Maxim D. *Leaving Russia: A Jewish Story*. Syracuse: Syracuse UP, 2013, pp. 12; 17-18.
② Fürst, Juliane. "The Difficult Process of Leaving a Place of Non-Belonging: Maxim D. Shrayer's Memoir, *Leaving Russia: A Jewish Story*." *Journal of Jewish Identities* 8. 2 (2015): 206.
③ Khanin, Vladimir. "The Refusenik Community in Moscow: Social Networks and Models of Identification." *East European Jewish Affairs* 41. 1-2 (2011): 75.

第二章 故乡熟识：缠绵悱恻的俄罗斯

疗、工程、艺术、经济、自然科学等领域具备较高技能的高级知识分子。苏联政府起初限制犹太人出境，希望通过这样的做法"挽留"人才并遏制人口的快速流失。政府采取的措施包括施加经济压力、征收"出境税"、威胁、审查，甚至通过降级、解职、剥夺公民权等手段限制其出境①。这些限制性的措施客观上加剧了犹太人在生存地域上的分化与裂变。

知识分子作为一个自省的群体，容易将个体的经历上升为群体意识。对积极离境的犹太知识分子而言，被拒绝签发出境许可意味着民族地位的下降，最直接的生存感受是削弱了犹太人对俄罗斯家乡感的认可。施拉耶尔是来自典型的移民拒签家庭的犹太人，在回忆这段经历时，他将个人生存体验书写成民族的地方感受。施拉耶尔的父母是苏联的高级知识分子，他们一家有长达9年的时间被限制出境。施拉耶尔通过描写犹太知识分子对苏联的否定，表达了自己对家乡的厌恶。从施拉耶尔的回忆录中不难看出，"这种对事物的否定塑造着他对过去和祖籍国的看法，这个国家既是家园，又充满敌意，既是灵感的源泉，也是异化的根源，同时还是他成功与蒙羞的场所"②。

苏联政府拒绝签发移民签证的原因是多方面的。国际形势上，为应对以色列在政治上逐渐向欧美等西方国家靠拢，苏联政府不得不收紧移民政策，调整犹太人的去留方向。对国内而言，由于犹太人在苏联整体上是一个受教育程度较高的群体，拒绝知识分子出境能有效地遏制人才的快速流失③。但就犹太知识分子自身而言，由于他们的移民诉求遭到拒绝，原本情感中的内在性感受被逐出认识范畴。取而代之的是一种存在主义的外在性（existential outsideness）认识，这种认识坚定了他们移民的愿望。犹太知识分子认为苏联的政策是限制性、非人道的，但在无法离境的岁月里，他们又不得不继续工作、养育子女，以维持正常的社会生活。其结果是加深了犹太人与俄罗斯之间人地关系的紧张情绪，产生了对家乡的厌恶感。

产生外在性的地方感不是由于简单的地理位置的区分，而是人们对地方

---

① 周承. 以色列新一代俄裔犹太移民的形成及影响[M]. 北京：时事出版社，2010：78-79.
② Fürst, Juliane. "The Difficult Process of Leaving a Place of Non-Belonging: Maxim D. Shrayer's Memoir, *Leaving Russia: A Jewish Story.*" *Journal of Jewish Identities* 8. 2 (2015): 206.
③ 周承. 以色列新一代俄裔犹太移民的形成及影响[M]. 北京：时事出版社，2010：78-79.

的社会心理认知出现了离心的思想。施拉耶尔曾总结犹太人产生离心的情感诉求主要包含四个现实原因：即持久的政府资助的反犹主义仍然盛行；苏联意识形态与统一的国家文化建设对犹太知识分子的民族事业进行压制；为人父母者需要在精神上挽救犹太孩子曾遭受的孤独、侮辱与同化；将未成年的子女带离苏联，能够避开18岁时的服兵役义务[1]。施拉耶尔的总结涵盖了民族主义、文化矛盾、生存状况、人身安全等四项移民缘由，这是造成犹太人不愿意扎根于此的重要原因。

其实，犹太人选择离开的缘由比施拉耶尔的归纳复杂得多。除了部分人遭受排挤、歧视等显性问题外，还包括以色列建国后对本民族人口的需求、美国政府和国际犹太组织的主动"帮扶"等外在因素以及苏联经济落后、外交政策失误等自身的问题。当苏俄无法满足犹太人对生存状况的基本需求而境外的生活条件更为优越时，犹太人会遵循古老的民族记忆与流散的经历，选择离开此地。逃离苦难之乡、前往应许之地是犹太人解决现实问题的重要方法。在犹太人受到歧视、迫害或屠杀时，他们很少发起大规模地反抗或武装斗争，而是采用逃离地方的方法求得生存。

犹太人逃离苦难之地的原型记述载于《圣经》之中，"出埃及记"的故事展现了古代希伯来人最基本的生存方式。当希伯来人遭受埃及法老的压迫时，他们在神的指引下走出了埃及。我们可以暂且搁置有关这个传说真实性的争议，走出埃及的故事最重要的启示在于，离开埃及不仅是空间上的移动，更重要的是，它意味着脱离了世俗、不洁、压迫，以及经过同化所形成的、叛离独一无二之神的环境，甚至可以说是一次干脆地离开"尘世"的行为[2]。因此，历史上的犹太人面对流亡、迁徙，总能在"新的地方"找到生存下去的理由。施拉耶尔讲述的犹太人受到歧视、不公，让离开俄罗斯成为一件摆脱凡俗的神性事件。这种认知对内构成了犹太人自我认同和共同体建设的认识论基础，对外使得移民行为出现了群体性特征。

就个体经历而言，施拉耶尔一家于1979年提出移民申请，但是当时正值

---

[1] Shrayer, Maxim D. *Leaving Russia: A Jewish Story*. Syracuse: Syracuse UP, 2013, p36.
[2] 扬·阿斯曼. 文化记忆：早期高级文化中的文字、回忆和政治身份[M]. 金寿福、黄晓晨译. 北京：北京大学出版社，2015：223.

第二章 故乡熟识：缠绵悱恻的俄罗斯

移民高峰期[1]，他们遭到了拒签。移民拒签的行为本身表明苏联政府对犹太人的行为约束力仍然存在。虽然这种约束背后重要的目的在于挽留知识分子，保持国家的科学竞争力，但是在客观上降低了犹太人对家乡的认同感。文学作品对地方性事件的描述具有一定的主观性，但"文学作品的'主观性'不是一种缺陷，事实上，正是它的'主观性'言及了地点与空间的社会意义"[2]。俄罗斯作为现实的生活场所，为犹太人提供了基本的生存与安全保障，但是俄罗斯所激发出来的地方感却是由其社会意识形态、民族政策来建构的，这种建构具有流动性，是不稳定的，它可能朝着预期的方向发展，也可能与最初的目标背道而驰。迟迟没有收到获批离境消息的施拉耶尔一家最终经历了9年的"移民拒签者"的生活。

移民拒签政策是苏联历史上的一个偶发事件，犹太人作为俄罗斯国家中的"外来人口"与民族政策之间的对立引起了一种偶发式的外在感（incidental outsideness）。这种外在感最终在犹太人之间传播、发酵，形成了坚定离开的民族意志力。施拉耶尔的《逃离俄罗斯》描写了来自移民拒签者家庭积极申请离境的过程，但同时也展现了犹太人的俄罗斯化进程。"当施拉耶尔离开苏联时，他觉得这是一次诀别。但是读者却知道他永远无法彻底地离开。他的回忆录即是一种证词，他的情感与思想在他离开多年后，仍然被困在这个国家和他的体系之中"[3]。

> 我无法把意第绪语当作一种日常用语，也不可能重返先祖的故乡乌克兰与立陶宛。苏联一路走来、纳粹倒行逆施，已达成了毁灭性的后果。重要的是，祖辈的人生抉择与生存过往让他们的过去浸染了丰富的犹太文化，而对于我，一个20世纪70年代在莫斯科长

---

[1] 根据弗雷德·A·拉辛在《美国政治中的苏联犹太人之争：透视以色列与美国当权派的关系》（2014）一书的研究，1979年离开苏联的犹太人高达51320人，1980年仍有21471人离开。见第400页。

[2] 迈克·克朗. 文化地理学[M]. 杨淑华等译. 南京：南京大学出版社，2005：56.

[3] Fürst, Juliane. "The Difficult Process of Leaving a Place of Non-Belonging: Maxim D. Shrayer's Memoir, *Leaving Russia: A Jewish Story*." Journal of Jewish Identities 8. 2 (2015)：205.

大的人来说，基本是做不到了①。

施拉耶尔的回忆录是在他移民美国20年后所作，书中描写的作者年轻时在苏联的经历更像是他带给美国人的一段鲜有人知的苏联故事。这段发生在故乡的经历影响并塑造了施拉耶尔对犹太性的理解。确切地说，这段经历在他离开出生地后仍然塑造着他的认知。正如有评论如此评价施拉耶尔的创作：这是一本有关犹太人的回忆录，但更似一本找寻犹太性，尤其是苏联犹太性的回忆录②。其实，个体有时不会使用"地方感"这样的术语来描述其对特定地方的感受，但对个体而言，地方感依然真实存在。施拉耶尔的回忆录与瓦彭娅的小说存在着一个共性特征，那就是个人地方性的成长经历最终都上升为一类人的感觉或整个族群的意识。这说明，犹太人在俄罗斯虽表面上已经融入当地的生活，但犹太人自知的差异与消极的感受很大程度上是被主体民族积极、热烈的情绪所掩盖的。当这种情绪累积到足够充分的时候，最终通过集体离境的形式显现了出来。

第四节 重访俄罗斯：尤里尼奇《列娜·芬克尔的魔桶》中的旅行书写

一百年前，卡恩、安亭一代犹太人怀揣着对远方生活的憧憬，离开了沙皇俄国，远赴他乡。这次移民潮如恢宏的史诗，伟大而壮阔。移民者摆脱了俄国单调、乏味的生活方式，聚居在纽约、波士顿等美国沿海城市，壮大了当地犹太社区的规模。沙俄时期的移民行为是单向性的、永久的，被视为一次摆脱旧世界、迎接新生活的壮举。然而，一百年后的苏联移民在20世纪末期出现了重访故地的机会，移民者虽然没有返回故乡定居的意愿，但往返大西洋两岸已成为一些人的生活常态。"至少在理论上，犹太人是被允许返回祖

---

① Shrayer, Maxim D. *Leaving Russia: A Jewish Story*. Syracuse: Syracuse UP, 2013, p15.
② Fürst, Juliane. "The Difficult Process of Leaving a Place of Non-Belonging: Maxim D. Shrayer's Memoir, *Leaving Russia: A Jewish Story*." *Journal of Jewish Identities* 8. 2 (2015): 189.

国的，来往回访也是一种常见的做法"①。一些人由于旅游观光而对俄罗斯进行了短暂的造访，另一些人返回故地去探望亲友，还有一些人因为事务性原因做了阶段性的停留。

回到俄罗斯与回访东欧是不同的。东欧不是大多数当代犹太人的家园，回访者一般只是以纯粹的"游客"身份对近似的风景进行了游历。但是回到俄罗斯是返回犹太人移民前现实的祖籍国。主人公假借游客的身份进行重访，但实则是重新一次踏足故乡。俄罗斯是犹太人居住过的地方，人们对俄罗斯的感受来自曾经的直观体验。对年轻一代而言，他们在莫斯科或圣彼得堡曾度过童年或者青少年时期。年少时期是思想观念形成的核心期，回到俄罗斯最初的感受是熟识与亲切，但也夹杂着一定的陌生感。21世纪俄裔犹太小说中所描写的这种同时存在且相互矛盾的地方感主要是对"空间的结构化"进行的描述，是对"家与外面的世界"的有效区分②。小说家施泰恩加特本人曾多次拜谒祖籍国。他回忆道：

> 当我回到出生地俄罗斯时，我一连几天睡不着。我被俄语包围着。抖动的颤音使我的脚底发痒。每一个嘟囔她孙子的老妇都是我死去的祖母，每一个忧郁、刚毅的男人都是我的父亲，每个在夏园和朋友通宵喝酒、咒骂西方的年轻人都是我自己③。

言语声音是环境中最重要的声音之一，也是生成地方感的重要手段。犹太人移民美国后在公共领域大多言说英文，但是在家庭环境或者与同胞交流时常使用俄语或者掺杂着一些俄文。由于移民者的语音与本地人始终有所差别，他们在人群中很容易辨认，从而造成认同感的隔阂。当久居他乡的人们故地重游时，他们或许会发现曾经熟悉的环境、景观发生了微妙的变化，但难改的乡音却让他们迅速自觉不是"局外人"。相同的言语习惯能带来文化上

---

① Wanner, Adrain. *Out of Russia: Fictions of a New Translingual Diaspora*. Evanston: Northwestern UP, 2011, p4.
② 迈克·克朗. 文化地理学[M]. 杨淑华等译. 南京：南京大学出版社，2005：59.
③ Shteyngart, Gary. "The Mother Tongue between Two Slices of Rye." *The Threepenny Review* 97 (Spring 2004): 5.

的亲切感，但与此同时，事过境迁又不免触发情绪上的惆怅与悲凉。人们通过对比使得故乡与移居地两个地方都更具现实感，其间掺杂着犹太人对过去身份的抗拒以及对移民盲目性的反思，这加剧了犹太人对后移民生活的不适感。

在小说《列娜·芬克尔的魔桶》中，主人公曾先后四次回到俄罗斯。她起初是抗拒回到故乡的，因为移民行为就像一段感情的终结，一旦亲密感发生了断裂，总会令人感慨万千。一般而言，移民者选择离开祖国都是在深思熟虑之后做出的决定。对全部家庭成员都移民到新地方的人而言，频繁地重回故乡便失去了意义与必要性。小说的主人公芬克尔是俄罗斯犹太人，她在莫斯科生活期间经历了国家的动荡与混乱。在1982—1985年短短三年的时间里，苏联领导人快速更替，戈尔巴乔夫上台后又迅速西化，人民生活摇摆不定。芬克尔于1991年苏联政治转型时同家人一起离开莫斯科。此时，她的祖父母已过世，父母跟随她住在美国，她在俄罗斯没有亲人，情感上不存在特别值得依恋的地方，她也不追求往返于美、欧两地的生活[①]。芬克尔持旅游签证入境美国，旅游签证意味着她在这个地方只能做短暂停留，但她最后成功移民，并定居下来。

"移民者"的身份代表了人们远离家乡的意愿，定居地的选择对移民者地方感的塑造意义深远。当新移民在故乡与新家园之间不断摇摆时，身居种族社区的人往往仍然怀乡，而远离都市定居同胞稀少地区的人则更容易被同化而出现"遗忘"。在21世纪的犹太移民叙事中，主人公经常选择美国中东、西南等文化保守的地方居住。主人公芬克尔从莫斯科移民美国后，最初就定居在远离犹太社区的亚利桑那州的凤凰城。她迅速嫁给了一个本地人，象征着她与祖籍国的"诀别"，并从此深深扎根于美国。亚利桑那州位于美国西南部，这里原是墨西哥的领土。在卡恩、安亭等早期犹太移民者的文学作品中，很少有人触及。当时的犹太新移民一般乘船来到美国，对纽约、波士顿等东部沿海城市比较热爱，而美国的内陆城市则很少有人前来定居。

苏联解体前后的移民者虽然也从莫斯科或圣彼得堡出发，但不是坐船抵

---

① Ulinich, Anya. *Lena Finkle's Magic Barrel*. New York: Penguin, 2014, p8.

达美国东海岸,而是乘坐飞机移民美国。因此,他们的定居地选择更加广泛。主人公一直抗拒重访故乡,因为在她获得美国国籍后,俄罗斯已成为法外的他乡,她也变成了故乡的局外人。在美国最初生活的20年间,主人公仅有两次回到莫斯科,每次回访总会引发一些情感上的焦虑。对主人公而言,回到莫斯科似乎回到的不是自己的故乡,而是前往俄罗斯人的国家。熟悉的环境引发了芬克尔的"存在危机",她能觉察到"一种比乡愁更加强烈的感觉,好像是一种压抑感、一种被与爱人解绑的感觉,一切都那么随意"①。

主人公体会到的"压抑感"是移民者普遍的情感经历。当远离故乡的移民者再度回到自己抛弃、远离的地方时,容易引发挫败感。他们会觉得自己当初心心念念地寻求离开是种错误的举动,回到家乡意味着又回到了自己原本奋力挣脱的地方。芬克尔曾设想过两幅图景:一幅是在莫斯科家里,母亲站在厨房的窗边抱着弟弟的情景;另一幅是她自己站在同样的场景,怀抱着男朋友埃里克的孩子。她劝说自己:"我不能回到我已经知晓的环境中,尽管那可能是我的所爱","回归莫斯科的想法就像时光穿梭,是反直觉的","我最强烈的愿景不是为了埃里克,也不是为了狭义上的'美国梦'。我想要的是继续前行——向前,向着未知的世界出发"②。芬克尔所说的前行,反映了犹太人流散生活的本质。在移居到新的地方后,犹太人都会主动融入当地的生活,而"回归"背离了他们的生存方式。

移民行为塑造了地方的边界感,尤其是国家的疆界感。主人公对俄罗斯地方感的变化代表了大多数犹太移民者人地关系态度上的转变。当移民者改换国籍、掌握另一种语言和文化,只能以"陌生人""旁观者"的身份回到熟悉的环境时,容易引发一种客观的外在性(objective outsideness)感受。回到故地象征着生活重蹈覆辙,回访会引发世异时移的陌生感,觉得自己生活在过去与当下的夹缝之间。所以,移民者在安顿下来后一般会选择"继续前行"。他们结婚、生子、追求事业成功、物质发迹,而对重回祖籍国基本都失去了兴趣。拉尔夫对移民者回访的行为曾做出细致的描述。在他看来,回到熟悉的

---

① Ulinich, Anya. *Lena Finkle's Magic Barrel*. New York: Penguin, 2014, p9.
② Ulinich, Anya. *Lena Finkle's Magic Barrel*. New York: Penguin, 2014, p93.

环境反而容易引发疏离感。他并不赞同频繁地亲身回访，而是觉得当移居地某些事象与祖籍国十分相似触发对往事的回忆时，将精神带回故地更能挽救移民者的乡愁。

　　这里存在一种普遍的情感波动，即在多年后回到曾经熟悉的地方，尽管表面上看并没有重要的改观，但仍会感觉到一切都发生了变化。我们曾经是融入这一场景的，现在却成了局外人，成了旁观者，我们能做的只有通过记忆行为重温曾经的地方内涵①。

　　从地方感的层级划分看，熟识感是人地关系中较低的层级体现。这种感觉削弱了人对地方的物理性归属与情感上的依附。小说中，主人公对故乡的熟识感仅停留在视觉可见的地方，故事采用只言片语的形式罗列了主人公前两次之行的见闻：莫斯科在这二十年间发生了巨大的变化，但仍有一些东西保留了下来，地铁站里播报的声音、童年居住过的杂草丛生的庭院与混凝土公寓楼、柴油尾气的味道、莫斯科的雨水，还有断断续续保持联系的初恋埃里克②。主人公移民后经历了两次失败的婚姻，她与第二任丈夫生育了两个女儿，这两个孩子都是在她从俄罗斯回到美国后第二年所生。女儿的出生缓解了她的生存危机，令她对当下居住的场所产生了家的认同。

　　对主人公家乡感重塑影响最为深远的一次经历是她对圣彼得堡的一次公事访问，小说通过游记的形式展现了作为"参观者"的主人公有关地方景观的描绘和地方感的重建。旅游叙事主要通过景观或文化的再现、个体交流等形式重塑地方感。作为旅游景点的地方，"可参观性"是其重要的文化特征。旅游者通过游历行为帮助身体完成了"回归"，从而精神上获得了满足。主人公受到美国驻俄罗斯领事馆的邀请，以"美国小说家"的身份前往圣彼得堡做巡回书展。芬克尔的故乡在莫斯科，她此前没有在圣彼得堡长期居住的经历，仅是在14岁时与母亲及弟弟一同游玩几日。由于年龄尚小且以游客的身份短暂观光，圣彼得堡并未给主人公留下特别的印象。她能分辨出圣彼得堡的文

---

① Relph, Edward. *Place and Placelessness*. London: Pion Limited, 1976, p31.
② Ulinich, Anya. *Lena Finkle's Magic Barrel*. New York: Penguin, 2014, p9.

化意象，但对这里的建筑、人文、景观并没有产生情感上的依附与联结。

对当下的芬克尔而言，圣彼得堡仍是个陌生的地方。用她自己的话讲，她对此地的了解仅限于文学作品中，这次去参加书展她的身份只是一名游客①。俄罗斯的旅游签证允许停留的时间不超过一个月，而芬克尔此次活动逗留的时间仅有一个星期。旅游签证与短暂的停留印证了主人公的局外人身份。她计划在一些大学和图书馆做演讲，再参观一些地标性建筑。但实际上，除了艾尔米塔什博物馆②外，她并没有前往其他的地方，仅对城市的河流、楼房、街道进行了简单的拍照留念。地方的意义不是由独特的地点、景观和社区定义的，而是由对特定环境的感觉、体验和意图所决定。人的直接参与和情感体验构成了地方的价值所在。"我们仅看到我们想观看的东西，观看是一种行为选择"③。主人公的这次圣彼得堡之行表现出来的地方感是一种对新鲜事物的喜爱，她的感受与一般性的外来者同样肤浅。虽然她"能够识别地方标志，但与地方没有任何特别的情感联系"，"与地方未能成为一体"，仅停留在地方感的认知层面④。

与肤浅的景观感受相比，对人的依恋在地方感排序中处于较高层级。小说通过描写主人公在圣彼得堡偶遇曾经的恋人并发生了亲密关系，改写了她此行的意义。芬克尔觉得自己"不是这个地方的游客，而是对自己前半生的一个回访"⑤。对主人公而言，曾经的男友一半是她爱慕的男人，另一半是她未曾察觉的乡愁⑥。移民行为解构了二人继续交往的可能，但是他们在情感上依然相互倾慕。芬克尔的男友希望她能重回俄罗斯，但是芬克尔拒绝了这种想法。从二人的对话中能看出，移民者对故乡的价值定位，从鲜活的人情世故变成了缺乏生命的"一方水土"。

"这样的事永远不会发生了，现在美国才是家。"

---

① Ulinich, Anya. *Lena Finkle's Magic Barrel*. New York: Penguin, 2014, p10.
② 俄罗斯的艾尔米塔什博物馆(Hermitage Museum)也称"冬宫"，是世界四大博物馆之一，另外三座为巴黎的卢浮宫、伦敦的大英博物馆、纽约的大都会艺术博物馆。
③ Berger, John. *Ways of Seeing*. New York: Penguin, 1972, p8.
④ 盛婷婷、杨钊. 国外地方感研究进展与启示[J]. 人文地理, 2015(4): 13.
⑤ Ulinich, Anya. *Lena Finkle's Magic Barrel*. New York: Penguin, 2014, p36.
⑥ Ulinich, Anya. *Lena Finkle's Magic Barrel*. New York: Penguin, 2014, p351.

"莫斯科曾经是你的家,但是你离开了!"

"我17岁时事情想得还不是很透彻,我勾勒过我离开的场景,新的生活在等着我,但是一切并没有改变……那时我的祖父母还活着……我不愿意离开家乡然后再回去找寻它……一切都过去了。我不会再做这样的事了……这也是人类正常的理由,我宁可住在纽约也不会回莫斯科了。"

"但是,你不觉得失去了点什么吗?比如你的祖国……"

"埃里克,我没有祖国!那只不过是……一方水土而已"①。

地方的价值与意义在某种程度上常表现为人的主观感受。同样的地方在某些时候可能弥足珍贵,但是当它变得毫不相干时便失去了价值,隐退成为一个没有意义的场所。人文主义地理学将缺乏内涵的地方称为"无地方"(placelessness),这个概念描述了一种"不承认场所重要性的潜在的态度"②。芬克尔在美国先后经历了两次失败的婚姻。她与第一任丈夫结识于亚利桑那州的一个7-11便利店,但由于人生观不同很快离婚了。她的第二任丈夫很像她的俄罗斯男友,他们生育了两个女儿并从亚利桑那州搬到了纽约。芬克尔的第二段婚姻维系了15年,但他们的观念经常相悖,婚姻变成了一场旷日持久的战争,最后也分道扬镳。两次失败的婚姻对芬克尔打击很大,她对拥有一个独立、安全、稳定的地方极度渴望。于是,她开始肆无忌惮地约会男子,并与他们发生一夜情(one-night stand)③。作者借用英文"stand"一词作为"立足之地"的隐喻④,描写了移民者对于安稳的环境的期待。故事中,主人公热切地期待能够找到一个可托付终身的男人,她像飞蛾扑火一般"蒙上双眼,在地图上随意指向一个地方,然后就奋然前行"⑤。在芬克尔不断交往又相继分手的过程中,她的内心变得麻木,对待感情也极不认真,为此付出了巨大的代价。

---

① Ulinich, Anya. *Lena Finkle's Magic Barrel*. New York: Penguin, 2014, p180.
② Relph, Edward. *Place and Placelessness*. London: Pion Limited, 1976, p143.
③ Ulinich, Anya. *Lena Finkle's Magic Barrel*. New York: Penguin, 2014, p139.
④ "Stand." Def. 11a. *The Oxford English Dictionary*. 2nd Ed. Vol. 16. Oxford: Oxford UP, 1989.
⑤ Ulinich, Anya. *Lena Finkle's Magic Barrel*. New York: Penguin, 2014, p111.

第二章 故乡熟识：缠绵悱恻的俄罗斯

《列娜·芬克尔的魔桶》是一部俄裔犹太移民叙事，同时也是一部戏仿马拉默德的经典名篇《魔桶》的作品。在全书的扉页，作者写道："致歉马拉默德"，似乎自己笔下的主人公与众多男子发生的纠缠在伦理上颠覆了马拉默德所崇尚的受难与救赎。芬克尔疯狂的举动与菲利普·罗斯的小说《波特诺伊的怨诉》(*Portnoy's Complaint*, 1969)更为相似，罗斯小说中的人主公身心失调，对性充满极度的渴望，但又与心中的道德感激烈交锋。伴随着性满足的过程同时出现的还有压倒性的羞耻感，以及由于担心受到惩罚而感到的惧怕。芬克尔在身体获得满足的过程中并没有挽救内心的孤独，无处安放的灵魂依旧没有找到情感的归宿。小说通过梦境的形式让主人公与"罗斯"相遇，"罗斯"告诉她不会在自己的小说中找到答案。她的错误在于，如果按照这种方式去找寻归属感，最终只能获得孤独与不安。她应该以马拉默德小说中的人物为榜样，通过受难获得救赎。"你是个移民者，'这是你的土地'这种思想将你撕裂！每次你雨后出门，你就会闻到'莫斯科的味道！'……你该去读读马拉默德的《魔桶》"①。

《魔桶》的主人公列奥选择娶妓女为妻，通过受难实现成长。受难不是自我虐待、自我毁灭，它的本质在于长时间为某种理想或目标而放弃身体上的愉悦、无意义的追逐、非理性的行动，最终提升了坚韧与聚焦的能力。受难是自控力、自制力的体现，是坚持与顿悟的开端。芬克尔的生存困境代表着广大的俄罗斯犹太移民共同的信仰危机，移民者在对自己的人生充满误解的情况下不断地自我欺骗。只有完成移民者主体性地方认同的建构，才能解开移民者一分为二的人生原委。主人公就像觉醒了一般，自此改变了过去的处世哲学，重新开始生活。

芬克尔第四次重回俄罗斯是在经历了一系列情感挫折与反思之后。故事采取双线并行的叙事策略将主人公对故乡价值的认识与主体性地方感的建构紧密地联系在一起。在长途公交车上，芬克尔偶然结识一名男子，他生于美国，现年46岁。男子自称"孤儿"，他家徒四壁，无父无母。这名男子身在祖国却体会不到依恋、热爱、慰藉，甚至是安全感，这种生活状态与芬克尔在

---

① Ulinich, Anya. *Lena Finkle's Magic Barrel*. New York: Penguin, 2014, pp. 182-183.

俄罗斯时，甚至是当下的美国都如出一辙。二人产生了情感上的共鸣，于是开始交往。主人公自始至终都不知道这个男子真实的名字，但他的出现令主人公反思移民行为对祖籍国的冷酷与决绝。

　　在交往过程中，二人发生了主客关系的倒置。小说采用了女性文学的叙事手段，将芬克尔塑造成大地母亲的意象，极尽所能地为"孤儿"提供成长所需的环境。芬克尔拥有一份工作、可观的收入，她还有窈窕的身材、丰富的情感。她甘愿变成一个"俄罗斯主妇"，回到父母在苏联时的生活场景中，全心照顾这名"孤儿"。她把男子介绍给家人和朋友认识，甚至邀请他与自己同住，两个女儿与他相处的也很融洽。相反，这名男子没有收入、没有家当、没有未来、没有情感诉求。在他的世界里，自己只是一个弃儿，无论在哪里都只是当地的一个过客。芬克尔做好了接纳这个男子的准备，可是他却无法建立深刻的归属感，在交往几个月后，突然选择分手，并且态度坚决，还拒绝告知自己离开的原因。芬克尔对此措手不及，陷入深深的痛苦之中。朋友开导她，劝她放弃这个男人，因为他的到来就"像一个对第三世界国家感兴趣的旅行者，他停留的时间已经比自己预计的长了很多，他充分利用这个地方……本地人虽然很慷慨，但是他不会永远待在这里"[1]。

　　在小说中，作者透过芬克尔的情感经历实现了对犹太人移民行为的大胆反思。长期以来，犹太人一直以没有家园的民族自居，因此失去了对土地的依恋。虽然犹太人受到各国人民的排挤，但在苏联时期，犹太人实现了民族地位的提升，生活条件的改善，阶级地位的跃迁，这些都是客观存在的。犹太人离开祖国的行为与游客肤浅的地方感如出一辙，但移民者的离开对慷慨提供生存之地的祖国却是一种伤害。在历经内心的成长后，芬克尔主动选择第四次回到俄罗斯。

　　与受使馆之邀因公务前往圣彼得堡不同，芬克尔此次回访选择了故乡莫斯科。这是她出生、长大的地方。她此行的目的除了希望重建自己的家乡感，还希望孩子们了解她对俄罗斯的地方认同。主人公在经历了一系列情感事件后，俄罗斯成了意义非凡的地方。但是她的孩子们出生在美国，并不会对她

---

[1] Ulinich, Anya. *Lena Finkle's Magic Barrel*. New York: Penguin, 2014, p294.

第二章 故乡熟识：缠绵悱恻的俄罗斯

的故乡产生深刻的地方依恋。正如她所说："这是一个对我而言至关重要的地方，但对于我至关重要的人而言却毫无意义……这让人感到奇怪，也令人悲伤，但这也解放了我自己，让我知道我再也找不到回来的理由"①。主人公的感慨说明故乡对移民者和他们的后代所产生的价值感是不同的，这段富有哲理的心灵顿悟一言以蔽地解释了在20世纪大部分的时间里，犹太后裔作家并不书写父辈出生的地方的原因。

本章小结

俄罗斯对犹太人的重要意义包含三个方面。首先，俄罗斯的莫斯科、圣彼得堡等大城市是犹太人走出东欧村镇后的重要落脚点，犹太人在这里实现了文化身份与阶级身份的双重转变。说意第绪语的阿什肯纳兹犹太人变成了以俄语为母语的俄裔犹太人。犹太人从村民、小镇居民，成长为苏联领导人、知识分子或拥有技术能力的各行业从业者。其次，俄罗斯在二战期间挽救了大部分境内犹太人的生命，这与留在东欧以及生活在欧洲其他国家的犹太人相比，命运迥然不同。大屠杀幸存者在缅怀遇难者、触碰创伤的记忆时，难免会加深对祖籍国生活的理解。此外，犹太人参与了苏联的革命与建设、动荡和发展，总体上与国家的命运紧密地捆绑在一起。目标、行为、原则、立场的一致性增强了俄裔犹太人对居住地家乡地位的认可，苦难、艰难、同化、蜕变的生存体验增强了犹太人作为国家内部成员的凝聚力。由此生发出对国家、土地、环境、人民的认同与依恋。

21世纪初的俄裔犹太文学主要以莫斯科、圣彼得堡作为故事主要的叙事地点，但也不缺乏对西伯利亚偏远小镇的描述。总体上，俄裔作家书写的是俄罗斯作为犹太人现实的居所为其提供的家园庇护。莫斯科与圣彼得堡是开放、包容的城市，不同阶层、族群的居民通过杂居的方式实现了文化上的互通互鉴。一些犹太人在日常生活中仍感受到被调侃、被排挤，甚至是对犹太人的习惯、行为、相貌进行诟病，这些现实问题体现了俄罗斯民族的沙文主义思想，俄罗斯民族矛盾仍然残存，且根深蒂固。文学作品中所书写的消极、

---

① Ulinich, Anya. *Lena Finkle's Magic Barrel*. New York: Penguin, 2014, p347.

厌恶、冒犯、背离等一系列地方外在感,加速了犹太人的离开。

犹太人离开俄罗斯的原因十分复杂。犹太复国主义者在以色列成立后期待着回到民族的圣地,知识分子自觉苏联政府限制了犹太人民族事业的发展。还有一些普通的民众看到同族人离境,在自己没有明确缘由的情况下,也纷纷加入移民的队伍,最终促成了二战后最大规模的犹太移民潮。苏联解体后,移民者有机会重新回到故乡,莫斯科与圣彼得堡成为打开封存记忆的地方。俄罗斯是移民者祖辈移居、父辈奋斗、自己年少时居住过的地方,这里蕴含了几代人的家族情怀。犹太人回到俄罗斯后所生成的地方感构成了一套话语体系,描述了失去公民身份的回访者走进熟识的环境后内心的五味杂陈。

第三章 空间敬畏：以色列的缺位与在场

地方感的基本生成模式来自人对地方的直接体验。在基本模式之外，还存在一些未经漫长亲身实践而生发出来的情感联结或精神依附，其中最玄妙难明的是对神圣的地方或神秘的空间所产生的敬畏感。顾名思义，敬畏有"敬重""畏惧"之意[①]，这是两种感受融会结合的情感体验，是人在面对崇高或庄严的事物时所产生的辩证的思维方式与处世哲学。"敬""畏"不清，人们容易诚惶诚恐；"敬""畏"分明，行为则会从容淡定。犹太民族最为敬畏的地方是圣经中所记载的古代迦南地，也就是当今的巴勒斯坦地区。犹太典籍将这里视为宗教圣地、犹太文明的源头。但是到了20世纪中晚期，苏联犹太人获得移民权利后，移民者对地方的神性、是否要移居以色列等一系列问题都出现了前所未有的意见分歧。

犹太复国主义者秉承的理念是犹太人对巴勒斯坦地区拥有无可争辩的权利，不能因为犹太人流散于异乡，阿拉伯人"偶然"定居于此便对土地拥有了所有权。然而，一些世俗化的犹太人也坦言，犹太复国主义的观念并非自古有之，这种观念诞生于19世纪下半叶的中东欧[②]。据统计，从20世纪70年代到苏联解体后，总计200万阿什肯纳兹犹太人离开东欧，其中100余万人

[①] 中国社会科学院语言研究所词典编辑室. 现代汉语词典（第七版）[M]. 北京：商务印书馆，2016：695.

[②] 施罗默·桑德. 虚构的犹太民族[M]. 王紫兴、张荣译. 上海：上海三联书店，2012：275.

抵达以色列，另外近一半的人口流向美国及西欧①。21世纪美国犹太移民叙事塑造了两类犹太人，他们在对待是否移民以色列，以什么理由移民等问题没有统一答案。信仰虔诚的人坚信巴勒斯坦地区的神圣，他们通过对犹太教神秘空间的坚守、对犹太文明发源地宣示主权，维系了犹太人古老的民族神话。而生于现当代的年轻人则普遍出现信仰危机，除了耶路撒冷、特拉维夫，纽约、波士顿、柏林等美欧现代化都市都是他们的首选。

第一节 信仰之颠的重塑：施泰恩加特对以色列神圣感的观照

经典理论中记载的犹太人起源与流散就像神话一样，无法通过现实的证据完全证实，但是犹太人对此深信不疑。自公元前586年，古代希伯来人沦为巴比伦之囚后，犹太人就远离了民族的发源地，散居在世界各地。在长期缺乏本民族土地作为现实载体的情况下，他们"依靠民族宗教信仰和宗教组织来维系"群体的稳定，这是犹太人"总结出来的一种维系自己民族的生存之道"②。依靠信仰，犹太人在意识形态上形成了稳定的世界观。通过规范，犹太人保持了民族行为上的一致性。共同的信念、近似的行为方式维持了世界各地犹太人的亲近感。"人们在经文吟诵和宗教仪式过程中，得以将个人和集体的各种经验通过神圣空间的渠道，上升成为一种独特的地方感，成为一种族群情感与地方文化的知识体系乃至个人与乡土的精神纽带"③。

除了信仰与仪式本身，犹太人还依靠一些带有仪式感的习俗、记忆、理念、经历来维持身份的统一。这是犹太教在世俗化进程中实施的一种不得已的行为策略，这种做法让无法履行宗教义务的犹太人抵御了被其他思想同化

---

① Tolts, Mark. "Demography of the Contemporary Russian Speaking Jewish Diaspora." *The New Jewish Diaspora: Russian-Speaking Immigrants in the United States, Israel, and Germany*. Ed. Zvi Gitelman. New Brunswick: Rutgers UP, 2016. 23.
② 乔国强. 试谈美国犹太移民与犹太文学中的"侨易"[J]. 江苏师范大学学报，2015(4)：23.
③ 黄韧.《瑶族梅山经校注》和《梅山图注》内空间记忆与地方感研究[J]. 广西民族研究，2018(5)：171.

的命运。人们凭借禁食、祷告、穿着一致的服饰将生活变得神圣与不同。只要觉得远方还有大量行为、习惯与自己相一致的同胞，就能使自己融入想象的共同体，免于被其他文化所侵蚀。到了近代，随着一系列现代化的观念兴起，犹太人的民族特征显得并不充分。他们亟须获得一块本民族的土地，才能在现代社会继续维系成为一个命运统一体。因此，犹太复国主义的思想应运而生。

犹太复国主义者的出现带来了一个棘手的问题，那就是"巴勒斯坦（地区）很快变成'以色列地'，他们把《圣经》用作地契；原本想象的、据称是所有犹太人流亡起点的外国土地，现在他们需要使用一切手段，把它变为神话先辈曾经拥有的古代祖国"①。在犹太人的心中，回到圣城耶路撒冷具有了非凡的意义，耶路撒冷神圣的本质使其"成为尘世间人与上帝交流的必要场所"②。犹太人开始执着于身体或精神的"回归"，这种执着无异于抵御其他文化的坚实武器，人们也从对圣城的虔敬感中找到了民族独特的生存意义。

第二次世界大战期间，欧洲犹太人经历了灭种之殇，这种经历令人痛彻心扉、刻骨铭心。战后，犹太复国的思想比任何时期都强烈。1948年，现代以色列国家成立，犹太人拥有了自己的"民族-国家"。这个被认为是犹太文明起源的地方成了苏联犹太人民族身份与信仰的"试金石"。20世纪五六十年代，苏联的犹太复国主义者与宗教保守势力首先回到了以色列。虽然最初的移民者人数较少③，但这激励了其他普通民众离境的决心。随着以色列在第三次、第四次中东战争的胜利，苏联犹太民众的身份意识被迅速唤醒，民族自豪感得到显著提升，从而引发了对以色列的地方认同。虽然这与宗教信仰无关，但却同样激发起犹太人的移民热情。

20世纪70年代，成千上万的犹太人蜂拥申请离境，他们离境的共同理由

---

① 施罗默·桑德. 虚构的以色列地：从圣地到祖国[M]. 杨军译. 南京：南京大学出版社，2019：69.

② 西蒙·蒙蒂菲奥里. 耶路撒冷三千年[M]. 张倩红、马丹静译. 北京：民主与建设出版社，2014：III.

③ 据统计，20世纪五六十年代，总计8 858名犹太人从苏联直接移民以色列；此外，另有25 000名犹太人返回波兰，部分人辗转抵达以色列。见拉辛. 美国政治中的苏联犹太人之争：透视以色列与美国当权派的关系[M]. 张淑清、徐鹤鸣译. 北京：商务印书馆，2014：398-399.

是回到民族的发源地定居。回归是一种民族主义的表现，是一类人在一定的空间或土地上表达民族身份并对外施加影响力的一种行为。为了顺应国际形势，缓解国内犹太民族主义情绪的压力，苏联政府放开了移民限制，催生了二战后规模宏大的犹太移民潮。移民者中，文化保守主义人士和地方认同强烈的犹太民众抵达以色列，他们通过移民定居的方式表达了信仰的忠诚。以色列也从神秘的空间变成了神圣的地方。另有大量世俗化的居民，热衷选择美国、德国等西方国家①。

犹太人回归以色列的行为被称为"阿利亚"（Aliyah），阿利亚的本意是登台演讲，引申为神圣之意。阿利亚本质上是一场促进犹太人重返故乡的社会运动，犹太复国主义者借用阿利亚古老的神圣寓意，发起了犹太人返乡运动，旨在促进世界各地的犹太人回到以色列定居②。对散居在世界各地的犹太人而言，以色列虽然遥远，但是以色列的犹太文化恒久不变。"返乡"移民潮的兴起，使得回归成为当时的一种社会风尚。一些人移民是出于社会经济等原因，而另一些人则是为了追求精神生活③。

出于国家壮大的考量，以色列对各地的犹太人也是迫切需要的。相比以色列周边来自阿拉伯国家的犹太人，苏联犹太人受到的教育程度更高，他们在医疗、工程、艺术、经济、自然科学等领域具备较高的技能，对以色列的建设和发展至关重要。苏联境内，只有犹太复国主义者和宗教保守人士保留了对以色列地方的敬畏感与土地的依恋，他们主要分布在高加索、外喀尔巴阡、波罗的海地区以及部分布哈拉犹太人和山地犹太人④。这些人虽然练就了与其他民族共生的本领，但犹太圣地的神圣感在他们心中始终如一，大多数人想方设法最终返回了以色列。

在21世纪的犹太移民叙事中，主要描写了三类人笃信巴勒斯坦尤其是耶

---

① 20世纪70年代和80年代，有近30万犹太人离开苏联，其中一半以上前往以色列定居。苏联解体后，从1991年到2000年，先后有约80万俄罗斯犹太人移民以色列，占当时以色列人口的六分之一。
② Firestone, Reuven. "Holy War in Modern Judaism? 'Mitzvah War' and the Problem of the 'Three Vows.'" *Journal of the American Academy of Religion* 74. 4（2006）：962.
③ 段义孚. 逃避主义[M]. 周尚意、张春梅译. 石家庄：河北教育出版社，2005：133.
④ 周承. 以色列新一代俄裔犹太移民的形成及影响[M]. 北京：时事出版社，2010：71.

路撒冷的神圣性。第一类是在以色列建国后回到犹太人"民族-国家"居住的中老年移民者。他们坚信犹太人的复国行为是正确的，许多人带着全部家庭成员一同前往以色列定居，另一些人则在定居后积极为其他亲属提供移民救助。作家施拉耶尔曾在回忆录中记载，他的叔叔回到了以色列后，凭借自己的以色列国民身份，为他们一家提供了出境邀请函。第二类是生活在莫斯科和圣彼得堡等大城市的文化虔诚者，他们生活方式已经世俗化，从事经商或者其他行业。有些人甚至做一些不合规、不合法的事情，但是他们对犹太圣地与犹太文化仍然充满虔敬与忠诚。在施泰恩加特的小说《荒谬斯坦》中，主人公米沙·温伯格的父亲就是这类人。他因业务原因，并不急于前往以色列定居，但通过金钱捐助、建立联系等方式表明自己对神圣的地方充满渴望。

此外，还有一类是远离苏联政治中心，居住在高加索、外喀尔巴阡、波罗的海地区的犹太人以及部分布哈拉犹太人。这些偏远地区居住着大量思想传统的老年犹太人，他们已经无法适应移民引发的生活阵痛，因此留在了当地，但思想上依旧虔诚。《荒谬斯坦》的主人公米沙在"荒谬斯坦"国遇到了一群"山地犹太人"，他们就是当地心向以色列的犹太人。这三类犹太人代表了苏俄文化中亲以色列的犹太群体，他们的共性特征是无论是否有机会回到以色列，都将这里视为犹太人的圣地，对其充满憧憬与崇敬，并通过自己的方式表明地方认同。

小说《荒谬斯坦》确切地说不是一部典型的"移民叙事"，因为故事的主人公俄罗斯犹太青年米沙·温伯格从始至终都没能获得美国国籍。然而，他自青年时期就长期逗留在美国，并为定居付出努力，这证明了他具有强烈的移民倾向。作为犹太移民先锋之作，《荒谬斯坦》"并不关心叙事或文化理论，学界关注的也仅是如何将既定的素材曝露出来"的问题[1]。"荒谬斯坦"是作者虚构的一个北高加索地区的国家，有指涉苏联立国之初的"外高加索联邦"[2]之意。在相关的人文、地域、环境等描述中，"荒谬斯坦"综合了达吉斯坦[3]、

---

[1] Buelens, Gert. "The Jewish Immigrant Experience." *Journal of American Studies* 25.3(1991): 477.
[2] 1936年拆解为格鲁吉亚、亚美尼亚和阿塞拜疆三个国家。
[3] 达吉斯坦的国名分为两部分，其中前半部分取自土耳其语"高山"之意，后一半"斯坦"来自波斯语后缀，意为"大地"。因此，达吉斯坦有"高山之国"的含义。

亚美尼亚以及阿塞拜疆三地的部分特征,但又不与其中某个地方完全重合,构成了小说地方叙事的虚构性。依故事所述,荒谬斯坦的首都叫作"荒谬斯瓦尼"①,它位于里海边上,靠近土库曼斯坦和伊朗②。当地主要居住着两个民族的原住民——塞翁族和斯瓦尼族③。塞翁人是商贾阶层,住在海边,而斯瓦尼人是农牧民,住在山坡上、山谷里或沙漠中。这两个民族历史悠久、但矛盾激烈、内讧不断,他们都与本地的犹太人交好。

小说中,主人公的父亲是个复杂的人物,他并不居住在荒谬斯坦这个地方,而是生活在莫斯科。但是,他秉持犹太复国主义思想,与荒谬斯坦本地的犹太人和以色列犹太人都保持联系,并为其捐献财务。米沙的父亲是俄罗斯境内世俗化犹太人的代表,但行为上却表现出宗教虔诚者对神秘主义的执着。犹太教的神秘主义传统被称为"喀巴拉"(Kabbalah),原指中世纪西班牙和巴勒斯坦地区的宗教神秘体验或神智学体系,后来衍生扩展成为犹太教神秘主义传统的代名词④。小说中米沙的父亲在经济上获得了成功,文化上受到俄罗斯人的同化,但思想上保留了对神秘主义的崇敬,这些特征杂糅在一起,但并不矛盾。

米沙一家原本家境普通,随着苏联社会的动荡与混乱,他的父亲趁机做起了国际贸易发了财,成为俄罗斯富豪排行榜上的一员。米沙的父亲在犹太教认知方面是个虔诚者,出于信仰,他慷慨地资助犹太人,帮扶以色列进行经济、文化建设。同时,作为"俄罗斯人",父亲比一般的苏联民众事业发展得更加成功。他在1990年将自己唯一的儿子送往美国读书,他觉得在苏联这个乱象丛生的国家,年轻人是没有出路的。移民美国是父亲对儿子的一项重要人生规划,他期待米沙有朝一日能成为一个正常的、阔绰的美国人。

从父亲对儿子的人生规划看,美国应该是米沙一家最后的归宿。但依照小说情节所述,米沙的父亲在地方选择上却显得颇为矛盾。他送儿子前往美国,自己却对以色列的神圣产生"空间偏好"(spatial preference),他自己从来

---

① 作者杜撰的城市,从地理位置的描述看,与阿塞拜疆的首都巴库比较相似。
② Shteyngart, Gary. *Absurdistan*. New York: Random House, 2006, pp. 155-156.
③ 这两个民族也是作者杜撰的,两个民族都信奉基督教,但现实中的达吉斯坦和阿塞拜疆居民都以信奉伊斯兰教为主。
④ 刘精忠. 犹太神秘主义概论[M]. 北京:中国社会科学出版社,2015:16.

第三章 空间敬畏：以色列的缺位与在场

没有想过移民美国。即使在20世纪70年代后，苏联犹太人蜂拥离境前往美国定居之时，他对移民美国依然没有浪漫的想象，而是对犹太人的民族身份定位颇显冷静与理智。在他看来，犹太人即使摆脱了苏联公民身份，也永远不会成为一个真正的美国人。即便儿子日后持有美国护照，成为美国归化公民，但行为文化上也无法真正融入。他曾批判儿子到美国后"努力学习成为美国人"的想法，他认为犹太人"永远都只能是个犹太人"①。

对未曾亲身体验过某个地方实际环境的个体或群体而言，有关地方价值的判断往往体现在对其空间的想象之上。出于对地方的渴望，米沙的父亲在美国和以色列两个犹太人移民目的地的选择上，始终保持了对以色列的偏向，从而引发一些有悖于社会规范的行为。20世纪80年代，米沙的父亲参加了一些犹太复国主义活动，绑架过邻居中的反犹人士，并在列宁格勒的克格勃总部门口往那个人身上撒尿，这些行为在苏联被认为是持不同政见者的行为，他因此被判刑两年②。在儿子看来，父亲没有生活在苏联的现实主义环境中，而是生活在一种依靠信仰而生成的神秘空间里。与神秘空间相伴的是神秘主义思想，这种思想不是"一种可以从外在视角而独立加以理性观察与把握建构的对象"③。父亲作为笃信以色列崇高的犹太人，甘愿为之倾覆时间、财富，甚至在合适的时间，会考虑移民以色列。

> 父亲生活在一个抽象的世界里，在那里，最崇高的事情不是抚养孩子，而是为以色列国家效力。移居到以色列去，去种柑橘，为月经来潮的妇女修建合乎教规的盥洗室，向阿拉伯人开火——这些就是他的全部奋斗目标④。

犹太人对以色列的崇敬使其空间变得神圣，而其他受基督教影响的世俗化场所则被视为凡俗的地方。小说中，米沙的父亲并不是故事的主人公，作者在进行人物塑造时将其定位成一个"扁形人物"，一个在没有亲身体验过以

---

① Shteyngart, Gary. *Absurdistan*. New York: Random House, 2006, p17.
② Shteyngart, Gary. *Absurdistan*. New York: Random House, 2006, p57.
③ 刘精忠. 犹太神秘主义概论[M]. 北京：中国社会科学出版社，2015：2.
④ Shteyngart, Gary. *Absurdistan*. New York: Random House, 2006, p234.

色列生活的情况下，就对这个地方产生极度渴望的犹太人形象。苏联时期，犹太人出境旅游或从事跨国主义贸易会受到诸多限制，但是苏联解体后，犹太人获得了自由出入境的机会，一些人来到以色列后，却发现想象的"空间"与现实的"地方"之间存在着巨大的差别。因此，他们不免感到失落与伤感。米沙的父亲就是在这个时候亲历以色列的。他对以色列的执着，对神圣地方的向往，本质上是犹太教神秘主义思想在苏联犹太人意识中仍未消除的结果。然而，米沙父亲此行倍感失望，这虽然没有让他放弃对以色列的执着，但地方的神性已不复存在。

> 等到苏联解体以后，等到父亲自己有机会在特拉维夫的海滩上醉酒后跟人老拳相向时，他才发现以色列不过是个愚蠢而冷漠的小国，它赖以立足的使命几乎跟我们一样地平庸、一样地受到侵蚀[①]。

亲历异地他乡，切实感受真实环境，重塑了犹太人对地方的情感定位。其实，在俄裔犹太文学中，故事对以色列的描述十分匮乏。因为移民者一般是在比较美国和以色列两个目的地后做出的居住地选择。移民美国意味着放弃以色列，这种放弃不仅表现为作为苏联公民时没有机会到访，还体现在苏联解体后或移民美国后同样缺乏出访的热情。美国本土小说家内森·英格兰德（Nathan Englander）在正统犹太社区长大，他对以色列充满虔敬并前往那里居住长达五年。但是俄裔犹太作家在移民美国后，几乎没有人前往以色列。他们在小说中也很少描写人物逗留以色列的经历，米沙的父亲是为数不多的曾经去过以色列的俄裔犹太人。在他抵达以色列后，地方印象从浪漫的"空间"转化成了切实的"地方"。理论上，"'地方'所包含的召唤性能量可以迅速营造出共同的记忆空间，以集体记忆的传统构造出归属感"[②]。但事实上，米沙父亲的此行并没有生发出任何归属感。与抽象的空间想象相比，以色列具体的景观、现实的人文环境构成了感知真实的客观载体，最终颠覆了到访者

---

① Shteyngart, Gary. *Absurdistan*. New York: Random House, 2006.
② 王山美.文学地理学视域下北美新移民作家的原乡与他乡[J].文艺争鸣, 2021(9): 173.

第三章 空间敬畏：以色列的缺位与在场

浪漫的想象。

俄裔美国小说家的书写方式并不表明以色列的彻底"缺席"。他们通过塑造以色列作为犹太文明的汇集地以及不同地域的犹太人对以色列国家的想象宣布它的"真实"存在。从米沙父亲对以色列的情感反差可以看出，犹太人是存在地域分布和文化多元特征的。米沙的父亲是阿什肯纳兹犹太人的代表，他被塑造成一个在商业领域取得卓越成绩的人物形象，这与他在以色列当地见到的中东犹太人完全不同。阿什肯纳兹犹太人善于经商，而东方犹太人、黑人犹太人，甚至塞法迪犹太人，在他们看来，都是普通人，是流散于世界各地的穷人。犹太人的分化不仅体现的是阶级、地位的差异，它还反映了犹太民族各分支的起源与文化的本质性差异。

此外，地方感的主观建构在受到真实环境冲击后，也会发生切实的变化。在没有获得真切的地方体验前，米沙的父亲凭借其对犹太历史与文化的崇尚，陷入了对以色列的空间崇拜，其本质不过是因缺乏真实接触而在主观情绪上产生的一种心理狂热。用儿子对父亲的评价来说，犹太人对以色列的狂热心理只不过是"在囚禁中萌生出来的梦想"，当苏联解体后，人们有机会亲自到访以色列，便成了对于梦想的"一种诅咒"[1]。

现代主义文学中所描写的人地情感关系常表现为抽象的、关联性的空间感。人们通过进入某种精神空间，实现理想与夙愿。"空间是一种心理需求，一种社会特权，甚至是一种精神属性"[2]。小说《荒谬斯坦》中还描写了另外一类犹太人，他们来自荒谬斯坦当地的犹太村落，对以色列同样保持了崇敬感。主人公米沙原计划从俄罗斯返回美国，但阴差阳错地误入了荒谬斯坦这个国家。荒谬斯坦原本居住着大量山地犹太人，但他们在合适的时机分别移民到了美国、俄罗斯和以色列。依故事所述，年轻的犹太人去了美国洛杉矶或布鲁克林，中年人搬到了以色列或莫斯科[3]。只有一些老年人留在了当地，居住在远离城市的村镇里。

---

[1] Shteyngart, Gary. *Absurdistan*. New York: Random House, 2006, p234.
[2] Tuan, Yi-Fu. *Space and Place: The Perspectives of Experience*. Minneapolis: U of Minnesota P, 2001, p58.
[3] Shteyngart, Gary. *Absurdistan*. New York: Random House, 2006, p324; 326.

山地犹太人是现实中存在的一个犹太分支，他们之所以能幸存下来，是因为二战期间纳粹德国没有抵达当地，居住于此的犹太人幸免于难。其实，德国纳粹为了阿塞拜疆的石油曾挥师前往其首都巴库，但是并没有发生针对犹太人的大屠杀。小说通过虚实结合的叙事手法，重现了当年山地犹太人幸存的方法，这些犹太人通过说服德国人声称自己是"宗教"团体而非"种族"犹太人而幸免。

作者对山地犹太人文化属性的描写旨在重述犹太民族各部落非同源的历史。荒谬斯坦当地的犹太人虽然不是古代希伯来人的后代，但同样对犹太教保持了虔诚的信仰。由于环境闭塞，当地的犹太人缺乏对外界真实环境的感知，因此保持了对以色列及耶路撒冷崇高且持久的虔敬感，他们在村里修建一面"哭墙"，以此塑造与圣城相似的景观，表达自己对与以色列的热爱。英国皇家文学学会研究院西蒙·蒙蒂菲奥里曾这样描述耶路撒冷的神性与魅力，以至于这个地方成为"拥有天国和尘世两种存在维度的城市"。

> 耶路撒冷是神圣之城，但给人以迷信、骗术和编织的印象；是帝国的欲望与奖赏，但又不像他们所期望的那样具有战略价值；耶路撒冷是许多教派的共同家园，但每个教派都认为这座城市只属于自己；耶路撒冷是一座拥有许多名字的城市——但每个传统都如此偏执地排斥他者，仅仅尊崇自己的称谓[①]。

景观设计的作用是通过某种意象表达个体或群体对环境的理解。参与景观设计、建造、维护的人对景观所传递的特殊理念、意象是持积极、肯定态度的。当地犹太村落中的哭墙是由米沙父亲出资建造，他还从以色列买来椰枣树栽种在旁边，以此增强景观的文化真实性。耶路撒冷的景观与文化之所以能够得以保留，正是由于世界各地的犹太人对其神性的崇拜而赋予了这些地方神秘的力量。"对文化优越性和中心地位的想象，是其能够保留下来的必

[①] 西蒙·蒙蒂菲奥里. 耶路撒冷三千年[M]. 张倩红、马丹静译. 北京：民主与建设出版社，2014：I.

要条件"①。其实，从犹太人内部的种族划分来看，生活在俄罗斯境内的犹太人属于哈扎尔人的后代，他们的来源是北高加索突厥人中的一支，在中世纪皈依了犹太教。他们与高加索山脉地区的山地犹太人有着亲缘关系。对比米沙的父亲在以色列见到的犹太人和荒谬斯坦山区的犹太人可以得知，父亲在血脉的亲疏关系上存在明显的差异。他资助以色列人是出于对犹太国家的敬意，而非对其人民的热爱；而他对高加索山脉的犹太人，却怀有一种血脉相连的亲近感。他试图通过建造哭墙证明当下散居在世界各地的犹太分支不是犹太民族中的"异邦人"。

对于犹太人而言，圣城耶路撒冷、犹太文化标志性的哭墙无疑是最具象征意义的地方，这些地域、景观的存在是犹太文化保留的重要条件。与特拉维夫这样现代化的城市不同，"像圣城耶路撒冷这样的城市，它本身所具有的纪念意义和无上荣誉已经让其成为世界性的社会焦点和神学象征"②。小说透过主人公米沙的视角，呈现出"哭墙"的全貌：米沙来到村里的广场，看到"一面耶路撒冷哭墙的复制品占据了广场的一侧，墙砖完全是仿照原样堆砌的，与摹本一模一样的绿色苔藓从墙缝中滋生出来，墙的前方种着一排以色列椰枣树"③。对留守的山地犹太人而言，近似的景观扭曲了空间的距离，让千里之外的圣城耶路撒冷感觉起来并不遥远。虚构的景观满足了山地犹太人对于耶路撒冷的期待，这种景观的逼真性甚至让主人公为之震惊。为了感谢米沙的父亲，山地犹太人还替他做了个人像牌匾，上面写着"献给鲍里斯·伊萨克维奇·温伯格，圣彼得堡之王、以色列的守卫者、山地犹太人之友"④。

犹太复国主义者一直都在回避一些问题，那就是为什么犹太人仅在人类社会普遍走近现代才着手回到巴勒斯坦地区。他们恐惧的是一旦承认犹太人并不同源，犹太人漫长且连续的流散史将不复存在。犹太人将回归到古老的宗教共同体，而有关犹太人作为一个统一的民族的伟大建构将付之一炬。其实，在千百年来的现实主义环境中，各地的犹太人无论以何种身份存在，都

---

① 段义孚. 恋地情结[M]. 志丞、刘苏译. 北京：商务印书馆，2019：45.
② 段义孚. 恋地情结[M]. 志丞、刘苏译. 北京：商务印书馆，2019：188.
③ Shteyngart, Gary. *Absurdistan*. New York: Random House, 2006, p326.
④ Shteyngart, Gary. *Absurdistan*. New York: Random House, 2006, p327.

已经凝聚了文化共识。当然，以色列的建国在维护犹太民族的统一性方面是有必要性的，以色列的建立强化了犹太人作为一个民族的地方精神。

第二节 《荒谬斯坦》中年轻一代的信仰危机

犹太人的生存模式体现了信仰与现实的悖论。按照《圣经》中的记载，犹太人是上帝的天选之子。他们"怀揣着'上帝选民'的信仰和期盼"，但"历史经验和现实生活却与犹太人开了一个极大的'玩笑'"。他们"受尽生活的折磨和反犹主义的歧视与迫害"①。进入现代社会以后，世界各地的犹太人逐渐走向世俗化，世俗化的犹太人与宗教虔诚者对犹太教的理解出现了严重的分歧。从19世纪末至20世纪初那次空前的移民潮看，阿什肯纳兹犹太人作为犹太民族重要的分支，对巴勒斯坦地区并没有根深蒂固的土地所有权意识。对于犹太人应"回归"民族发源地的这种思想也没有形成广泛的共识。从数量上看，当时近200万犹太人从东欧乘坐古老的交通工具"船只"漂洋过海，定居在美国东部。他们把远离的地方视为"另一个埃及"，而把移居的地方喻为"应许之地"，这其间并未提及以色列地。在一些激进的评论家看来，"如果美国在1924年没有对移民加以限制，一个犹太国家可能永远不会形成"②。

其实，在此次移民潮发生之前，无论美国或巴勒斯坦地区都没有多少犹太人居住，反观东欧却居住着全世界80%的犹太人。"对于大多数在20世纪早期移至巴勒斯坦垦荒的犹太殖民者而言，东欧才是他们的'故土'"③。倘若当时犹太人想要大规模移民巴勒斯坦地区，似乎不是一件艰难而无法达成的事，但广大阿什肯纳兹犹太人并不知晓"回归"的意义。只有部分激进人士最终定居在那里，最终成为发动犹太复国主义运动的先驱，如现代以色列国家

---

① 乔国强. 美国犹太小说的叙事主题与叙事模式[J]. 当代外国文学, 2017(3): 62.
② 雅番·瑞德·马席斯, 美国犹太人 1585—1990 年：一部历史[M]. 杨波、宋立宏、徐娅因译. 上海：上海人民出版社, 2004: 234.
③ 施罗默·桑德. "专访"[A]. 我为何放弃做犹太人[M]. 喇卫国译. 北京：中信出版社, 2017: 130.

第三章　空间敬畏：以色列的缺位与在场

的国父本·古里安①、魏茨曼②、大卫·戈登③、雅博廷斯基④、列奥·平斯克⑤等。

是否"回归"以色列是划分苏联犹太人行为与信仰的重要指标。在苏联，无神论教育削弱了境内犹太人有关神秘空间的认识，犹太教的影响力和约束力日渐式微。犹太人从一个宗教共同体转变为苏联的一个少数民族，维系广大民众集体关系的纽带不再是忠贞的信仰，而是差异化的民族身份。由于苏联犹太教堂较少，犹太人的仪式感没有得到有效的训练，一些人甚至将犹太教的仪式归结为耶路撒冷的专利。苏联犹太民众改变了生活方式，他们几乎与传统的犹太教发生了决裂。这种决裂在基督教文化的影响下得到了确认，犹太人在苏联出现了前所未有的信仰危机。

值得注意的是，在20世纪70年代后这次移民潮中，前往以色列的犹太居民远多于其他国家，约占移民总人口的60%⑥。但这并不表明全部移居者都是出于对以色列的热爱或对犹太文化的认同而定居于此。相反，移民者中的大部分人都是信仰并不纯粹的世俗化犹太人或异族通婚者的后代。他们期待前往一个世俗化的国家，但限于当时的国际政治和各国移民政策，他们并不能够自由选择移居地。最后，在多重因素合力的作用下，大多数移民者最终定居以色列。

具体而言，以色列在立国之初将国家的性质设定为全世界"犹太人的国家"，而非"以色列人的国家"，并对所有的"犹太移民者和流亡者保持开

---

① 全名戴维-本·古里安（David Ben-Gurion），1886年生于俄国波兰地区普朗斯克，以色列第一任总理。
② 全名哈伊姆·魏茨曼（Chaim Azriel Weizmann），1874年生于俄国白俄罗斯地区平斯克市，犹太复国主义运动政治家，以色列第一任总统。
③ 全名亚伦·大卫·戈登（Aaron David Gordon），1856年生于俄国特罗扬诺夫，犹太复国主义思想理论家。
④ 全名弗拉基米尔·雅博廷斯基（Vladimir Jabotinsky），1880年生于俄国敖德萨，以色列军事锡安主义创始人。
⑤ 列奥·平斯克（Leon Pinsker），1882年生于俄国波兰地区，犹太民族主义者。
⑥ Tolts, Mark. "Demography of the Contemporary Russian Speaking Jewish Diaspora." *The New Jewish Diaspora: Russian-Speaking Immigrants in the United States, Israel, and Germany*. Ed. Zvi Gitelman. New Brunswick: Rutgers UP, 2016. 23.

放"①。苏联犹太人的民族证明恰好为其移民提供了身份证据。而此时又正值美苏冷战期间，苏联并没有放开犹太人前往美国的签证许可，犹太人想移民美国困难重重。他们只能通过以色列的亲属获得邀请函，在离境后凭借个人能力或社会联系，辗转前往第三国，但这部分人少之又少。作家施拉耶尔曾讲述他们一家在离开莫斯科后辗转维也纳、罗马等地，以"难民"的身份等待入境美国的经历。依作者所述，维也纳的机场聚集了大量的犹太难民，有来自莫斯科的移民拒签者，有高加索和中亚地区的犹太移民，一些人准备前往以色列，另一些人则在此等候难民接应者的到来。

其实，犹太人并不抗拒以"难民"身份入境美国，因为"难民"可以获得美国广泛的政府福利，享受到医疗救助和更多的公共资源。施拉耶尔一家逗留罗马期间曾遇到过一个美国女孩，女孩误把来自苏联的施拉耶尔当成了俄罗斯族人，这让他觉得很诧异。在回忆录中他写道："在苏联，犹太人和斯拉夫人是不同的，犹太人在苏联是不会被当作俄罗斯人的。但是在罗马，我第一次成了俄罗斯人"②。大量难民的集中涌入，加重了美国政府和移民组织的财政负担。美国无法接纳过多的犹太难民，只能采取配额制度限制入境的人数。对以色列而言，这是千载难逢的历史机遇期，以色列能吸纳更多的潜在移民到此定居。

移民者中存在大量抗拒前往以色列的犹太人，其原因是多方面的。除了世俗化导致的认同感欠缺外，还有异族通婚者担忧以色列的拉比制度，苏联犹太人与东方犹太人之间的紧张关系，以色列频繁地陷入战争，以及知识分子家庭考虑职业发展、子女的教育等一系列现实原因。在小说《荒谬斯坦》中，主人公米沙是来自苏联的阿什肯纳兹犹太人，他觉得大量东方犹太人居住在以色列改变了地方的文化性，这让他颇感不满。"以色列曾是犹太人骄傲和灵感的源泉，但现如今大量周边阿拉伯国家的犹太人移民至此，以至于当地居住的人口大部分是鲁莽好斗的中东人，他们怪异的生活方式跟我们格格不入"③。

---

① 见《以色列独立宣言》(1948)，转引自 Reich, Bernard. *A Brief History of Israel*. 2nd Ed. New York: Facts On File, 2008, pp. 46-47.
② Shrayer, Maxim D. *Waiting for America: A Story of Emigration*. Syracuse: Syracuse UP, 2007, p63.
③ Shteyngart, Gary. *Absurdistan*. New York: Random House, 2006, p268.

第三章 空间敬畏：以色列的缺位与在场

其实，广大苏联阿什肯纳兹犹太民众对拥有本民族土地并没有迫切的需求，这正是问题的复杂性所在。历史上，苏联政府曾给犹太民族①划拨过一块土地，建立起以比罗比詹市为中心的犹太人自治州，供其实行民族自治。自治州的建立回应了犹太民族对土地的诉求，这块土地的价值在于，这是犹太人在千年寄居生活后获得的第一块自治的土地。如果按照经典理论所说，犹太人作为一个流散民族，在2000年后终于拥有了本民族的土地，理应出现大规模的移居者定居于此。但事实上，犹太人对移居比罗比詹的热情明显不足。绝大多数人仍选择居住在莫斯科、圣彼得堡等中心城市。

在有关地方权力的概念中，中心与边疆的区分界限是明显的。苏联划拨的土地位于西伯利亚与中国东北相接壤的地方，这里位置偏寒，且远离政治、经济核心区。这是犹太人拒绝移居的主要缘由。但更为重要的是，苏联划拨的土地没有犹太教所说的"神性"，这里从来就不是犹太人的故乡。相反，两千年来，犹太人虽然没有居住在巴勒斯坦地区，但犹太复国主义者需要这个地方来捍卫民族神话。他们认为"这片土地只属于犹太民族，而不属于少数没有历史却碰巧来到这里的民族。因此，由一个流浪的民族为征服其故土所发动的战争被证明为正当；当地居民的暴力抵抗则是犯罪"②。此后，大量移民定居于此，掩盖了现实因素在犹太人地方选择中的作用。历史上，为了解决犹太人建国的问题，曾规划过多个地方供犹太人选择。除了巴勒斯坦地区，还有南美洲的阿根廷、东非的乌干达等地③。阿根廷、乌干达是否适合犹太人居住暂且不论，但巴勒斯坦是唯一具有象征意义的地方。犹太人最终在巴勒斯坦建国与犹太人有关来源地的重塑关系密切。回到巴勒斯坦是犹太复国主义者能够证明犹太人是一个统一的民族的最好的方式。

虽然过半的犹太人移民到了以色列，但是仍有大量居民尝试着前往美国，小说《荒谬斯坦》的主人公米沙就是这类人的代表。米沙曾在美国留学并长期

---

① 此处指苏联的犹太民族，而非广义上的世界范围内的犹太人。
② 施罗默·桑德. 绪论[A]. 虚构的犹太民族[M]. 王崇兴、张荣译. 上海：上海三联书店, 2012: 21.
③ 早期的犹太复国主义者对于何处建国并没有统一的意见，品斯基（Leon Pinsker）曾强调，犹太人的国家重在对于地方的热爱（local and regional patriotism）而非具体的一方水土（the entire territory of a state），应该重视民族国家（nation），而不是强化土地（land）所有。转引自 Shumsky, Dimitry. "Leon Pinsker and 'Autoemancipation!': A Reevaluation." Jewish Social Studies 18.1 (2011): 47.

居住，他说自己"是个彻底世俗化的犹太人，不管是民族主义还是宗教都与其无缘"①。作为莫斯科出生的犹太青年，米沙犹太身份的起点是苏联无神论环境下成长起来的犹太"新生代"，这是他看待地方、身份、宗教、环境等问题的出发点与立足点。在美国留学期间，米沙曾遵照父亲的要求，找到哈西德派教徒实施犹太割礼。这种与上帝立约、确定犹太身份的命令显示了父亲对于犹太教的虔诚。但是，从儿子在割礼过程中与哈西德派教徒的对话中不难看出，他始终不觉得自己会因此"变成"一个犹太人。

> "你是苏联的囚徒。我们要把你变成一个犹太人。"
> "你们想拯救囚徒……瞧瞧我！我就是囚徒！是你们的囚徒！"
> "所以你即将被拯救了！"
> ……
> "亚伯拉罕亲手给自己施行'布里斯'②时都九十九岁了。"
> "可他是圣经里的英雄啊。"
> "你也是啊！从现在起，你的希伯来名字叫摩沙，意思就是摩西。"
> "我的名字叫米沙。那是我美丽的母亲给我取的俄文名字。"
> "可你就像摩西一样，因为你帮助带领苏联犹太人走出了埃及"③。

从小说的叙事策略上看，主人公米沙的言语功能具有不可靠性，正是他不断地反驳才使得哈西德派教徒将自亚伯拉罕、摩西以来的犹太隐喻如数家珍地一一呈现。但就米沙本人而言，身为当代犹太青年，他对"契约论"（Covenant）思想并不信任。契约论是犹太教的精髓与重要组成部分，犹太人因为与上帝订立契约而获得庇护。但在历史上，犹太民族历经劫难，他们对上帝的契约产生了怀疑，"尤其是在二战期间，600万犹太人的性命被屠戮，虔

---

① Shteyngart, Gary. *Absurdistan*. New York: Random House, 2006, p. viii.
② 布里斯（bris），指犹太教的割礼。
③ Shteyngart, Gary. *Absurdistan*. New York: Random House, 2006, pp. 22-23.

第三章　空间敬畏：以色列的缺位与在场

诚的犹太人也开始诘责上帝的违约……犹太人赖以生存的'契约论'再次遭到了质疑"[①]。主人公米沙施行割礼只因"受制于父亲的命令，父亲让他拥抱犹太教，并确认自己的身份既不从属于美国也不从属于俄罗斯"[②]。他本人并不想"成为"犹太人，最多只是顺从父亲的威严从形式上完成割礼，却从未想过做一个犹太领袖或者成为宗教虔诚者而移民以色列。

苏联犹太青年对以色列缺乏地方依恋的原因众多，但有一点是明确的，那就是，在苏联按照犹太教的方式进行宗教实践是无法实现的，犹太家庭出生的孩子也无法按照犹太人的方式抚养长大。这使得新生代对犹太教、犹太文化以及犹太人的发源地缺乏积极的价值评价，从而使其失去对地方的向往与依恋。然而，此时的以色列越来越"犹太化"，这导致以色列的地方规范与苏联犹太人的文化实践产生冲突。正如米沙所说，"以色列不是我的国家"，"纽约才是"[③]。年轻一代犹太人渴望的是一个世俗化的地方，而非神圣的以色列。米沙崇拜的是世俗化的犹太人。他认为斯宾诺莎、爱因斯坦、弗洛伊德这些人虽然被外族同化，却为人类做出了巨大的贡献。相反，他鄙视"哭墙那儿留着大胡子前后摇摆的犹太人"[④]。米沙身上所具有的犹太性至多仅是"一种民族性或'国家性'，而不是一种教义"[⑤]。这种民族性或国家性也不过是苏联的一个少数民族，而与以色列没有直接的联系。年轻人对以色列的情感变得虚无，使得这里从一个充满价值感的神圣空间变成了"不真实的地方，人们无法对这类空间产生真实的认识和地方感"[⑥]。

虽然苏联犹太新生代缺乏对以色列的认同与渴望，但以色列能够成为一些弱小民族想象中富足、民主的地方，能够成为其他国家的"救世主"，挽救当地居民的生活。在《荒谬斯坦》中，当地的原住居民塞翁族人将以色列视为拯救自己国家的力量，族群的首领希望借助米沙的犹太身份与以色列建立联

[①] 乔国强. 美国犹太文学[M]. 北京：商务印书馆，2008：4.
[②] Hamilton, Geoff. *Understanding Gary Shteyngart*. Columbia：U of South Carolina P，2017, p38.
[③] Shteyngart, Gary. *Absurdistan*. New York：Random House, 2006, p251.
[④] Shteyngart, Gary. *Absurdistan*. New York：Random House, 2006, p251.
[⑤] Wanner, Adrain. "Russian Hybrids：Identity in the Translingual Writings of Andreï Makine, Wladimir Kaminer, and Gary Shteyngart." *Slavic Review* 67. 3 (2008)：679.
[⑥] 何翰林、蔡晓梅. 国外无地方与非地方研究进展与启示[J]. 人文地理，2014(6)：49.

系，进而联络欧洲和美国，从而获得经济援助，改善国家生存条件。小说的作者之所以杜撰"荒谬斯坦"这个国家还有那些不为人知的少数族群，目的在于批判大国救世思想干扰了弱小民族的生存与发展，以至于以色列也被卷入其中，未能幸免。依照故事所述，荒谬斯坦毗邻里海，其余三面分别是伊朗，土耳其还有俄罗斯①。这里石油丰富，但大部分资源在苏联期间已几乎被开采殆尽，能产出的水产品和农产品仅有鲟鱼和葡萄，而鲟鱼也濒临灭绝。当地的居民认为自身的发展受制于周边其他国家，因此没有对外宣扬资源几乎耗尽，希望还能够吸引外资，促进国家发展。最好的是美国的埃克森②、雪佛龙③、荷兰的壳牌④以及英国的石油公司都来这里投资。荒谬斯坦原本属于苏联，但很少有人听说过这个地方。资本的入侵、文明的交锋、民族的对立已让这个地方不具有安身立命的资本。年轻人纷纷逃离，留下的人只能通过外部势力的介入来推动自身经济的发展，以色列便成了当地求援的突破口。

以色列与荒谬斯坦能建立联系主要缘于犹太人曾流散于此。在公元前 8 世纪，犹太人的一支从古代以色列到达波斯⑤，而后进一步东迁，定居在高加索山区一代，成为山地犹太人。时隔一千多年，在现代以色列重新建国后，大批山地犹太人又选择回到那里继续生活。荒谬斯坦曾是山地犹太人长期生活的地方，原住居民以"口头文学"的形式相传着一段话，重复着犹太人与当地民族之间的交好的历史：犹太人民在我们的土地上有着漫长与和平的历史。他们是我们的兄弟，他们的敌人是我们的敌人……我妈就是你妈，我的老婆就是你的姐妹，你永远都可以在我的井里讨到水喝⑥。口头文学是以口口相传的方式讲述某个事件。在流传的过程中，由于缺乏文字的记载，内容和形式上经常发生一些变化，以至于衍生出许多版本。但口头文学在传播的过程中一般会保留事件的主要内容和重要主题，使得听众在多个叙事声音中分辨出

---

① Shteyngart, Gary. *Absurdistan*. New York: Random House, 2006, p216.
② 埃克森公司(Exxon Corporation)是美国和世界规模最大的综合性石油公司。该公司于1882年成立，最初总部设在美国新泽西州，现在总部位于纽约。
③ 世界最大的能源公司之一，总部位于美国加州。
④ 世界重要的国际石油公司之一。
⑤ 其他来源证明，至少从公元前 457 年起，山区犹太人就存在于阿塞拜疆地区。
⑥ Shteyngart, Gary. *Absurdistan*. New York: Random House, 2006, pp. 114; 213; 226; 260; 289.

第三章 空间敬畏：以色列的缺位与在场

语义的核心要义。

作为一个整体性的语义符号，"我妈就是你妈"这段话包含了明确的能指，但所指令人困惑。当地的原住居民误以为主人公米沙是以色列人，他们反复重述这段词汇贫乏、内容荒诞、无因无果的开场白，希望能唤起米沙的亲近感与信任，并建立与以色列的联系。主人公在当地遇到了形形色色的人，有路边的摄影师、酒店的经理、土著民族的首领等。当不同的人出于个性化的目的引述这段文字时，话语内容出现了播散的现象，形成了复调的声音，但是语句重叠的部分依然能表达话语的基本内涵。也就是，千百年流传下来，当地居民此刻要传递的重要信息——犹太人在背井离乡后曾受到了当地原住民的救助，犹太人与荒谬斯坦人曾同饮一井水，应当相互帮扶。重复"事实上是一种思维的建构，在每一次重现过程中，消除了自身所有的特殊性，保留了同类事物之间共有的部分"[①]。

地方感的生成有时候还取决于观察者的身份与视角。荒谬斯坦的居民对以色列热切地期盼只是出于一己之私。在荒谬斯坦国民的眼中，以色列的富足与民主只是他们为了获取救助而言说的客套话，只要他们能与以色列建立起联系，就可以间接地与美国相连。从这一连串复杂的关系可以看出，犹太人的生活并不是一种孤立的族群生活。相反，它还牵扯着世界上强大、富有的国家以及那些完全不知名的弱小民族。犹太人的选择与决定牵动着世界许多国家和人民的生存状况。作为局外人的米沙即使想象力再丰富，也无法料想到荒谬斯坦人竟是如此虚伪和丑陋。此外，小说还设置了一个来自以色列的人物形象，这个人是以色列情报组织"摩萨德"（Mossad）的间谍。他深藏荒谬斯坦，却道出了以色列在世界的作用。在他看来，"以色列不要求别人去爱戴它""只要确保它的存在就可以"[②]。至此，小说中有近半的角色都在利用人们对以色列的情感谋取自己的福利。以色列成为小国谋取福利、大国进行博弈的一个工具，它的地方性在于它的功能与价值。荒谬斯坦居民对以色列的热爱，更多地体现在能从中获取一定的利益。他们不惜自导自演一场民族内

---

① Genette, Gerard. *Narrative Discourse*: *An Essay in Method*. Trans. Jane E. Lewin. New York: Cornell UP, 1980, p113.

② Shteyngart, Gary. *Absurdistan*. New York: Random House, 2006, pp. 304–305.

战来引起世界的注意,当俄罗斯、美国都参与争夺这个地区的战略位置或石油时,荒谬斯坦会得到一方的资助而重建。这是他们想到的唯一的出路。

"没有石油这个国家就一无所有","我们这个国家是个封建的国家。不管是塞翁族还是斯瓦尼族都一样。我们的思维方式是封建的。这在冷战时期没有关系。我们反正有莫斯科包养呢。可如今世界变化得如此之快,你要是落后了哪怕一厘米的话,你就永远也赶不上趟了。如果你拿我们跟那些中国人或者印度人比的化,你就知道我们在这场赛跑中根本就不是人家的对手。我们需要找一个新的施主"①。

主人公对以色列的态度还取决于他对俄罗斯、美国两个国家的情感偏差。事实上,作者塑造的俄罗斯犹太人米沙是一个没有国家概念的"世界公民"。俄罗斯是米沙出生、成长的地方,也是他尚未获得美国国籍前的祖国。由于俄罗斯经济的衰落,他对贫穷、落后的家乡嗤之以鼻。"什么沙皇之城,北方的威尼斯,俄罗斯的文化之都……都见鬼去吧","圣列宁斯堡②已经沦落成一副变幻莫测的第三世界模样","那些新古典建筑都陷入了粪水横流的运河里"③。犹太人不是俄罗斯国家的原住民,他们对俄罗斯的地方感并不是建立在对土地的依存关系上。当俄罗斯出现严重问题时,犹太人容易对更为优越的环境产生憧憬,从而选择离开。

主人公米沙自认是一个倡导美式民主和多元文化的现代犹太人。他在留学的十几年间,文化上已经变成了一个崇尚美国大众文化的现代人。他爱美国文化、结交美国女人、喜欢美国生活。虽然米沙还没有加入美国国籍,但他已经把自己视为一个美国文化里长大的"美国人"。他在美国结交的女友是个有着波多黎各、德国、墨西哥、爱尔兰多国血统的妓女,米沙对于美国的依恋在于这里的自由演化成了富人的天堂。正如小说所述,"一个混血女孩和一

---

① Shteyngart, Gary. *Absurdistan*. New York: Random House, 2006, pp. 310-311.
② 指圣彼得堡。
③ Shteyngart, Gary. *Absurdistan*. New York: Random House, 2006, p3.

个体重超重的俄罗斯犹太人的故事，在美国之外那个一个国家能找到，哪一个国家能得以生存"①。虽然大部分苏联犹太移民没有主人公富有，但是他们对美国的地方想象与米沙十分类似。

俄裔美国犹太人对以色列的地方感受，并没有像对俄、美两国这样如此泾渭分明。在主人公的"地方"排序中，美国始终排在第一位，但是他也清醒地认识到，美国的"包容"已经同化了犹太人，使得这个民族在美国即将不复存在。俄罗斯犹太人在美国被划归为白人一类，这种同化过程最终会消磨掉犹太人的民族性。出于对民族身份的维护，以色列的地位在俄裔犹太人的认知中仍然十分重要。

作为一个非全知全能的人物，主人公被卷入当地人算计的权谋之中。塞翁族的领袖让米沙帮忙联系以色列，建立事务关系。联系的方法是米沙"管美国犹太人要钱，然后以讨好以色列的方式来取悦美国"②。这种"曲线救国"的复杂性在于以色列这个"弱小"的地方牵动着世界三大宗教以及世界最主要大国的神经。当地人如若能够争得以色列对犹太人流散于此的认同，就能借助以色列与美国犹太人的亲密感，带动美国对自己进行"施救"。

小说情节采用如此拐弯抹角的设计，是在告知读者以色列与美国的同盟关系，这种关系的直接后果是将以色列置于俄罗斯犹太人的对立面。其背后引申的内涵是俄、美之间意识形态对立虽然已经终结，但是二者的博弈还远未停止。由于米沙的父亲如此敬仰以色列，又曾慷慨出资捐助其发展，米沙愿意为当地人进行尝试。他想到的一个办法是重提"大屠杀"事件，因为当地的两个民族不像以色列人和巴勒斯坦人那样著名，没有人知道他们是谁，没有人知道他们的国家在哪，也没有一个尽人皆知、由来已久的冲突，构成富裕国家人民餐桌上分帮辩论的谈资③。而大屠杀的历史对世界各地的犹太人而言都是刻骨铭心的。米沙要以当地民族和犹太人之间的友谊为名建立一个博物馆，取名为"里海大屠杀研究院"。

"旧事重提"的价值在于促进事件的相关方再次关注事件的意义与后果，

---

① Shteyngart, Gary. *Absurdistan*. New York: Random House, 2006, p35.
② Shteyngart, Gary. *Absurdistan*. New York: Random House, 2006, p262.
③ Shteyngart, Gary. *Absurdistan*. New York: Random House, 2006, p225.

同时引发人们对事件发生时所持的态度与做法进行反思。大屠杀发生在一场全球战争期间，这场战争最终导致死亡人数高达五六千万人。美国犹太人处在一个相对舒适的生活环境，他们"不想因得罪'环境'"而"给自己找来什么麻烦"，因此，"发生在欧洲的血腥屠杀并没有激励美国犹太人为蒙难的欧洲犹太人奔走呼号，相反，却促使他们凝聚起来，共同为维护自己在美国的生存而沉默"①。另一方面，大屠杀的后果直接促进了现代以色列国家的建立。主人公希望借助旧事重提的方式，同时唤起美国和以色列犹太人的注意，将两个远隔千山万水的国家通过大屠杀事件联系在一起，并借此协助当地人与美国建立间接的联系。

  故事的结尾采取了成长小说的书写方式，让主人公在一个山地犹太人的指引下，看清塞翁人的圆滑、世故，最终决定放弃帮助他们。米沙原本认为在荒谬斯坦建立一个大屠杀博物馆对以色列有利，对犹太人有利，并且这种方式能为当地人带来一定的资金援助。但是后来，他得知自己是被利用了。依照故事所述，由于米沙的父亲常年救助荒谬斯坦的犹太人，在这里积攒下一些犹太朋友。从一个老年犹太人那里得知，荒谬斯坦的原住民本质上对犹太人是排斥的，他们"想把犹太男人送去古拉格，以便接管他们的村子、奶牛还有犹太女人"②。所以，当地的年轻犹太人大量逃离，只剩下一些年迈的老年人。在荒谬斯坦，米沙见到了世界的荒谬。他看到了祖国俄罗斯的衰落，看到了以美国为代表的西方势力的渗透。由于俄、美两个超级大国势力的介入，弱小民族纠葛不断。他最终放弃救助当地人的想法，踏上了前往美国的行程。小说以这种结尾表明了移民者对移居地的态度。包括以色列在内的所有国家和地方都不免卷入利益的纷争，对犹太移民者个体而言，只需选择一个温暖、舒适的地方去生活。这也是移民美国的犹太人放弃移居以色列的重要原因。

---

① 乔国强. 试谈美国犹太移民与犹太文学中的"侨易"[J]. 江苏师范大学学报, 2015(4): 25.
② Shteyngart, Gary. *Absurdistan*. New York: Random House, 2006, pp. 328-329.

第三节　施拉耶尔笔下犹太人移居地的分化

以色列的历史地位给犹太复国主义者带来了一种使命感。他们鼓励犹太人重返以色列，以实现心灵永恒价值的回归。总体而言，苏联犹太人对以色列心存敬畏，但是在是否"回归"的问题上态度截然不同。宗教保守主义者认为以色列是犹太人实践民族性的重要场所，回到以色列是世界范围内的犹太人亟须完成的一项民族实践。而世俗化的犹太民众考虑更多的是后移民时代的生存与发展。以色列的社会环境、科技水平、市场规模在立国之初存在诸多问题，即使后来它的文化日趋成熟，但也没能成为"民主与意识的大熔炉，而是越来越强调犹太人的中心地位"[1]。从这一点上看，以色列不是世俗化民众最优的选项。1973年，移民者的目的地出现了严重分化。在此之前，文化虔敬之人出于对地方神性的崇拜确实抵达了以色列；而此后移民者的队伍扩大至整个苏联犹太民众，除了以色列，美国、德国等西方国家也吸引了大量移民者。

具体而言，生活在苏联城市的犹太人与住在沙皇俄国村镇里的宗教人士完全不同。沙皇俄国时期，犹太人的信仰相对虔诚，人们通过遵约守俗、履行仪式或者诵读经文进入神秘空间，实现文化与身份的认同。犹太教的神圣感和神秘感从未缺席，始终在场。苏联时期的犹太人深受世俗文化影响，大部分人失去了宗教的约束，因而变得凡俗。他们在选择移民目的地时并不拘泥于文化或信仰的束缚，以色列从来就不是他们的首选。

以色列缺乏吸引力的原因十分复杂。1948年前，苏联犹太人没有办法游历此地。在未获得亲身体验的情况下，人们只能基于地方知识或文献阅读获取信息。在不引入具体物质实体，仅凭经验对空间进行思辨是没有价值的。但是现实的问题是，以色列建国前就是一个没有客观实在物的抽象空间。人们至多会形成一种印象，那就是，这块地方称之为巴勒斯坦，那里是阿拉伯

---

[1] 施罗默·桑德. 我为何放弃做犹太人[M]. 喇卫国译. 北京：中信出版社，2017：98.

人的家乡。

  由于缺乏了解，苏联犹太人在以色列建国前没有生发出移居的兴趣。以色列建国后，移民先行者怀揣着对犹太文明的崇敬，义无反顾地回到了民族圣地。由于缺乏现代化的沟通条件，他们在当地的见闻与生存状况未能及时、准确地传回苏联。信息的残缺、匮乏、不完整以及沟通渠道的不畅引发了人们对远方空间的想象。以色列原本仅是一个支离破碎的空间概念，现在则变得神秘而不可知。"空间一旦获得了界定和意义，就变成了地方"[1]。中东战争期间，新闻、报纸、广播等各类媒体成为民众了解以色列最快捷、最有效的途径。媒体营造了一个流动的空间，塑造着人们的观念。这个"流动的空间不仅仅把相隔遥远的地区联结在一起，而且对传统的权力形式进行了抵抗"[2]。当犹太复国主义者号召世界各地的犹太人前往以色列定居时，苏联民众接收到的讯息不仅包含以色列在中东战争中的胜利，还有战争遗留下来的残垣断壁、破损的建筑、人们的流离失所，这损害了犹太人移民的热情。

  本质上，人的思维与行动是经验性的。人的经验对地方的意义、环境的优劣、行为的后果所进行的判断又是主观的。犹太人接收到的消息大多是消极的、负面的，人们怀疑以色列可能随时再次陷入战争。对于战乱的恐惧源于一种经验性的常识，但常识具有权威性，它"精确地传达了真实""尽管通常不是一个整合得非常紧密的体系"，但"它自有其价值与正确性"[3]。常识影响着犹太人地方感的塑造，同时也解释了大批移民者放弃以色列的原因。随着媒体的宣传，犹太人形成了以色列和美国两个不同的空间意象。以色列是"一个贫穷的、艰难的、面临严重军事问题的国家"，而"美国是天堂"[4]。

  从后期移民数据来看，最终回到以色列的犹太人占总人口的一半以上。给人留下的错觉是，苏联犹太人最终还是满怀希望前往以色列定居。但事实上，犹太人前往以色列只是由于程序更加容易而已。在小说《红菜汤度假区》中曾记载这样的一些细节，形形色色的犹太人在抵达美国后聚集在位于纽约

---

[1] Tuan, Yi-Fu. *Space and Place: The Perspectives of Experience*. Minneapolis: U of Minnesota P, 2001, p136.
[2] 迈克·克朗. 文化地理学[M]. 杨淑华等译. 南京：南京大学出版社，2005：119.
[3] 克利福德·格尔茨. 地方知识[M]. 杨德睿译. 北京：商务印书馆，2016：121-122.
[4] 弗雷德·A·拉辛. 美国政治中的苏联犹太人之争：透视以色列与美国当权派的关系[M]. 张淑清、徐鹤鸣译. 北京：商务印书馆，2014：116.

第三章 空间敬畏：以色列的缺位与在场

卡茨基尔山脉的俄罗斯文化度假区，人们言说俄语、缅怀过去。移民者中一些自称是犹太复国主义者的人也来到了美国，他们不想生活在以色列①。小说中的现实感颠覆了移民数据的假象，让人不得不反观犹太人的移民过程。犹太人想要离开苏联必须获得以色列亲属出具的邀请函，并且要经历政府旷日持久的资格审核。知识分子一般还会遭受到数月至数年的移民拒签。在离境后，能绕开以色列前往美国的移民者一般具有较高的业务素质或科技能力，而普通民众由于在以色列已有亲属，定居以色列成为相对便捷的移民方式。

受到地方功能性的影响，苏联移民者主观上是远离以色列的，但客观上定居欧美又难度较大，这使得此次移民行为出现了主客观分离的情形。以色列对移民者的价值在于，人们可以利用这个地方申请离境，从而达成离开苏联的目的。知识分子虽然在心理上关注以色列的建国、发展与动向，但是在行为上大多数人从来就没有想过前往此地定居。施拉耶尔在《逃离俄罗斯》中曾反思："我们真的打算前往以色列吗？……以色列对于我们，尤其对我父亲而言……更像一个合法的谎言或者说是离开苏联的借口"②。作者本真的地方感道出了犹太人移民的真相，他们甚至宁愿坚持犹太人是"一本书的民族"，散居在世界各地，也不想聚集在一个狭小的地方。犹太人"民族-国家"的建立在某种程度上是犹太复国主义者与外部势力合作的产物。

由于移民美国的犹太作家缺乏以色列的地方体验，他们在文学创作时仅零散地描述了一些相关的话题，这些描述以只言片语的形式散落在对以色列域外故事的讲述中。小说《兄弟情》提及了一些犹太人回归以色列的情节。主人公西蒙在爱沙尼亚度假期间结识的一个本地人，叫作托利亚·夏皮罗（Tolya Shapiro）。托利亚是西蒙所住公寓的前一个租客，他于1979年移民去了以色列③。施拉耶尔的小说总是通过一些人物的名字反映犹太人来源的多元性。故

---

① Shrayer, Maxim D. "Borscht Belt." *A Russian Immigrant：Three Novellas*. Boston：Cherry Orchard Books. 2019, p112.

② Shrayer, Maxim D. *Leaving Russia：A Jewish Story*. Syracuse：Syracuse UP, 2013, p38.

③ Shrayer, Maxim D. "Brotherly Love." *A Russian Immigrant：Three Novellas*. Boston：Cherry Orchard Books. 2019, p71. 另据统计，20世纪70年代前，苏联犹太人以移民以色列为主，1967年至1970年间离开俄国的5 391人全部移民以色列。1971至1980年间，移民人口总数大幅上升，但移民以色列的人口出现递减的趋势。十年间，共计246 267人离开苏联，155 217人移民以色列。见周承《以色列新一代俄裔犹太移民的形成及影响》，第334页。

事中没有对托利亚·夏皮罗这个人物进行详细的描述,仅以他的姓氏提醒读者东欧犹太人来源的不同。

夏皮罗这个姓氏是德国莱茵河沿岸城市施派尔(Speyer)犹太人使用的姓氏。早在9世纪,施派尔已有犹太人定居于此,到11世纪这里逐渐发展成为德系犹太人的文化中心。在西欧开始排犹后,施派尔多次发生迫害犹太人的事件,当地的犹太人数量逐步下降,纷纷向东迁移至东欧波兰、波希米亚、匈牙利、俄罗斯等地的犹太社区①。作者引用这个姓氏,旨在说明东欧的阿什肯纳兹犹太人中混居着一些西欧犹太人的后代,他们的祖先很可能是在犹太大流散中来自迦南的古代希伯来人。虽然这些德国犹太人后裔与基辅罗斯俘掠的哈扎尔犹太人后代共同居住在东欧,但其实他们并不同源。这一点从主人公的态度上也能看出,西蒙认为回归者与自己的区别不仅在于是否对以色列产生兴趣,还由于他们原本就不是同一类犹太人。

对以色列情感诉求的差异引发了移民者目的地选择的分化。以色列不在触手可及的范围,移民美国的作家也甚少前往当地旅游或交流,他们缺乏对以色列文化性的直接体验,在作品中也几乎不再提及它的地方意义与价值。情感上的虚无导致以色列成为一个不真实的地方。其实,对重返以色列的行为,犹太人内部一直存在反对的意见。桑德认为犹太人占领巴勒斯坦地区是一种殖民行为,犹太复国主义者的理论基础根本无法获得普遍的认同与推广。如果按照犹太人所理解的,《圣经》中所描述的犹太"历史"都是真实的,犹太人在2000年前曾居住在这里,现在也有权回归故土,那么是否意味着美国要把土地归还给印第安人?②

除了价值判断,犹太人放弃以色列还包含了很多现实因素。移民前,苏联犹太人长期居住在莫斯科、圣彼得堡等大城市。城市布局错落有致、笔直的街道、壮观的建筑,这是他们此前生活的物质基础,他们见惯了都市的繁华与便利。在移居地的选择问题上,人们也更倾向于遵循社会经济生活的基

---

① Weiss, Nelly. *The Origin of Jewish Family Names: Morphology and History*. Bern: Peter Lang, 2002, pp. 29; 34.

② 施罗默·桑德."专访"[A]. 我为何放弃做犹太人[M]. 喇卫国译. 北京: 中信出版社, 2017: 125-128.

本原则,确定定居的场所。秀美的环境、丰厚的收入、体面的工作、财富的自由都会引发移民者对地方的好感与青睐。此外,几乎所有的成年犹太移民都存在一个无法跨越的思想理念,那就是要保证子女的教育与物质生活。出于地方效用(place utility)的考虑,以色列并不是广大世俗化犹太人理想的去处。

> 地方效用是"衡量个人对给定地方满意程度的标准……一个家庭决定考察迁移的可能性后,将会在其活动空间范围内寻找可得的居住地,并根据他们对期望值(或效用)的评估标准来评价每个地方。这种评价提供了地方效用的衡量标准,而地方效用决定着是否迁移(现住处的地方效用可能比所考虑的其他任何地方都高),以及如果迁移将选择那个最佳"①。

地方效用是人的消费行为在地域、环境方面的延伸。人们对地理位置、物理景观、人文环境的评价关乎居住地的选择与决策。对大多数普通民众而言,美好的生活是人们普遍的追求。美好的生活指的是能满足人们物质生活需要的基本物质条;相反,破旧的居住环境、落后的生存状态,或者存在种族、阶级、战乱等问题的社会则违反了移民者对地方效用的衡量。"人们向往真实的'美好',这是人们仅仅抓住物质的原因所在。但是,尽管物质可以提供直接的满足,但光凭这一点还不够。物质若想真正得到重视,还需要赋予想象的价值"②。包括苏联犹太人在内的大多数普通民众选择移民是为了满足物质条件的改善,而并非对精神上的崇高而努力奋斗。

其实,犹太人并没有因为"失去"一个神圣的地方而感到恐惧,这一点可以从他们的地方认同中看出。犹太人散居于世界各地,他们总结出一个重要的观点,那就是人可以摆脱地域的限制,保证宗教与文化的不散。在以色列建国前,美国已经被犹太人视为的"应许之地",这一观念到20世纪晚期苏联犹太人选择移民目的地时依然适用。在接受世俗化、放弃回归犹太"民族-国

---

① 约翰斯顿. 人文地理学词典[M]. 柴彦威等译. 北京:商务印书馆,2004:512.
② 段义孚. 逃避主义[M]. 周尚意、张春梅译. 石家庄:河北教育出版社,2005:146.

家"的过程中，人们从对圣城耶路撒冷的执着逐渐转变为对神秘空间的追求。犹太人一直在思考，是否可以在远离犹太文化汇集的地方坚持民族认同，保持民族性。人们是否能通过个性化的理解，选择自己的方式，表达与以色列的亲近感。

作家施拉耶尔的父亲在以色列建国后深受鼓舞，对地方的繁荣、发展也保持了极大的兴趣与关注。施拉耶尔在回忆录中记载，自己出生时父亲曾想给他取名"伊斯雷尔"(Israel)。伊斯雷尔是一种现代性的人名译法，它本质上是与"以色列"同音同型的称谓。"以色列"除了指代中东地区的犹太国家，它还是《圣经》中雅各后来使用的名字。根据《创世纪》第32章记载，雅各在与神摔跤后，被赐予了"以色列"这个名字①。施拉耶尔的父亲想通过给儿子取名"以色列"，表达自己是亚伯拉罕、以撒、雅各的后代。同时，也将自己与现代以色列国家联系在一起，以此表明自己对以色列不断强盛的期待。

> 我生于1967年6月5日，父亲出于对六日战争期间以色列完胜埃及、约旦和叙利亚的雀跃，想给我取名"伊斯雷尔"。这个名字无疑会让我成为反犹主义的目标，最终他给我选择了马克西姆这个名字②。

施拉耶尔父亲的做法并不完全出于对宗教的虔诚。相反，苏联境内的犹太人大多已经放弃了对宗教的信仰，仅将犹太性视为一种民族身份。甚至在苏联公共领域，犹太性都无法构成一种显性的文化或习俗，它只是作为区分犹太人和俄罗斯族人的一种民族标签。这一点从父亲最终放弃"以色列"这个名字可见一斑。父亲给出的理由是担心儿子"成为反犹主义的目标"，但其实也是对阿什肯纳兹犹太人这一分支是否来源于以色列地产生了不确定性和担忧。

出于各种缘由，施拉耶尔最终没有被命名以色列，但施拉耶尔父亲的做法同样能表达他对现代以色列国家的土地和空间充满敬意。"上帝赋予人类一

---

① Gen. *The Holy Scriptures: According to the Masoretic Text*. Philadelphia: The Jewish Publication Society of America, 1917, 32: 25-29.
② Shrayer, Maxim D. *Leaving Russia: A Jewish Story*. Syracuse: Syracuse UP, 2013, p4.

种能力，可以在肉体以外创造另一个美好的精神世界"，人们的"道德提升得越高，就越能将我们的关注点转向文化世界"①。对以色列心存虔敬之人，完全不必纠结是否一定要回到某个固定的地方居住。虔敬感是人类的一种崇高的情怀，它庄重、严肃，代表了人在精神境界上的一种升华。以色列是个神圣的地方，它并不遥远。联结犹太人与以色列的不是简单的地理环境，而是以色列的地方精神。

对犹太人而言，他们一直秉持的是超越地域的原则，坚持上帝是一个万能的神，他会出现在世界上的任何地方，犹太人即使居住在没有属于自己民族的土地上依然可以获得超验的感知。这一点从以色列建国时，犹太拉比的反对之声中可以略见一斑。对俄裔犹太人而言，前往非犹太教国家并不意味着彻底摆脱犹太信仰与民族精神，前往另一个国家同样是进入神秘而广袤的未知世界。这是犹太人流散精神的延续，是对犹太性的认同，这种行为同样会令犹太人感到骄傲与自豪。移民美国的犹太人是现代的世俗论者，世俗化的犹太人将注意力从对具体地方的虔敬感转变为对犹太性现代化的关注。在无法摆脱对物质性的追求同时，生活在异乡的犹太人在信仰上追求更高的精神要求，即对文化世界的关注。

> 宗教要么将一个民族束缚在某个地方，要么把其从这个地方解救出来。对当地神明的崇拜会使一个民族束缚在此地，而普世宗教则给予人们自由。在一个普世宗教中，既然一切都是由全知全能的神创造出来的，那么就没有一个地方必然比另一个地方更加神圣②。

除了信仰、文化、观念的转变，以色列大量流失苏联犹太移民还有很多现实原因，如以色列政府在吸引移民方面的政策投入不足，移民行为本身的

---

① 段义孚. 逃避主义[M]. 周尚意、张春梅译. 石家庄：河北教育出版社，2005：38.
② Tuan, Yi-Fu. *Space and Place: The Perspectives of Experience*. Minneapolis: U of Minnesota P, 2001, p152.

盲目性，缺乏理性的选择等①。此外，美国政府和犹太组织主动提供的帮扶与救助对犹太人放弃以色列的影响也很大。在苏联犹太人地方选择摇摆之际，美国政府和犹太组织表现出积极的一面。苏联犹太移民整体上是城市居民，素质与能力受到了美国政府的肯定，尤其是移民者中还包含大量知识分子，对美国社会的建设与发展能起到积极促进的作用。美国犹太移民救援协会（JIAS）认为：1924年，美国曾拒绝接受欧洲难民，导致大量犹太人滞留东欧。二战期间，美国政府在政治上对德国纳粹屠杀犹太人依然无所作为。如果此时再次切断"美国这个选项，许多犹太人可能选择留在苏联"，这将不利于对犹太人施加"救助"②。于是，美国依据"杰克逊-瓦尼克"修正案③及赫尔辛基协议将苏联认定为非自由市场国家，拒绝给予其最惠国贸易待遇，迫使其放宽移民政策。为了换取对美贸易中的最惠国待遇，改善国内经济状况，苏联不断增加犹太人离境的名额，最终导致部分移民者选择了美国。

对移民者而言，移民行为割裂了生活的连续性，制造了一种深深的现代主义地方感。破碎性的生活方式与居住地的转移，让移民者不再生活于连续与神圣精神弥漫的地方之中。耶路撒冷虽然仍具有神圣感，但以色列仅是世界上犹太人众多的居住地之一。犹太人自身也没有主观地意识到这种地方感的变化，但是从众多移民者放弃回归以色列而选择生活条件更为优越的美国这一移民过程，让世俗化的犹太人与犹太复国主义者和宗教保守人士区分开来。

本章小结

历时地看，犹太人回归以色列的问题包含三个阶段，受两种因素制约。以色列建国前，犹太人没有自己的"民族-国家"可以前往，苏联政府也严格限制犹太人的出境。但在此时，犹太复国主义的思想已在中东欧大地上开始萌芽并寻求实践。秉持犹太复国主义思想的人不仅包含宗教与文化虔诚的人士，

---

① 弗雷德·A·拉辛.美国政治中的苏联犹太人之争：透视以色列与美国当权派的关系[M].张淑清、徐鹤鸣译.北京：商务印书馆，2014：116-119.
② 弗雷德·A·拉辛.美国政治中的苏联犹太人之争：透视以色列与美国当权派的关系[M].张淑清、徐鹤鸣译.北京：商务印书馆，2014：2.
③ 该法案由美国参议院亨利·杰克逊推动，旨在利用国际贸易中的最惠国待遇施压苏联，阻止苏联将受过高等教育的犹太人留在国内。

还包含一些社会活动家。他们怀着"崇高"的建国设想，致力于促进世界各地的犹太人回到民族的发源地。最终，在二战后成功地建立了现代以色列国家。以色列成立后，犹太复国主义者率先回归，但普通民众在最初的一二十年间并没有移民的热情。苏联民众印象中的以色列战争不断，生活条件落后、经济与社会发展充满诸多不确定的因素。直到20世纪七十年代，随着战局稳定，移民者的情绪才空前高涨。最终，苏联放开了移民限制。到苏联解体前后，所有想离开这个国家的人都可以通过合法的理由申请移民。

犹太人通过强化民族身份实现离境，但离开苏联的犹太人并没有全部抵达以色列，而是在以色列之外出现了新的目的地。值得注意的是，回归者占据移民总数的一半以上，但这里并非都是对以色列土地与文化认同的人，也包含大量无法获得其他国家签证，不得不定居于此的犹太人。前往美国的犹太人主要是苏联高素质的科技人员和其他各技术行业的从业者。他们主观上对以色列的发展前景、经济总量、市场份额表现出情绪上的不满，客观上也具备能力选择以色列之外的经济发达、环境优越的地方居住。

移民者的分化是宗教与现实两种因素合谋的结果。以色列宗教色彩浓重，尤其是耶路撒冷，被虔诚的信徒视为具有神性的地方。无论是信仰虔诚的人，或是文化保守主义者，甚至是民族主义者，都对以色列充满热情。他们怀念过去犹太性纯正的日子，号召更多的犹太人到此居住。而对世俗化的犹太人、改革派、都市年轻人而言，地方的神圣性在现代社会已微不足道，对民族精神的追求可以在凡俗的环境，通过文化或身份的认同来实现。他们抛弃了习俗、礼仪、土地等传统要素的约束，致力于推动犹太人在现代化的道路上继续前行。其实，犹太人的移民问题除了陷于宗教与世俗、传统与现代、认同与背弃等二元概念之间的博弈，还受到美苏冷战、颜色革命、巴以冲突、美国移民法案等诸多社会因素制约。犹太人离开苏联后的生存现状，不仅关乎犹太人自身，还深刻影响着整个西方世界的格局演变。

第四章 场所依赖：期待自我实现的美国

随着犹太复国主义者离开苏联，普通犹太民众离境的热情最终也被点燃。成千上万的犹太人争先恐后，蜂拥地加入移民队伍。到了高峰期，"移民成了一种社会风尚、时髦之事"[1]。苏联犹太移民以城市居民为主，移民者中包含了从事经济、法律、教育、计算机等各领域的科研人员和从业者。他们大多数人世俗化倾向明显，主观上没有前往以色列定居的意愿，只是希望借助"回归"的浪潮寻求生活条件更为优越、工作环境更为先进的地方居住。欧文·豪（Irving Howe）曾使用"移民风尚"（Immigrant Chic）一词总结此次移民行为的本质，他称犹太人大规模离境只不过是"因他人乡愁而感到乡愁罢了"[2]。美国是以色列之外最重要的移居地，犹太人对美国没有土地或文化上的依恋，但他们对其先进的科技、优质的教育、广阔的市场具有功能性和场所性的依赖。

在美国，犹太人感受到了一些前所未有的生存考验。美国虽然辽阔，但新移民的社会空间和活动场所变得狭小。俄裔犹太人作为俄罗斯文化的域外传承者，在美国并不受广大犹太同胞的欢迎。俄裔犹太移民对美国犹太文化的理解与美国本土犹太人也不同步，思想与行为上出现了时间上的延异现象。

---

[1] Gitelman, Zvi. *A Century of Ambivalence: The Jews of Russia and the Soviet Union, 1881 to Present.* 2nd ed. Bloomington: Indiana UP, 2001, p182.

[2] Howe, Irving. "Immigrant Chic." *New York* 19.5 (1986): 76.

第四章 场所依赖：期待自我实现的美国

俄裔犹太人文化上代表的是俄罗斯①，他们不但处于美国主流思想之外，在意识形态上还位于美国社会的对立面。美国人对俄罗斯元素存在芥蒂，犹太人与俄罗斯身份的结合令美国人感到恐慌。这种地方体验让犹太移民者的生存目标与地方的社会规范出现了紧张关系。

第一节 移民叙事与场所功能的依附感

人们乐于追逐规模大、环境好、具有发展前景的地方生活。先进的科技、优越的居住条件、现代化的管理模式、丰富的社会资源都能构成一个地方的比较优势。苏联中后期，领导层频繁更替，民生政策出现了左右摇摆的问题。戈尔巴乔夫上台后全面西化，给国民造成了认知上的偏差。苏联犹太人普遍认为，本土之外的地方新奇且浪漫，欧美才是理想的居所。尤其是美国，那里拥有商业化的资本市场、世界领先的研发技术，是个充满机遇的地方。美国还有优质的教育资源、先锋性的娱乐文化，移民美国意味着能合法地利用这里的资源。人们形成了"一个明确的目标，那就是去新世界落地生根。新世界在那个横跨大西洋的地方，它与欧洲共享空间当下……代表着移民者怦然心动的未来"②。

犹太移民对美国的期待主要是功能性的，这种人地关系表现为一种"技术性的依赖"。美国可以成为移民者理想的居住场所，能为事业的起步和腾飞提供良好的资源与环境。移民后，子女的教育能得到保障，个人的财富和收入也会迅速增多。总之，在苏联犹太民众的概念中，美国是一个可以为生存和

---

① Chervyakov 等人曾做过一项有关俄裔美国犹太人身份认同的研究，在报告中，仅有 18.4% 选择犹太身份，而高达 62.9% 的人认为自己是俄罗斯犹太人或俄罗斯人。此外，受俄罗斯文化的影响，许多乌克兰犹太人也将自己视为俄裔犹太人。见 Chervyakov, Valeriy, Zvi Gitelman, and Vladimir Shapiro. "E Pluribus Unum? Post-Soviet Jewish Identities and Their Implications for Communal Reconstruction." *Jewish Life after the USSR*. Ed. Zvi Gitelman, Musya Glants and Marshall I. Goldman. Bloomington & Indianapolis: Indiana UP, 2003, p70.

② Tuan, Yi-Fu. *Space and Place: The Perspectives of Experience*. Minneapolis: U of Minnesota P, 2001, p128.

发展提供支持的优质场所。其实,"外来人表现出的喜爱之情,和他们表达出的厌恶之情类似,或许都是很肤浅的"①。对美国的想象构成了犹太人移民的重要动力,美国的"地方"内涵也为移民作家的创作提供了多样化的素材。

对脱离本土文化的新移民作家而言,移民地新形态的政治话语为重新发现或丰富某个地方的独特文化身份,进入未知或神秘世界的浪漫努力提供了一个引子,为新移民作家获得与本土作家不同的文学创作经历提供了物质基础。因此,可以就新移民作家的成长历程而得出结论:培养多维审美意识需要作家的审美参与,在这个环节中,多元文化的参与具有必要性,这些多元文化赋予了密集的符号意义,为"地方"赋予了复杂的文化融合任务②。

犹太人移民美国的原因个性化特征明显,总体上可以归为三大类。第一类是盲目移民的苏联民众。在苏联,几乎所有犹太人都在申请离境,其移民行为本身一定具有盲目性。当犹太居民看到同族人大举外迁,在自己尚未做好充足准备的情况下也选择离开,其本质上反映的是一种"集体无意识"的行为。第二类是有明确目的性的移民者,他们主要是苏联的知识分子。知识分子认为,犹太人的民族事业在苏联发展得不顺利,主要因为政府对犹太人施加了阻碍,只有移民才能摆脱处境的艰难,给民族事业带来转机。此外,苏联犹太人中还有一些"世界公民",他们属于俄罗斯富甲阶层。这些人与美国开展贸易活动,和以色列保持联系。他们送子女前往美国读书,自己的社交范围也十分广泛。相对于苏联保守的社会环境,美国则显得宽松、自由。富豪并不急于获得美国国籍,他们使用世界公民身份,更方便享受人类的物质文明。

总体而言,俄裔犹太移民对于美国这个国家并不十分了解。在抵达美国之前,他们获取外界信息的渠道主要是电视新闻、亲友描述、网络媒介等,这些碎片化的信息建构了移民者对美国的初步印象。在俄罗斯犹太民众心中,

---

① 段义孚. 恋地情结[M]. 志丞、刘苏译. 北京:商务印书馆,2019:95.
② 王山美. 文学地理学视域下北美新移民作家的原乡与他乡[J]. 文艺争鸣,2021(9):174.

第四章 场所依赖：期待自我实现的美国

美国综合国力领先世界，是接受多元价值观的重要场所，同时美国也是阶级矛盾、种族问题汇聚的地方。在权衡利弊后，犹太人依旧选择移民，其主要的动力来自对美国科学技术、经济实力的崇拜。这种受个别因素支配的移民行为具有盲目性，其结果会给生活带来许多意料之外的困境。小说《奥利维尔沙拉》(Salad Olivier[①])讲述的是俄罗斯女孩塔妮娅一家受到亲属鼓动而盲目移民的故事。主人公塔妮娅的伯父家境殷实，他在女儿幼年时就给她报名参加了钢琴、美术、花样滑冰等多种艺术课程，后来还在美国学习滑雪并搬到了全美最著名的滑雪圣地阿斯彭[②]居住。相比之下，塔妮娅一家则生活平淡无奇，她的父母虽是俄罗斯的知识分子，但塔妮娅并没有学习过额外的艺术课程。伯父建议他们移民美国，理由是塔妮娅的父亲"科学家米哈伊尔的声望在俄罗斯永远不会获得赏识"[③]。

与美国的经济实力相比较，俄罗斯的综合国力仍显薄弱。塔妮娅一家对俄罗斯的感知来自切实的亲身体验。而他们由于无法实地考察美国，异国的生活状况则掌握在他人虚构的故事世界里。根据伯父的描述中，美国是俄罗斯人可以实现自我的场所。塔妮娅的父母基于对亲属的信任和信息的片面性，建构了理想主义的地方感。他们反思女儿在苏联没有接受到优质的教育，自己的工作也并不成功。为了拯救缺乏前途的事业与生活，他们最终选择了移民美国。俄罗斯民众并不了解，普通的移民者在美国能接触到的优势资源十分有限。移民生活并没有给塔妮娅一家带来期待中的震撼。相反，塔妮娅的父亲在美国没有找到合适的工作，终日躺在沙发上郁郁寡欢。缺乏兴奋和刺激的新生活给塔妮娅一家带来了无尽的失落。心理医生诊断父亲的精神状况是由于压力过大导致的，如果他能大声呐喊或者女儿嫁人，家里多个男人承担一些责任，也许能够减轻一些他的压力。

想象中的美国是一个乌托邦式的地方，移民者期待着走进这个地方，而后迅速实现华丽的蜕变。但是，当他们真正抵达美国后却发现，这里的社会

[①] 奥利维尔沙拉，也称俄罗斯沙拉，起初为宫廷菜，后来将做法公布于众，广受苏联及欧洲各国欢迎。

[②] 位于美国中西部科罗拉多州，这里是美国著名的滑雪场胜地。

[③] Vapnyar, Lara. "Salad Olivier." *Broccoli and Other Tales of Food and Love*. New York: Pantheon, 2008, p77.

运转体系、人与人的交往方式、新移民对文化的适应性等一系列现实问题都成为他们难于跨越的障碍。人文主义地理学家凯西(Edward S. Casey)曾说道："人无法了解或感知一个地方，除非身处其中，而身在一个地方就是从这个位置去感知它"[①]。当符号性的空间想象变成了切实的地方生活，移民者需要与之深度融合，但这并非朝夕就能处理妥当的事情。塔妮娅的父亲拒绝像疯子一般通过呐喊排解心理压力，拯救父亲精神的任务就转移到女儿的婚嫁问题上。母亲催促塔妮娅尽快结婚，塔妮娅被安排多次相亲，她甚至还与人同居，但这些人或是身体或是生理上都有各种缺陷，她都不中意。

在经历了真实的生存体验后，"故乡"与"他乡"的文化界限在移民者心中会变得泾渭分明。塔妮娅的母亲也觉得，女儿所有相亲的对象都不是俄罗斯人，似乎一个俄罗斯小伙更适合自己的女儿。后来，主人公在地铁上的确偶遇了一个俄罗斯男子。男子问她："你说俄语吗?"一种久违的来自家乡的亲切感唤醒了塔妮娅的文化情结。这种情结在没有具体土地、事物、现实生活可依的情况下，就变成了对异国他乡中同胞的感情依恋。塔妮娅很快与该男子开始交往。男子名叫瓦季姆，是俄罗斯的程序员。他的父母仍在莫斯科，照顾久病卧床的祖父。瓦季姆来美国赚钱，他把美国视为一个功能性的场所，在赚到钱后会寄给家人，给祖父买纸尿裤，给身患糖尿病的祖母买无蔗糖的糖果[②]。言说同样的语言、对故乡环境共同的记忆增进了瓦季姆与塔妮娅一家的亲密感。在交往的过程中，瓦季姆直接称呼塔妮娅的父母"爸爸""妈妈"，他还教会塔妮娅的父亲使用网络求职，这让他精神焕发。

小说以瓦季姆和塔妮娅的父母同做"奥利维尔沙拉"的场面结束。奥利维尔沙拉是一种起源于俄罗斯的地方性食物，而后传遍整个苏联，在欧洲也很受欢迎。它的做法与一般性蔬菜沙拉的区别是食材里面包含肉类。在故事的开篇，塔妮娅的伯父说，法国巴黎做奥利维尔沙拉不放肉。为了炫耀自己的

---

① Casey, Edward S. "How to Get from Space to Place in a Fairly Short Stretch of Time: Phenomenological Prolegomena." *Senses of Place*. Ed. Steven Feld and K. H. Basso. Santa Fe: School of American Research P. 1996, p18.

② Vapnyar, Lara. "Salad Olivier." *Broccoli and Other Tales of Food and Love*. New York: Pantheon, 2008, p82.

博学与见识，他还援引自己在一本名为《流动的盛宴》(A Moveable Feast)①的书上读到过此类做法，并以此为证。在故事的结尾，当"奥利维尔沙拉"的做法再次被提及时，塔妮娅的男朋友告知他们自己读过那本书。其实，奥利维尔沙拉在巴黎的做法也放肉，跟俄罗斯没什么区别。小说以奥利维尔沙拉作为隐喻，一面展现普通俄罗斯民众对生活习惯和文化传统的坚守；另一方面也表现了人们对异国他乡的信息缺乏考证，容易轻信他人，而变得盲从。这也是大多数犹太移民者共同的经历。

地方感的生成与个人的观念、行为、态度、能力紧密相关。与小说中塔妮娅的父亲为代表的事业失败者不同，大量从俄罗斯移民美国的犹太青年由于所学专业先进、技术本领过硬，在美国迅速找到了体面的工作，实现了知识价值的回报，他们对移居地给予了高度的评价与肯定。小说《第三层架子上的西兰花》(A Bunch of Broccoli on the Third Shelf)讲述了一个苏联犹太女程序员初到美国时的切身感受，以及作为犹太新移民对祖籍国的记忆和俄罗斯饮食的偏爱。主人公妮娜是俄罗斯犹太移民，现居住在纽约布鲁克林。妮娜与丈夫都是程序员，他们在美国的朋友很少有从事文学、艺术创作的人文工作者，大多数都从事计算机编程相关工作的理工科知识分子。这个职业在美国很容易找到工作，并且比在俄罗斯更有利可图②。小说通过塑造一个追求知识价值回报的群体，将地方的文化差异排除在外，仅从群体专业性的角度，探讨了地方的功能性价值。

随着工业化时代的发展，同质化的商品产出越来越多，地方的文化性遭到了无情的碾压。地方特色正在严重消退，地方的独特性也面临瓦解。功能的近似让地方的文化黯然失色，地方的意义与情感的纽带在现代人的观念中正趋于消失。失去文化意义的地方回到了物理性的空间，抽象、空洞，但也简单、纯粹。人文主义地理学家拉尔夫将这种价值、功能相似的地方称为"无地方"(Placelessness)。他在《地方与无地方》(Place and Placelessness, 1976)一

---

① 海明威的非虚构著作，主要记载了迷惘一代作家旅居巴黎的生活。海明威在作品中所说到的沙拉其实是另一种沙拉，故事中主人公的叔父误把两种沙拉当成了同一种沙拉。

② Vapnyar, Lara. "A Bunch of Broccoli on the Third Shelf." *Broccoli and Other Tales of Food and Love*. New York: Pantheon, 2008, p9.

书中谈道：地方特性被随意地根除，地方景观被标准化，结果导致了人对地方的意义反应迟钝。失去地方性的地理既缺乏多样的景观又缺少重要的特色，人们正屈服于导致地方性丧失的力量，我们正在失去地方感①。

在小说中，作者刻意区分了移民者的工作属性。在广义的人文、社会、理工等学科分类中，与自然科学紧密相关的群体由于工作性质的原因，对地方的文化与内涵需求相对较低。相反，这类工作的价值回报率却较高。理工科的知识分子生活在美国或者在俄罗斯，会觉得语言、风俗、习惯、仪式等地方文化在资本、交通、工程、项目等都市文化面前微不足道。这种认识源自现代性和全球化带来的地方文化性的瓦解。

> 近代以来所产生的现代化导致了地方的规范化和地方意义的贬值；全球化进一步使得地方的真实性成为问题；同质化的地方发展趋使人们地方认同弱化和虚无，无止境的移动空间很难让人对这些地方形成依恋，地方面临着消亡的危机②。

现代性对人的认知进行了无情的改写，忽视地方文化的心态在俄罗斯诸多行业的从业者中广泛盛行。在这些人的观念中，美国文化与现代性相连，适应的难度相对较小，地方文化差异带来的困境可以通过专业领域的回报得到有效的补偿。小说选取了计算机编程专业作为主要人物的工作。程序员使用的计算机语言与日常交流的语言不同，它摆脱了国别与种族文化等社会规范的限制，俄罗斯与美国的程序员在工作中能使用机器语言无障碍地沟通。因此，大多数移民者顺利地找到了体面的工作，他们对移居地所提供的生活场所也都比较满意。菲利普·罗斯曾言：犹太人将美国视为圣地，是由于他们期待在这里实现财富增长、身份提升，这些在欧洲无法想象的事情在美国却可以实现③。故事的主人公妮娜闲暇时会陪同丈夫一同到朋友家做客，他们大多数朋友在美国生活宽裕，一些人对自己的工作性质和收入十分满意，常

---

① Relph, Edward. Preface. *Place and Placelessness*. London：Pion Limited，1976，p79.
② 何瀚林、蔡晓梅. 国外无地方与非地方研究进展与启示[J]. 人文地理，2014(6)：48.
③ 转引自 Botstein, Leon. "The Echo of Sound：The Politics and Perils of 'Cultural Appropriation.'" *The Musical Quarterly* 100.3(2018)：263.

表现出"居高临下的优越感,甚至是自命不凡"①。

现代性削弱了文化的价值,"无地方"似乎获得了现代人普遍的偏爱。因为这种环境削弱了新环境在塑造新移民时的壁垒,增强了人们对移居地的认同。但事实上,地方认同的难度本身并没有消失,只是被同质化的环境给掩盖了而已。"在'无地方',人们是孤独的个体的集合,本着某种目的来到这里,经过这里,然后离开这里,对他们而言,'无地方'不仅失去了功能上的独特意义,而且也失去了情感上的意义——地方感"②。高度统一的编程语言帮助使用者完成了社交活动,导致程序员这个群体对周边的文化性失去了兴趣。原本需要靠口耳相传、身体力行的社会实践转变成了信息的收发与获取。小说中的人物兴趣爱好广泛,他们对艺术、音乐、爬山、摄影等丰富且令人兴奋的爱好都有所涉猎,但他们却缺乏了解移居地文化与社会的热情。对俄罗斯程序员群体的描写反映的是20世纪70年代后移民群体的总体文化特征。大批城市移民来到美国的主要原因是利用这里先进的科学技术,实现他们个人的价值提升。

在应对地方的同质化变迁时,人们常表现出一种非本真的地方感。很大程度上,由于地方文化性的丧失,人们对地方的依恋也随之减弱,从而出现了肤浅的、随意参与其中的现象。但如果仅是因为地方特性的消失,就引发广泛的批判也并无十分的必要,地方在演变中一直在消失,无地方性在每一次大规模的时代变迁中都遭到了无情的洗礼。在西进运动中,美国西部的拓荒精神也曾被现代化都市的人造景观取替,机械化大生产模式无情的碾压了西部昔日草长莺歌的自然内涵。倘若一味地对失去特有的地方性而惴惴不安则陷入感伤主义。小说刻意描写了一个叫作帕夫里克的人物,他在这群程序员朋友之间显得格格不入。帕夫里克是这个群体中少有的充满乡愁的人。他在几年前与妻子离婚了,现在家中满是灰尘,家具摆放错乱无序,一些坏掉的电子设备、厚重的图书随意堆在一边。帕夫里克凌乱的陈设不是一种"自命

---

① Vapnyar, Lara. "A Bunch of Broccoli on the Third Shelf." *Broccoli and Other Tales of Food and Love*. New York: Pantheon, 2008, p9.
② 何翰林、蔡晓梅. 国外无地方与非地方研究进展与启示[J]. 人文地理, 2014(6): 48.

不凡且时尚的表达，而是一种孤独、一种无人关心的印证"①。作者设计帕夫里克这个人物有其目的性，作为一个具有凝聚力的人，他把移民群体召集到自己家中聚会，反映的是移民者在美国社交范围的狭小。一间凌乱、局促的居所成了他们活动的天堂。另一方面，帕夫里克代表了对抗文化变革的力量。当其他朋友都在适应美国的新生活时，只有他还停留在过去，顽强地保留了一点俄罗斯人的倔强。

帕夫里克婚姻的解体推进了有关地方意义与价值的辩证思考。现代社会，"随着乡土熟人社会的瓦解，人们生活领域中的社会关系越发脱离于具体的地方性场景，进入到一种抽象化的场所空间，这必然导致一系列的信任危机和认同困境"②。犹太人移民到美国，如同进入一个陌生、抽象的空间，地方的意义随之消解，但地方的价值并没有随意义一同消失。地方的意义指的是地方的文化内涵，它是生活在其中的人们形成稳定价值观的基础。当新移民对地方的文化性表现得漫不经心时，其意义则面临隐退，但地方的功能与价值依然存在。小说中，帕夫里克夫妇移民后最终离婚，主人公妮娜与丈夫的婚姻也走向瓦解。它们的共同点在于，夫妇中至少一方不再关心内涵与意义，而是更加重视移民所带来的价值。

婚姻是以爱慕、忠诚为基础缔结的家庭关系，其中也涉及经济、责任、发展等一系列复杂的合作关系。主人公妮娜与丈夫的婚姻并不是纯粹的情感上的结合，至少她的丈夫对婚姻关系中的价值有所利用。妮娜原本没有移民的打算，但他的丈夫希望移民美国。他本人没有直系亲属在美国，但妮娜的姐姐是美国归化公民，她可以为直系亲属递交移民申请。直系亲属包含父母、子女、兄弟姐妹，还有配偶。在妮娜移民成功后，她的丈夫通过配偶的身份移民到美国。妮娜认为丈夫对自己一直很关心，但她的姐姐却不以为然，她认为妮娜只是丈夫"移民美国的一张船票"③。

---

① Vapnyar, Lara. "A Bunch of Broccoli on the Third Shelf." *Broccoli and Other Tales of Food and Love*. New York：Pantheon, 2008, p17.

② 张原. 从"乡土性"到"地方感"：文化遗产的现代性承载[J]. 西南民族大学学报(人文社科版)，2014(4)：8.

③ Vapnyar, Lara. "A Bunch of Broccoli on the Third Shelf." *Broccoli and Other Tales of Food and Love*. New York：Pantheon, 2008, p12.

第四章 场所依赖：期待自我实现的美国

妮娜丈夫的行为隐喻了移民者这个整体对美国地方功能与价值的利用，因为这群平时依靠编写代码谋生的群体，对美国的文化、内涵、意义表现得漠不关心。他们对这里的情感依附更多的是一种场所性依赖而非对土地或地方产生了依恋。在一个共同体之中，由于诉求不同，稳定、共同的价值观基础将不复存在，其结果必然是这个共同体走向分崩离析。妮娜的丈夫在移民美国两年后离开了家。他曾被看到在布莱顿海滩出没，手中提着鲱鱼干，但是没有回家。后来，他独自搬去了波士顿①。小说没有直接描写妮娜与丈夫离婚的场景，而是通过食物的腐烂过程隐晦地表达了她被利用后，婚姻走向名存实亡的现实。妮娜在冰箱里塞满了新鲜食物，丈夫离开后便无人食用。在第四周时还没有腐烂，但是到第五周已经不成样子。姐姐知道妮娜偏爱俄罗斯饮食，她来探望妮娜时，将冰箱里腐烂的食物全部扔掉，然后"从俄罗斯食品店买了四大包食物来宽慰她"②。妮娜与丈夫的婚姻正如移民者对移居地功能的利用，原本没有土地情结的一群人来到这个地方，通过利用它的功能、价值，达成了"自我实现"的目的。

其实，移民者想要了解一个人或者一个地方需要花费一定的时间，还要通过一些平淡无奇的日常生活，加深对这个人或这个地方的理解。小说的主人公妮娜对美国的感受经历了一个渐进的认同过程。地方感归根到底是一种感官经验，视觉、触觉、味觉、听觉等人类的感官都能帮助人们了解一个地方，促进人们对地方产生直观的感受。在所有感官中，视觉是感知距离远近的最直接方式。这种距离感不仅是物理性的远近关系，还体现了移民者与移居地之间的心理距离。在移民叙事中，移民者最初的落脚地一般都是亲属或同族人居住的地方。那些在异地他乡看起来相似的景观、人物或事象，总会给新移民带来亲切感，让其从本地居民的视角感受这个地方，摆脱新环境带来的恐惧与不安。

---

① Vapnyar, Lara. "A Bunch of Broccoli on the Third Shelf." *Broccoli and Other Tales of Food and Love*. New York: Pantheon, 2008, p16.
② Vapnyar, Lara. "A Bunch of Broccoli on the Third Shelf." *Broccoli and Other Tales of Food and Love*. New York: Pantheon, 2008, p14.

对一个地方的本地居民而言，周边蜿蜒的街道、单向道出入的胡同和庭院，都可能感觉既熟悉又亲密。而对陌生者来说，在日落西山，阴影变得狭长时，这个地方就会令人感到困惑和恐惧[1]。

小说中，妮娜与姐姐都住在布鲁克林，这里分布着大量犹太人的种族社区，在艾尔姆大街上，食物、电器、衣服、五金应有尽有，店铺中的商人无论卖什么的都和妮娜长得很像[2]。故事自始至终都没有明确说明主人公的犹太身份，仅以对空间的塑造和地方的选择表明人物的身份特征。妮娜与姐姐定居的地方聚集着大量俄裔犹太人，这种熟悉的景观环境，亲切的长相面容，能减少移民者对融入新国家的抗拒。小说中所说的艾尔姆大街位于纽约市布莱顿线地铁站附近，布莱顿海滩一带是俄罗斯犹太人集中生活的区域，这里是区分俄裔犹太人和其他地区犹太人的重要场所。故事选取这个场景旨在说明移民者对熟悉的群体文化具有依赖性。当俄罗斯犹太人抵达美国后，俄罗斯已成为一个遥远的国度，但那里也是他们背弃的"家园"。尤其是当记忆中的环境不在场时，现实的场景更能唤起人们对故乡的怀念，同时也让移民者对这个区域外的环境产生了疏离感。

除了视觉，其他的感觉还能辅助扩大并丰富人的地方感受，比如声音能感知视觉无法看到的区域，味觉可以深化人类的直观感受。小说中，主人公妮娜对美国的适应来自她对新鲜食物的喜爱，她对食物的好感就像生活即将发生的改变一样，令她新奇。移民后的妮娜放弃了程序员工作，主要精力倾注在照顾丈夫的衣食起居上，因此对食物的颜色、味道、品相产生关注。妮娜在姐姐家附近的果蔬超市看到西红柿的纸箱外写着"日照充足"便想起了童年时在俄罗斯家里小菜园的情景。"蔬菜地里淡绿色的树枝垂在满是汁水的西红柿下，肥沃的土壤被阳光晒出泥土的味道"[3]。

自然景观、人文环境、特色美食都能反映一个人对地方的态度。对过去

---

[1] Tuan, Yifu. *Landscapes of Fear.* Minneapolis. U of Minnesota P, 1979, p152.

[2] Vapnyar, Lara. "A Bunch of Broccoli on the Third Shelf." *Broccoli and Other Tales of Food and Love.* New York: Pantheon, 2008, p4.

[3] Vapnyar, Lara. "A Bunch of Broccoli on the Third Shelf." *Broccoli and Other Tales of Food and Love.* New York: Pantheon, 2008, p5.

的怀念与记忆让主人公对家乡的食物产生了移情,移民者在美国看到食物、白雪、河流等类似的事物景象时,都会在把无生命的物体与记忆中的情感联系起来。这种内在性的感受一面表达乡愁一面给新移民带来生活的勇气。"地方感对于深处异国他乡的人来讲,就是乡愁。文学作品的功能之一,就是长于描写和唤起这种乡愁"[1]。小说的结尾,主人公妮娜结识了新的男子,妮娜在给男子烹饪菜肴时,感受到西兰花温暖的芳香抚摸着自己的面庞,包裹住她的整个身体[2]。作者通过食物的味道抚慰了异国他乡孤独的灵魂。

犹太人移民美国的缘由具有个性化特征,但无论以何种原因抵达美国后,一般都实现了自己成功离境的诉求,从而引发了一种成就感与满足感。犹太移民的成就感来自移民所创造的空间感。空间的实现不仅仅是依靠视觉或味觉感受到的,空间还依靠人的移动能力而创造出来。正如行走、奔跑开拓了日常空间一样,犹太人通过移民实现了从苦难之地到希望之乡的社会空间拓展。空间带来的满足感是一种积极、热情的正面感受,但是人们也很容易被视为一种攫取有利资源而实现获利的行为,毕竟苏联犹太人通过持有以色列签证离境,但大量技术人员以苏联"难民"的身份入境美国。其实,"'苏联犹太人'是美国犹太人创造的一种话术,这种话术将苏联犹太人视为一种文明使命的受益者,而这种使命可以通过移民来完成"[3]。

作家施拉耶尔的父母是苏联的高级知识分子,他们在移民时遭到了政府的拒绝,移民拒签者身份成为美国政府批判苏联人权问题的重要依据。在回忆录《等待美国》中,施拉耶尔记载了他们一家以"难民"身份在欧洲等待入境美国的经历。故事的场景设置在欧洲,但情感上表达了施拉耶尔一家对美国的期待。《等待美国》的叙事基调是轻松自在的。因为离开了苏联,施拉耶尔一家获得了长期以来一直追求的"自由"。但是,作者的立场是建立在"逃难"的基础上,"美国人声称自己的国家是移民国家,而不愿被称为'逃难者的国家',但是许多人正是为了逃避旧大陆难以忍受的惨景,满怀着对新大陆的希

---

[1] 曾大兴. 文学地理学概论[M]. 北京:商务印书馆,2017:34.

[2] Vapnyar, Lara. "A Bunch of Broccoli on the Third Shelf." *Broccoli and Other Tales of Food and Love*. New York: Pantheon, 2008, p24.

[3] Senderovich, Sasha. "Senses of Encounter: The 'Soviet Jew' in Fiction by Russian Jewish Writers in America." *Prooftexts* 35.1 (2015): 115.

望才移民到此的"①。施拉耶尔一家的"难民"身份虽然并不来自犹太人所遭受的歧视或迫害，但移民拒签同样被美国政府设定为人权问题而进行批判。

美国的《科学》(Science)杂志曾以《滞留苏联的移民拒签者》为题刊发过一篇文章，列举了到1988年仍没有离开苏联的移民拒签者，许多人被拒签5至10年甚至10年以上的，这些人主要是苏联的科学家、工程师和物理学家，总计800余人。其中一些人患有心脏病或癌症等疾病且与家人分别多年。作者呼吁"苏联政府给予这些科研同事基本的人权，允许他们移民，重新开始他们的职业生涯"②。以难民身份入境美国的举措主要针对的是苏联犹太知识分子，难民身份"契合了"犹太人因民族身份而受到的区别性对待。犹太知识分子对难民身份本身也是乐于接受的。除了他们对概念丰富的内涵比较欣赏，难民身份本身还可以为他们获得更广泛的政府福利、医疗救助和公共资源。美国作为移居地，其场所功能附加的优越性足以吸引移民者与其保持立场的一致性，这与苏联喜忧参半的社会现实相比，具有巨大的诱惑性。

美国的福利政策主要是保障性的，发放的对象是贫民或生活暂时出现困难的普通市民。在俄裔犹太移民叙事中还描绘了另外一类人，他们长期居住在美国，不需要福利政策的救助，而是凭借个人或家庭的经济实力在美国实现了生活"自由"。这些人属于俄罗斯的富豪阶层，他们对美国的土地或者美国这个国家并不心存依恋，但是美国为其奢靡的生活提供了场所。小说《荒谬斯坦》中的主人公米沙·温伯格在18岁时被富豪父亲送到了美国读书。毕业后，他长期在美国逗留。为了能合法居住于此，米沙在曼哈顿一家艺术基金会做实习生。在这里，他只需要象征性地做一点无关紧要的工作，并且不拿工资就可以留在美国。作为经济条件上乘的"世界公民"，米沙并不急于获得国籍。他逗留在美国只是对美国的多元主义文化和骄奢的生活方式感到痴迷，其本质上是对美国存有的一种场所性的利用与依赖。

俄罗斯富豪在数量上仅是国家总人口中极少的一部分，但他们掌握着俄罗斯巨大的财富。俄罗斯富豪中犹太人占比数量较大，一些人将资产转移至

---

① 段义孚.逃避主义[M].周尚意、张春梅译.石家庄：河北教育出版社，2005：8.
② Lebowitz, Joel, Paul Plotz and Dorothy Hirsch. "Refuseniks Still in U. S. S. R." Science. New Series. 239. 4845(1988)：1228.

第四章 场所依赖：期待自我实现的美国

海外，他们的家人、子女也在国外长期生活。米沙的父亲在富豪榜上排名一千二百多位，这足以支撑他豪奢的生活。依故事所述，米沙毕业于美国中部一所并不知名的大学，而后一直居住在纽约。他在曼哈顿一所摩天大楼里，租下整个一层作为他的住所，窗外的景色令人叹为观止。小说通过景观呈现的方式，展现了主人公生活条件的优越。在他居住的公寓两边分别是绿色的自由女神像和鹤立鸡群的世贸中心双子塔。傍晚时分，米沙从公寓一端跑到另一端，能看到落日的余晖撒到女神像上方，双子塔一些窗子亮着灯，另一些没有光亮，变成了一张美妙的棋盘。他吸了几口大麻，感觉就像生活在荷兰画家蒙德里安[①]的抽象画中一般[②]。美国宽松的社会环境成了俄罗斯富豪的天堂。

除了奢侈，小说还展现了主人公在美国期间生活的荒淫无度。作者通过黑色幽默的方式描述了米沙受到"姑娘们"的爱戴，讽刺了俄罗斯富豪乐于留在美国的缘由。主人公是个三百多磅的大胖子，超重的体型给他的生活带来诸多的不便，但这并不影响美国姑娘对他的喜爱。在美国期间，米沙喜欢逛酒吧，跟一些流氓痞子在一起寻欢作乐，看色情表演。米沙在酒吧结识了一个陪酒女郎，她有多国血统，是典型的多元文化的代表。初次见面后，米沙就把女郎带回了他的豪宅公寓。而后，这个女郎成了主人公的女朋友。米沙喜欢美国的生活，认为这里是个能容纳多元文化的地方[③]。

21世纪犹太移民叙事之所以塑造"犹太阔佬"的形象，是因为在苏联解体前后，俄罗斯富豪人数迅速猛增。据统计，1996年，福布斯富豪榜上的俄罗斯公民人数仍然为零，到了2014年已达111人。这些人主要来自石油、天然气、煤炭、炼油、金融、借贷、房地产等行业，另有一些新贵是在20世纪90年代，通过国有资产私有化实现了财富迅速增长[④]。在俄罗斯的富豪中不乏大量俄裔犹太人。正如小说中所描写的，一些人最终移民海外，另外一些人虽然保留了本国国籍，但自己或家人长期居住在美国。他们中的很多人同时拥

[①] 全名皮特·科内利斯·蒙德里安（Piet Cornelies Mondrian, 1872—1944），荷兰抽象派画家.
[②] Shteyngart, Gary. *Absurdistan*. New York: Random House, 2006, p27.
[③] Shteyngart, Gary. *Absurdistan*. New York: Random House, 2006, pp. 35-39.
[④] Treisman, Daniel. "Russia's Billionaires." *The American Economic Review* 106. 5 (2016): 237-38.

有多国护照,在美国或西方国家购买宅邸,将财富带到海外消费,对海外产生了功能性或场所性的依赖。这对俄罗斯而言,构成了潜在的经济威胁。作者塑造的米沙的形象是极为复杂的,这类人不同于盲目移民的普通俄罗斯犹太民众,却构成了移民群体的重要组成部分。

第二节　摆脱孤独:纽约俄裔犹太社区安全感的重建

随着古希腊、古罗马城邦思想的传播,西方世界开启了城市文明的进程。美国的城市建设在很大程度上受到了杰弗逊关于地方思想的影响。杰弗逊热爱田园生活,他不鼓励美国发展制造业,声称车间、工厂应该留在欧洲。杰弗逊还担心城镇的过度发展与城市无产阶级的壮大,最终将民主再次转变为一种新极权。因此,美国城市建设初期一般规模不大,介于都市和乡村之间的小镇最受美国人欢迎。后来,随着人口的增多,美国出现了纽约、芝加哥、底特律、波士顿这种大型城市,城市之间也呈现出完全不同的文化特色。

19世纪末,美国城市规模迅猛发展,但在文化与景观设计方面显现出同质化的痕迹,尤其是在功能方面表现出了诸多的相似性。标准的景观建设取代了地方文化的多样性,原本风格完全不同的城市在公共空间领域出现了相似的结构与功能。人们在不同的地方可以见到同样的高楼大厦、连锁商店,随处都能买到品牌、款式相同的商品。即使在纽约这样比较特殊的国际化大都市,普通居民所能接触到的城市功能也比较趋同。如果不参与特定的工作或对某些特殊环境产生依恋,普通从业者在哪里居住所能占有的社会设施都差不多。平等的理念破坏了地方建筑与文化的差异性,无差别的地方建设预示着地方意义的丧失。因此,当代美国犹太移民在居住地选择方面更加宽泛。纽约仍是犹太人最主要的聚集区,但移民者的居住地已经延伸至俄亥俄、亚利桑那、佛罗里达等美国中东、西南、东南地区。

纽约的地理位置和国际地位的优越性仍是显而易见的,移民者通过改造纽约某个区域的环境,让其物理特征更符合族群文化,以满足自己内心的期

第四章 场所依赖：期待自我实现的美国

待，摆脱因环境的变化而带来的心理冲击。移民社区为新移民提供了暂时性的文化慰藉与安全保障，但本质上表明的仍是一种不平等的人地关系。列斐伏尔认为：空间是"一种中间物、一种媒介"，是"全世界都在使用的一种政治工具"①。从纽约的空间分区上看，移民社区展现的是主流与"少数派"在地方占有上的差别，身处其中的成员或居民意味着还未完全融入真正的美国社会。移民者初到一个新环境，普遍需要相当长的时间才能抚平乡愁与文化冲击。有些人甚至历经漫长的融合过程，也很难适应新环境。

当代俄裔犹太作家在纽约经历了相似的适应期，这使得他们以惊人一致的方式描绘着这座城市。纽约喧嚣、混乱、高度社会化的分层，有时还无情、怨愤，但是它诱人，令人向往②。瓦彭娅的小说《清炒菠菜》(Slicing Sauteed Spinach)讲述的是移民者抵达美国后，通过回避或编造谎言的方式掩饰内心孤独与无助的故事。移民作家总是将记忆、思乡、孤独感作为重要的创作主题，而这些内容是美国本土作家不会涉猎的一类话题。根据文本所述，主人公卢杰娜来自布拉格，现在纽约上大学。她与一名波兰室友共同租住在布鲁克林的一间公寓里。从名字可以看出，主人公不属于英语世界。卢杰娜的名字在英文中听起来如此另类刺耳，但她本人却对此全然不知③。主人公移民后结识了一名男子，他有自己的未婚妻，但仍与卢杰娜保持情人的关系。卢杰娜为了让自己看起来不那么难堪，编织了一段谎话，说自己也有未婚夫，名叫巴维尔，是个物理学家，在法国工作。

现代城市生活的特点表现出人口与情感的悖论。都市中，人口稠密但人们彼此之间比较陌生，即使亲密的人之间也总有未来得及言说的话题，城市变成了一个由陌生人组成的世界。主人公的谎言反映的是新移民普遍的精神状态。犹太人抵达了移民目的地，却也来到了一个陌生的地方。在这样的环境里，"地方感可能是真实与本真的，但也有可能是非本真的，甚至是图谋或

---

① 列斐伏尔. 空间与政治(第二版) [M]. 李春译. 上海：上海人民出版社，2015：23-24.
② Klots, Yasha. "The Ultimate City: New York in Russian Immigrant Narratives." Slavic and East European Journal 55. 1 (2011): 55.
③ Vapnyar, Lara. "Slicing Sauteed Spinach." *Broccoli and Other Tales of Food and Love*. New York: Pantheon, 2008, pp. 117; 127.

者是虚假的"①。主人公将自我与外在环境相隔离的做法表现出来的是一种虚假的生存感受。在卢杰娜被问道是否想念祖国时,她不想说出自己的孤独与思念。她觉得即使说出这些,别人也无法感知她的思想。

卢杰娜拒绝与他人言说孤独是一种"情感隔离"的做法。当一个人不承认或不愿意面对当下的消极感受时,真实的情绪就会被压抑。当负面情绪得不到正视或找不到宣泄的途径时,就会变成情感隔离。这种隔离不是真正的隔离,而是应对伤害的一种回避心理机制。回避不能真正解决问题,这样的情绪会在日后某个意想不到的时刻流露出来。卢杰娜最终还是忍不住和盘托出。她初到美国时非常思乡,尤其在第一年,布拉格的意象在她头脑中不断萦绕②。卢杰娜试图通过找寻、回忆布拉格的景色缓解内心的焦虑与不安,故乡成为她精神寻求庇护的场所。

> 我会在纽约的街道上寻找布拉格的风景,在布鲁克林的食品杂货店里搜寻尝起来和家乡味道差不多的草莓。晚上,我回到自己房间,瘫倒在书桌前的椅子上,把头埋在一堆书里,然后精神垮塌了,开始想家。有一个地方,我尤为想念:一个不大的面包店,不知什么原因,闻起来像新洗过的衣服。你知道,那种床单滚烫的味道?我从来不喜欢那种味道,但是在纽约,我对它上瘾。每次我通过自助洗衣店,我都会闻到那种空气的味道,感觉胃里一阵刺痛。很长一段时间,我都不愿意回到布拉格,担心我找不到勇气返回纽约③。

乡愁并不是现代社会独有的现象,但是现代科技和社会的发展也未能挽救人们的思乡。思乡本是前现代社会的一种文化。农耕时代,人们安土重迁、骨肉相附,这种文化在现代社会得到了有效的传承。不仅农耕民族,其他群

---

① Relph, Edward. *Place and Placelessness.* London: Pion Limited, 1976, p63.
② Vapnyar, Lara. "Slicing Sauteed Spinach." *Broccoli and Other Tales of Food and Love.* New York: Pantheon, 2008, p125.
③ Vapnyar, Lara. "Slicing Sauteed Spinach." *Broccoli and Other Tales of Food and Love.* New York: Pantheon, 2008, pp. 125-126.

体也不能幸免,乡愁成了人类共有的一种情绪。主人公卢杰娜移民美国后,仿佛独自走进一个陌生的空间,与故土分离,她的情绪起伏不定,内心充满了惆怅。卢杰娜思乡的原因在于无法回到过去,她不仅在空间上囿于异国他乡,在时间上也受困于当下。她"一方面要回应脱离了以往生活空间的情感记忆","另一方面需要将地方视为一种情感符号予以留存与传承"①。其实,无法频繁地重访故乡是移民者产生乡愁的重要缘由。

乡愁是具体的,远离家乡的人们总是对故乡的景观、地貌、山川、河流、风俗、食物念念不忘。乡愁也是抽象的,它来源于人们对过往的执着、热爱与怀念。曾经批判的环境现在变成了一个美好的地方,一个情感上可以得到庇护的场所。长期生活在身体与精神分离的状态,久而久之就会累积出强烈的负面情绪。对处理负面情绪最好的方法就是以本真的感受面对自己,承认当下,认同悲伤与后悔,甚至是愤怒,然后告诉自己接下来应该如何去做,直至摆脱或走出这种情绪的影响。卢杰娜为了挽救内心的忧郁,曾回访过布拉格,她本以为自己会对故乡产生强烈的眷恋,然后情绪崩溃,无法再回到纽约。但事实上,积聚已久的忧伤、怨愤并没有因回访被点燃,布拉格在她断裂的人地关系中已无法重建关联,曾经的故乡最终成为她再也"回不去"的地方。

> 当我终于回到故乡,我感觉自己被欺骗了。我去了我最喜欢的地方,我见到了所有的朋友,我品尝到了我渴望的所有食物,甚至在面包店,我依然没有感觉到刺痛。那种味道犹在,但它却再也无法打动我。我回到纽约,希望我的乡愁会回来——你懂的,我们总是期待我们并不拥有的东西。但事实并非如此。我每天晚上回到家,瘫倒在椅子上,什么都不想②。

从无法心安到无限焦虑再到无"家"可归,移民者慢慢习惯了与过去的人们、事物以及回忆一一道别,让美好或者糟粕的往事停留在原来的地方,而

---

① 王山美. 文学地理学视域下北美新移民作家的原乡与他乡[J]. 文艺争鸣,2021(9):173.
② Vapnyar, Lara. "Slicing Sauteed Spinach." *Broccoli and Other Tales of Food and Love*. New York: Pantheon, 2008, pp. 125-126.

自己则继续前行，这是大多数移民者都要经历的一种成长。在主人公与情人最后一次共进晚餐时，她认识到自己只有直面真实的生活才能带来独立与力量，以此掌控周遭世界，获得内心的成长。依故事所述，卢杰娜通过拒绝选择菠菜这一行为表明自己摆脱了对他人的依赖。主人公起初并不喜欢吃菠菜，只是由于她的情人喜欢这种蔬菜，她自己才跟着经常吃。这次点餐时，卢杰娜再次谈到她的未婚夫"巴维尔"，她说"巴维尔"不喜欢菠菜，"他喜欢煮熟时仍色彩鲜亮的蔬菜：胡萝卜、辣椒、西葫芦、芦笋。他想让自己的盘子看起来像画家的调色盘"[1]。主人公这一次同样利用了杜撰的男朋友让自己摆脱了困境，不同的是，她上一次说谎是为了和情人身份匹配以保持继续交往，本质上是对人的依恋；而这一次她将谎言同化成能为己所用的利器，以此斩断对他人的依赖。

  由于移民者的生活很难到达理想的状态，他们经常感到敏感与无助。在这样的状态下，人们容易陷入错误或者虚假的情感认知之中，从而处于茫然的状态。很多时候，当事人并不能够认清这种状态。只有当一个人把握了自己的命运时，才能掌控情绪对自己的影响。当一个族群有意地改变环境且感到掌控了自己的命运时，几乎就没有理由怀旧；当一个民族察觉到变化发生得太快，以至于超出其控制能力时，对于过去田园牧歌般的怀念就会增强[2]。故事的结尾，通过主人公的顿悟，暗示了移民者对自己命运的把控。卢杰娜摆脱了对单一菠菜的"钟爱"，她想"让自己的餐盘像画家的调色盘，堆满了五颜六色清脆的东西，上面点缀着大蒜和柠檬汁，奶油闪闪发光。她伸手去拿菜单。不知怎么的，它看起来不像以前那么可怕"。卢杰娜婉拒了情人再次见面的请求，她的理由简单、干脆，因为"巴维尔要来了"[3]。虽然，主人公尚且没有摆脱新移民的孤单与无助，仍然需要通过编织谎言给予自己生活驱动力，但是她已经开始在新世界寻找独立的自我。

---

[1] Vapnyar, Lara. "Slicing Sauteed Spinach." *Broccoli and Other Tales of Food and Love*. New York：Pantheon, 2008, p132.

[2] Tuan, Yi-Fu. *Space and Place：The Perspectives of Experience*. Minneapolis：U of Minnesota P, 2001, p195.

[3] Vapnyar, Lara. "Slicing Sauteed Spinach." *Broccoli and Other Tales of Food and Love*. New York：Pantheon, 2008, pp. 132-133.

第四章 场所依赖：期待自我实现的美国

纽约吸引移民者的地方还包括它的经济发达、社会包容、环境优美。在纽约，种族社区多样、有序，其内部居住着移民者的亲属、同胞以及语言、文化相近的人。种族社区是美国人文地理重要的文化坐标，社区的价值在于在后现代的都市中区分了内外、彼此。俄裔犹太移民归根到底是美国的外来者，"本地人与外来人会关注环境中的不同方面。在一个稳定、传统的社会里，外来人和暂住者占总人口的比例很小，所以他们对环境的认识不会有很大的社会效应"①。对新移民而言，生活在移民社区能减轻因地域迁移而带来的负面情绪，这是一种比较通行与实际的方法。犹太社区是犹太移民及其后代主要的生活区域，人们通过改造当地的环境，建立了族群的"属地"，并把它建造成与原居住地或民族文化具有某种相似性的环境，满足精神世界的诉求。生活在社区中的犹太人会形成一种天然的内在感，熟悉的景观环境与人文特征为远离故乡的人们提供了可替代的内在性(vicarious insideness)地方感。

美国的种族社区不是一个封闭的空间，社区内部居住的大部分人都是同种族的居民，社区周边还生活着其他种族、阶级的居民和从业者。种族社区给内部居民带来了温暖、亲密的感觉，它"满足了人的基本需求——避难与呵护"②。其实，美国的犹太社区与欧洲的隔都或栅栏区有一些相似之处，在整个区域文化的形成过程中，社区之外的本地居民占据人口的大多数，他们是主流文化的缔造者。本地居民通过种族态度塑造着地方的整体观念，他们用居住区域隔离移民者及其后代，行使社会的"主动权"。当然，美国的犹太社区在功能上与隔都或栅栏区也有很大区别，隔都和栅栏区是区分犹太人与非犹太人的场所，非犹太人表现出了压倒性的民族优越感。而美国的地方文化与社会规范是多种族居住者相互妥协的结果。在美国，多个族群混居在同一个城市的现象十分常见。

不同族裔混居的状况，打破了原来出现在欧洲的"犹太与反犹太"单一的"二元对立"关系结构，从而形成了一种复杂、多变的全新关系结构，犹太移民不仅是这里的居民、街道、房屋、食品店、

---

① 段义孚.恋地情结[M].志丞、刘苏译.北京：商务印书馆，2019：92.
② 段义孚.地方感：人的意义何在？[J].宋秀葵、陈金凤译.鄱阳湖学刊，2017(4)：39.

公共设施等关系结构中的一个重要因素，而且还在与这诸多因素的互动中构建着一种关系结构①。

种族社区保留了一定的历史感。社区之外存在着文化的对立，但是社区内部给其成员和居民带来了安全感和便利。这里的居民说着同样的语言，在生活习惯和文化习俗上也比较相近。人们在多元文化主义社会中能体会到家的感觉，因为人们了解这个地方。犹太社区是美国犹太人日常生活的主要范围，俄裔犹太人移民美国后，大多也选择居住在种族社区。俄裔犹太人在纽约的集中居住地包含布鲁克林的布莱顿海滩、皇后区的森林小丘(Forest Hills)、布朗克斯北部的河谷镇(Riverdale)和佩勒姆大道(Pelham Parkway)等。移民社区地理位置的差异，表明的是族群的边界感，俄裔犹太人与美国本土犹太人之间也是有所区别的。

人们习惯把来自某一地方的人与当地的文化联系在一起，这成为一种约定俗成的做法。俄裔犹太人被认为是与俄罗斯人文化更接近的群体，甚至在美国，俄裔犹太人被简单地称为"俄罗斯人"。这种称谓不仅表明美国本土居民对移民者来源地的知晓，同时也代表了他们对移民者背后的行为、文化、意识的定义与想象。值得注意的是，这种情况与犹太人在苏联尤其是俄罗斯境内恰恰相反。犹太人在俄罗斯是不能称为俄罗斯人的。俄语中，俄罗斯人(russkii)和犹太人(evrei)的称谓并不通用。犹太人虽然凭借批判性的理由离开苏联及俄罗斯，但是他们对曾经居住过的地方仍然充满了地方依恋。至少在语言文化上，受到同化的犹太人在其他国家的人看来与俄罗斯人并无两样。

在21世纪的犹太文学中有关种族社区的描写主要集中在布莱顿海滩和森林小丘两个区域。布莱顿海滩是俄裔犹太人在美国最大的聚集地，居民包含来自俄罗斯或乌克兰等地的非犹太人。社区周围俄罗斯的大面包、鱼子酱、羊肉串、红菜汤应有尽有，街上的行人、商铺里的店员自由流利地说着俄语，书店里普希金、契诃夫、托尔斯泰的著作一应俱全。当"俄罗斯地标在美国找

---

① 乔国强. 试谈美国犹太移民与犹太文学中的"侨易"[J]. 江苏师范大学学报, 2015(4): 21.

到了相似的等价物",这种景观"在美国的语境中,就被纳入俄罗斯文化传统"①。移民社区成为犹太人在美国重要的文化家园。

具有一定规模的城市或知名的景观以其自身的影响力足以引发人们的地方想象,即使没有文学、艺术帮助建构其文化魅力,人们也能充分感知它的存在。但对一个文化少数派的移民社区或是一处并不知名的风景小镇,文学的塑造力则能引发人们对其产生兴趣与关注。小说《兄弟情》主要描写的是移民者定居"森林小丘"以及搬离此地的生活情景。森林小丘是皇后区犹太人的聚集地,这个地方因苏联移民作家多甫拉托夫在此居住而闻名。多甫拉托夫曾以这个社区为原型,在小说《外国女人》(*A Foreign Woman*)中描写了种族社区给移民者脆弱的情感世界带来的保护与慰藉。地方的意象在不同的情景中重复出现,形成了一种文化结构。在美国,森林小丘仅是众多社区中一个微不足道的地方,但对俄裔移民而言,这个地方甚至比纽约曼哈顿繁华的街区更具价值和意义。

俄裔社区的居民以俄罗斯人或俄裔犹太人为主,社区的建筑风格虽然与周边环境没有显著的区别,但生活在这里的内部居民在语言、习俗、行为、习惯等方面则相对趋同。小说《兄弟情》中,主人公西蒙往日的好友伊戈尔夫妇,还有伊戈尔的父母初到美国时就住在这里。他们全家租住在一所公寓里,伊戈尔开出租车,他的妻子从事信息技术行业,二人尚没有子女②。一般而言,居住在社区里面的人不会明显地感觉这个地方有什么特别之处,但是当他们接触到社区外面的地方,就会体会到社区的边界感。"犹太人在美国看似有一种'如家'之感,但其实他们主要生活在一种自足的亚文化之中,这是一个平行的世界,它共享了外界的许多特征,但又与之相隔离"③。也就是说,移民社区的边界既与美国主流文化相连,同时又有所区别,构成了"内"与"外"的区分。

---

① Glaser, Amelia. "Introduction: Russian-American Fiction." *The Slavic and East European Journal* 55. 1 (2011): 16.
② Shrayer, Maxim D. "Brotherly Love." *A Russian Immigrant: Three Novellas*. Boston: Cherry Orchard Books, 2019, p88.
③ Sarna, Jonathan D. *American Judaism: A History*. New Haven: Yale UP, 2004, p 222.

文学作品以建构人物关系来实现主题表达，地方感的表达在大多数情况下都是通过人物塑造或地方性生活等隐秘的情节表现出来。《兄弟情》中的伊戈尔是一个极具个性的犹太人，他与主人公西蒙相识于苏联，"就像兄弟一样"，"对待彼此一点不比对他们喜爱的女孩差"。西蒙认为"这种男人间的友谊与联结就兄弟情"，"这是跟美国人解释不清的"①。苏联的社会文化塑造了群体共同的身份属性，这对初到一个新环境的新移民而言，会产生心理慰藉的作用。在西蒙移民时，伊戈尔未能同时离开，后来去了北极圈内的极寒城市摩尔曼斯克服兵役。严酷的生存环境造就了伊戈尔坚定、刚毅的性格，他像一个俄罗斯硬汉，拥有"钢铁一般的意志与神经"②。作者在建构伊戈尔的形象时有意回避了犹太人圆滑、老练、善于适应环境等模式化的性情描写，而是强化了俄罗斯文化对伊戈尔灵魂的塑造。

伊戈尔的性格特征体现了苏联时期国家文化对犹太人文化的改写，这对移民者居住地的选择以及情感的变化有着深刻的影响。当"移民脱离了以往生活空间，进入与传统生活迥异的地方，会有相应的情感变化"③。森林小丘是一代又一代俄裔居民的居住地，它为新移民提供了熟悉的人文环境，吸引着以俄语为母语的犹太人和俄罗斯人前来生活。移民社区建立的必要性在于弥补了那些尚未真正融入新世界的群体与地方之间的不适应，填补了移民者交往中的不畅与文化上的鸿沟。伊戈尔就是一个尚未融入新世界的移民者。他喜欢阅读托尔斯泰、屠格涅夫、蒲宁等俄国文学经典，是一个拥有俄罗斯灵魂的犹太人。移民前，伊戈尔在苏联服过兵役，这种用身体和生命保卫地方和国家的经历令他失去对美国生活的兴趣，被裹挟的苏俄情结与美国的社会规范产生了文化与认同上的偏差，阻碍着伊戈尔的本土化进程。人的情绪波动与内心期待关系密切。当一个人离开或抵达一个地方时的感受深刻影响着人地关系的形成。当新环境与旧地方之间差异迥异，足以否定人的价值判断时，则容易产生紧张的情绪。伊戈尔在移民后抗拒同化，他拒绝改掉自己的

---

① Shrayer, Maxim D. "Brotherly Love." *A Russian Immigrant: Three Novellas*. Boston: Cherry Orchard Books, 2019, p65.
② Shrayer, Maxim D. "Brotherly Love." *A Russian Immigrant: Three Novellas*. Boston: Cherry Orchard Books, 2019, p92.
③ 王山美. 文学地理学视域下北美新移民作家的原乡与他乡[J]. 文艺争鸣, 2021(9): 174.

名字，生活上也保留了许多旧时的习惯。对苏联的执着阻碍了伊戈尔融入新环境，他工作不顺、意志消沉，他"把俄罗斯人坚强的意志力留在了莫斯科"①。

正如种族社区能够给移民者带来心灵慰藉一样，生活条件的改善同样能挽救绝望的心情。为了克服移民行为给精神、生活带来的双重挑战，伊戈尔的妻子拼命工作。她白天从事数据录入的工作，晚上教计机课，后来又去了银行上班，生活逐渐转好，最终与丈夫搬离了"森林小丘"社区，在康涅狄格州首府西哈特福德（West Hartford）买了一所公寓。搬离俄裔犹太人集中居住的"森林小丘"是一种去俄罗斯化的表现。妻子试图通过远离俄罗斯元素拯救丈夫萎靡不振的灵魂。他们新的住所仍然坐落于一个典型的犹太人社区，社区附近有两座犹太教堂，周围成群的犹太人前往教堂集会，女人们穿着长裙，男人戴着犹太小帽，在臂下夹着绣花枕头，给人一种稳定与传统的感觉②。

任何族群的文化性都不是凭空出现的，在其形成过程中，都已打上了地方与人文的烙印。脱离犹太移民者的国别去理解犹太人的行为会使观念失去秩序，忽视俄裔犹太人的"文化自觉"也会抹杀其文化的独特性。伊戈尔的妻子试图通过摆脱地理环境切断丈夫对于苏俄文化的心理联结，但人对地方的记忆不会随空间的转换而彻底根除。伊戈尔的妻子本人也对过往耿耿于怀。妻子名叫萨沙，她其实是主人公西蒙在苏联时的初恋女友，他们二人的交往因移民时间的不同而中断了联系。西蒙一家离境时，萨沙并没有获准出境，地跨两个大洲的生活解构了他们继续交往的可能。突如其来的生活变故改写了年轻人的命运。对"滞留"苏联的人们而言，他们既要做好随时离境的准备又要兼顾当下的苏联生活。西蒙与萨沙再见时已是9年后，此时西蒙在美国攻读博士学位，萨沙也已嫁与他人为妻，她的丈夫正是二人共同的好友伊戈尔。

在美国，俄裔犹太人的首要身份是俄罗斯人，犹太身份反而屈居其后，

---

① Shrayer, Maxim D. "Brotherly Love." *A Russian Immigrant: Three Novellas*. Boston: Cherry Orchard Books, 2019, p92.
② Shrayer, Maxim D. "Brotherly Love." *A Russian Immigrant: Three Novellas*. Boston: Cherry Orchard Books, 2019, p88.

这是犹太新移民选择居住在俄裔社区的重要原因。一些新移民在条件成熟时也会搬离种族社区，以此融入更广阔的环境。萨沙以为这样做能摆脱过去的干扰，但其实母国文化已根深蒂固，空间与居住地的转换仅能改变外在的形式，曾经的经历却无法根除。主人公西蒙自觉已经融入了美国生活，但是萨沙觉得他还是那个莫斯科优秀的犹太青年。萨沙也幻想着如果当时能和西蒙一起离开莫斯科，或者二人一同回到俄罗斯都会挽救心灵的创伤。但现实已不可能发生，他们四目相对，看着彼此饱含热泪的双眼，相觑而笑。小说中反复提及"回到俄罗斯"这一情节，这是对纳博科夫《菲雅尔塔的春天》中故事主题的重述。在纳博科夫的笔下，俄国流亡者都在等候或者期盼着"回到从前"。但时隔近百年，当这种对故国的期待再次重现时，俄国人依然无法回到从前，无法回到俄罗斯。俄裔犹太人在美国并不是纯粹的犹太人，他们已经与俄罗斯人在语言和文化上高度融合。俄裔犹太人与俄罗斯人的生活区域经常重合在一起，甚至在俄罗斯人不构成人数绝对优势时，俄裔犹太人代表的就是俄罗斯人。

除了种族社区，美国还有一些颇具特色的文化旅游区，这些地方的建造为移居者的文化定位找到了实践的场所。"红菜汤地带"(Borscht Belt)[①]是现实中存在的一个俄罗斯文化旅游区，它位于纽约州卡茨基尔山脉，由早期俄国移民兴办，这里的装修俄罗斯风格显著，看起来像小型的敖德萨。作者施拉耶尔在接下来的故事中以《红菜汤度假区》为题，讲述了苏联移民及其后代在俄罗斯文化旅游区度假的场景。依故事时间来看，《红菜汤度假区》的情节发生在《兄弟情》之前，这是主人公西蒙初到美国时的一段经历。从叙述时间上看，这则小说被放置在全文的最后，体现的是移民者挥之不去的文化记忆。小说中，前来"红菜汤"度假区的游客包含了苏联各地区、各年龄的移民者，这些人不分国别，也不分种族，聚集在这个俄罗斯风情旅游区，言说着同样的语言，讲述着曾经的往事。

语言对人的群体性分类至关重要，"当我们探寻集体之间文化的最显著的

[①] 红菜汤也称"罗宋汤"，"罗宋"是上海洋泾浜英语 Russia 的音译，洋泾浜是上海华人与洋人杂处的租借地旧称，一些人没有受过正规的英语教育，以蹩脚的、不纯正的中式英语跟英美人进行交谈，被称为洋泾浜英语。

差别究竟表现在哪个方面时,答案既不是食物、服饰或居住环境,也不是亲属关系之类的东西,而是语言"①。某种程度上,同样的语言使得俄裔移民者聚集在一起,他们将这个能用俄语自由交流的地方视为在美国的"故乡"。语言上的差异是俄裔犹太人与美国本土出生的犹太人最显著的区别。美国犹太人以英语为母语,他们中的大多数人虽然也是早期沙皇俄国移民的后代,但是由于祖辈并没有广泛地接受俄文教育,以至于这些移民者的后代并不认同俄罗斯的语言和文化。更重要的是,这些人生于美国,已经同化成广大美国民众的一部分,他们视苏联犹太新移民为"异类"。而苏联犹太人与其他来自苏联的各民族移民由于使用同样的语言,而显得更加亲近。

在美国,非犹太人群体会将犹太人视为一个整体。但是在犹太人内部,他们是有所区分的。美国本土出生的犹太人对这个国家和土地存在一种天然的认同感,而从苏联或俄罗斯移民的犹太人则属于另一个国家。虽然,年轻一代移民者能迅速掌握英文,但在很长一段时间内,他们的语音、语调和用词等方面仍然会出现明显的问题。而且,英语对移民者而言只是一种公共语,只有当人们需要对外交往时,才使用这种语言,这让犹太移民体会到了自己并未完全融入这个地方。更重要的是,美国本土的犹太人并不懂俄语。这导致俄裔犹太移民与美国本土犹太人出现分离的状态。

言说同样的语言能增强人们之间的凝聚力与亲密关系,达成情感上的相互理解。在"红菜汤"旅游区度假的成年游客都来自苏联,他们使用俄语交流,给听众或彼此造成的直觉感受就是他们之间文化相通,具有某种亲缘性。与其说这些游客来到旅游区休闲度假,不如说他们试图找到一个地方,让自己被俄语包围,满足听觉的舒畅。"语言不仅将人类个体紧密地结合在一起,还将人类个体、人类群体与非人环境紧密地结合在一起"②。俄裔移民通过语言赋予了这个旅游区俄罗斯文化特征,使之在文化多元的纽约成为一处意义非凡的地方。

"红菜汤"度假区的建设塑造了一个想象的文化共同体。由于光顾这里的

---

① 段义孚. 逃避主义[M]. 周尚意、张春梅译. 石家庄:河北教育出版社,2005:124.
② 段义孚. 逃避主义[M]. 周尚意、张春梅译. 石家庄:河北教育出版社,2005:126.

成年游客及大一点的孩子没有美国本土出生的犹太人，他们都生于苏联，这构成了美国社会中的俄罗斯文化共同体。依故事所述，移民者出于对故乡环境的依恋聚集到这里，游客大部分都来自纽约或者新泽西州，还有一些来自费城和巴尔的摩，他们都是 20 世纪 70 年代离开苏联的一批人。一些人到美国已有十至十五年，还有人在这里生儿育女，另一些人有了孙辈。他们对苏联拒签的经历没有感到很绝望，但是不得不努力调整自己适应在美国的新生活。大部分成年男子以及许多女人在时尚方面仍显得很保守。草地上玩耍的到处都是俄罗斯裔的孩子，摇椅上满是年老的俄裔犹太人。许多老年人在苏联时还参加过抵抗德国的反法西斯战争①。

与个体的地方感相比，群体的地方感更加稳定，但同时也更为复杂和难于捕捉。群体成员通过参与集体性的社会实践增强了身份的共同感。前来"红菜汤"度假区的苏联移民保留了共同的记忆、相似的处事风格，强化了彼此对俄罗斯地域、文化与身份的认同。"作为认同机制的一个重要部分，依托于特定的社会关系与时间领域而形成的地方感，能将人们的身份归属意识、社会集体记忆、精神价值投射再现于特定的空间场所与行为实践之中"②。故事中，作者没有刻意区分哪些是斯拉夫人、哪些是犹太人，而是穿插列举了多位来自苏联时期不同地方的移民者轶事：主人公西蒙与旧日好友斯乔巴相约来此度假，西蒙带着外婆，斯乔巴带着祖母，他们下榻在一个名叫蓝铃酒馆（Bluebell Inn）的地方。在这里，他们遇到了六岁时移民至此的乌克兰女孩玛丽娜、九岁时离开苏联的别佳、来自白俄罗斯首都明斯克的前台接待员巴夏，以及父母、祖父母都死于二战大屠杀的扬克尔逊夫人。主人公西蒙本人来自莫斯科，但他的外婆曾生活在乌克兰。聚集于此的苏联移民者每个人的经历各不相同，但形形色色的苏俄文化成员汇集在一起，就像作者所挪用的红菜

---

① Shrayer, Maxim D. "Borscht Belt." *A Russian Immigrant: Three Novellas*. Boston: Cherry Orchard Books, 2019, pp. 110-113.
② 张原. 从"乡土性"到"地方感"：文化遗产的现代性承载[J]. 西南民族大学学报（人文社科版），2014(4)：8.

第四章 场所依赖：期待自我实现的美国

汤意象①，形成了俄罗斯文化域外传承者的共同身份。

除了语言、生活经历，共同的民族记忆也是群体文化生成的重要表现。集体记忆可能存在于各种各样的空间中，而不仅仅是被标定的地点。故事中扬克尔逊夫人通过自述家族经历的形式展现了犹太人近百年来所居住过的主要地方，这些地方塑造了俄裔犹太人这个群体，这是美国土地上未曾发生过的事情。扬克尔逊夫人的祖父母由于无法割舍家园留在东欧，最终死于二战的大屠杀，但是他们家里的其他成员因搬到了莫斯科而幸免。对曾经长期处于沙皇俄国统治的内部居民，前往俄罗斯并不是意义非凡的移民行为。扬克尔逊将犹太人从里加到莫斯科的迁居称为"搬家"（move），而后来从苏联移居到美国的行为叫作"移民"（emigrate）②。用词称谓的差异表现的不仅是国籍的转换，更重要的是要表达人对地方的亲疏关系。对生活在原俄罗斯帝国内部的拉脱维亚居民，在获得国家主权独立后，仍然觉得这些地方处于一个文化共同体之下，而从俄罗斯到美国这一地域的转变，则是彻底脱离了俄罗斯文化的辐射范围。

从地方情感上看，东欧与俄罗斯都可以被犹太人视为家乡，那里是阿什肯纳兹犹太人出生和成长的地方，也是见证阿什肯纳兹犹太人文化身份俄罗斯化的地方。犹太人对俄罗斯保持了亲近感的原因有很多，除了他们在此生活过，语言和文化也受到了同化，还包括俄罗斯以其强大的军事实力和坚毅的民族性格保护了内部居民的安全性。苏联犹太移民大多是犹太大屠杀时俄罗斯境内的幸存者。随着老一代的离世，移民者后代生活的地方变得更加广泛，这个代表俄罗斯文化的"红菜汤"度假区最终被废弃，蓝铃酒馆也倒闭转型。这里对移民者的后代不具有任何吸引力。他们"有超越种族甚至历史的倾向"，这种远离父辈文化的行为被第一代移民认为是"渐进的退化"与"彻底的

---

① 红菜汤是东南欧国家都熟悉的一种汤菜，广泛流行于原苏联加盟共和国俄罗斯、乌克兰、罗马尼亚、斯洛伐克、摩尔多瓦等地。红菜汤的食材主要包括牛肉、红菜头、番茄、土豆等，经过小火慢炖而成，食材的差异在红色的汤汁中尽显和谐。

② Shrayer, Maxim D. "Borscht Belt." *A Russian Immigrant*: *Three Novellas*. Boston: Cherry Orchard Books, 2019, p121.

背叛"①。小说的结尾,主人公通过一个充满乡愁的波兰裔摄影师拍的照片表达了对俄罗斯文化隐退的伤感,来到美国的犹太移民作为俄罗斯文化传承者的时代正在消逝。

照片中一些地方尚可辨识但另一些地方已无法分辨。度假区主楼前的杂草已经齐腰高,广告牌上赫然写着"出售"的字样。建筑多年没有粉刷,白色的水渠布满了墨色的斑点,就像一个老伙计用得了关节炎的手指涂抹上去一般。棕红色的床帘透过破碎的阁楼窗户,看起来就像蝾螈舞动的舌头。路径、小巷好像从地面上消失了,湖水在深绿色的淤泥下已无从辨认②。

集体记忆作为一种文化实践丰富了地方的内涵,移民者通过回忆表明了身份选择。在结束回忆的时候,移民者返回了现实,并试图理解新的家园中所存在的种族、阶级、社会地位等现实问题。移民者通过演化故乡和他乡的异同赋予了移居地新的意义。故事的结尾,作者回想起初见扬克尔逊夫人时的情景,以此表明俄罗斯犹太人虽然对故乡仍充满深情,但他们没有办法回到过去,只能向前,并且是以俄罗斯犹太人的文化身份继续前行。老妇人的披肩"如此雅致,就像俄罗斯诗人对爱情的承诺;它那样修长,好似犹太人流散的身影;它这般洁白,宛如移民者举起的投降大旗③。"

在美国多元的都市文化中,种族社区或具有文化特色区域显示了地方独特的文化价值。犹太人在移民社区形成的认同感不是文化分裂要素,移民社区也不是美国社会的"民族孤岛"。虽然,移民社区外的地方规范是由美国主流社会所建构,但是移民社区内本民族文化占据绝对优势。随着移民者逐渐搬离种族社区,几代人之后,这里的居民对祖辈文化的认同感会随着同化而

---

① Sollors, Werner. *Beyond Ethnicity: Consent and Descent in American Culture*. New York & Oxford: Oxford UP, 1986, p214.
② Shrayer, Maxim D. "Borscht Belt." *A Russian Immigrant: Three Novellas*. Boston: Cherry Orchard Books, 2019, p132.
③ Shrayer, Maxim D. "Borscht Belt." *A Russian Immigrant: Three Novellas*. Boston: Cherry Orchard Books, 2019, p134.

消失。移民者也愿意打破族群共同体的边界，与其他地方的族群建立联系，建设文化多样性的心灵栖息地。

第三节　作为俄罗斯人的生存体验：《情人》和《乡村马场》中的文化身份困境

犹太人在苏联期间身份十分复杂。语言文化上，他们是俄罗斯人，意识形态上是苏联人，而民族类别上是犹太人。在这三重身份中，俄罗斯身份无疑是首要的，甚至当他们移民美国后，俄罗斯身份的地位依旧岿然不动。因为犹太人从俄罗斯"带来的是果戈理、托尔斯泰、普希金，而非《托拉》[①]。在新的全球流散中，这些著述诠释了自身作为世俗版《托拉》的地位和意义"[②]。俄裔犹太人在美国无关信仰与文化，只要其母语是俄语就是被视为俄罗斯人，俄罗斯是犹太移民"认识世界的起点和基础"，他们"对世界的认识总是打上地方的烙印"[③]。相对而言，犹太人从苏联继承的民族身份因缺少实践而显得不够真实。犹太身份仅是苏联国家法律赋予的，他们自出生就获得了这种"天然的"身份。这种身份就像性别一样与生俱来，而不是通过宗教或者文化履约而实现的。

俄裔犹太人离开家乡时大多怀着浪漫的憧憬与想象来到这个陌生的国度。当他们抵达美国这个"更美好的"国家后，才切身感到想象与现实之间的裂痕，紧张、无助、消极、沮丧的情绪油然而生。移民者对新世界的感知与浸润在本土文化中的本地居民有很大区别。他们需要努力跨过语言文化的障碍，才能有效地应对简单的日常生活。不同目的、年龄、应对能力的移民者还要直面个性化的生存压力。小说《情人》(Mistress)以一个母亲为了孩子的教育而移民美国为素材，描写了犹太移民者在美国以俄罗斯身份生活的生存体验。

美国的教育在许多方面都领先于其他国家，对经济条件充裕的俄罗斯家

[①] 指上帝给予希伯来人的神启与指引，狭义上指代《圣经》中的首五卷《创世纪》《出埃及记》《利未记》《民数记》和《申命记》。
[②] Gelbin, Cathy S. & Sander L. Gilman. "Russian Jews as the Newest Cosmopolitans." *Cosmopolitanisms and the Jews*. Ann Arbor: U of Michigan P, 2017, p225.
[③] 迈克·克朗.文化地理学[M].杨淑华等译.南京：南京大学出版社，2005：140.

庭而言，子女能在美国接受教育是一件有益的投资。主人公米沙是个九岁的小男孩，母亲为了给他提供优质的教育，带着全家移民到了美国。同行的有米沙的祖父母，他们希望在自己力所能及的范围帮扶儿媳、照顾孙辈。米沙的父亲在俄罗斯有个情人，他没有跟随家人移民，而是独自留在了俄罗斯。由于家中缺乏主要劳动力，导致米沙一家其他成员生活非常忙碌。

一般而言，选择移民美国接受教育的家庭大多经济殷实。虽然美国的公立小学实行免费教育，但移民者家庭仍需要考虑货币汇率、日常开销等现实问题。米沙一家在俄罗斯时生活条件尚好，他们居住在莫斯科，米沙有自己独立的房间，空间虽然不大，但是床、桌、台灯、书架、玩具等基本生活设施一应俱全。当他们变卖家当来到美国后，米沙家全部的资产仅够勉强维持一家人的基本生存需求。他们挤在一居室的公寓里，米沙与母亲住在卧室，爷爷奶奶住在客厅的沙发上。依故事所述，米沙一家生活有些拮据。公寓的墙面粉刷得并不均匀，棕色的地毯已经褪色，陈设都是二手家具，公寓里所有的一切看起来都像是属于别人的[①]。小说通过空间叙事的手法，将移民者浪漫的理想变成了沉甸甸的现实。这种叙事手法在移民文学中相当普遍，来自移民家庭的读者很容易产生共鸣。

总体而言，移民者抵达新环境后需要主动融入当地生活，但是不同年龄层次的人群对地方的认识与适应性差异较大。中年人伴随着知识的增长与经验的累积，在体力、智力、学习能力、认知水平等方面都明显优于老年人和儿童。米沙的母亲在全部家庭成员中适应能力最强，她积极主动接触新事物、拓展生活范围，以此适应后移民时代的新生活。母亲身体力行，不断更新知识，为家人融入美国生活做全面的规划。她觉得全家都要努力调整自我，所以拒绝订阅俄语频道，以摆脱母语和俄罗斯文化的影响。她本人则通过电视、媒体、社交等方式迅速提升了语言能力，很快便能看懂电视中的英语新闻，并观看电影、阅读英文报纸，巩固自己的语言技能。

随着感知能力的下降，老年人在认知和学习方面能力都大幅减退。移民似乎只是青年人的一种梦想，对老年人而言却意味着抵达了一个无法适应的

[①] Vapnyar, Lara. "Mistress." *There Are Jews in My House*. New York: Anchor Books, 2003, p96.

第四章 场所依赖：期待自我实现的美国

新环境。老年人参与社交活动较少，能走进的公共空间十分狭小。小说中，米沙的祖母除了在自家的厨房为家人准备食物，她所进入的公共空间仅剩下定期要做治疗的社区医院。米沙的祖父终日躺在家里的沙发上，除此之外，他会遵从家人安排，前往当地免费开放的英语课堂学习英文。起初，他并不情愿，但是随着语言能力的提升，祖父的学习热情明显增强。这成了他走进社会少有的渠道与方式。虽然公共空间在理论上"对所有人开放"，是"所有公民都有权进入的空间"①，但是受到参与能力的限制，移民者所能享受的公共资源是有限的。

米沙的祖父母对过去的事物颇有感情，在接受新事物方面却力不从心。祖母从俄罗斯带来很多日常用品：烤盘、各种形状的模具、茶炊、盖子、量具应有尽有。在准备晚餐时，她仍然按照原来的方式准备食物，拒绝食谱上提供的任何新方法。移民生活给年长的一代带来了诸多不便，以至于祖母喜欢上了西班牙语频道，因为观看完全不懂的节目根本不必顾及语言上的压力。米沙的祖父在移民前经常主动带他去公园玩耍，他们在漆黑茂密的丛林中沿着小径四处闲逛，树木、动物，身边一切平凡之物在祖父的口中皆变得神奇。可是移民后，祖父从不主动带米沙外出，他只是待在家里看俄文报纸。即使被催促去了广场，他也让米沙自行玩耍，而自己则四处找寻是否有人扔下了俄文报纸，以便能找些事情做②。年长的移民者在美国经常感到失望。

儿童的适应能力总体上呈现出不均衡的发展态势。米沙对陌生的环境适应能力较差，他的社交活动明显受到了限制。在学校，米沙无法融入正常的学习生活。他上课时拒绝发言，甚至在课间也很少说话。但其实儿童的语言学习能力是比较强劲的，他现年虽然只有九岁，但已经能陪同祖母去看病，给她做翻译。"语言不仅仅是社会的黏合剂，也是批判性反思的一种工具"③。当移民者主动使用移居国的语言进行交流时，言说者和听众会确认彼此属于同一个世界。当移民者抗拒使用这种语言或者仅是功能性地偶尔应用这种语

---

① "Social space." *The Dictionary of Human Geography*. 5th Ed. Chichester：Wiley-Blackwell, 2009, p602.
② Vapnyar, Lara. "Mistress." *There Are Jews in My House*. New York：Anchor Books, 2003, p102.
③ 段义孚. 逃避主义[M]. 周尚意、张春梅译. 石家庄：河北教育出版社, 2005：128.

言时，那么这个人本质上仍属于另外一个文化群体。米沙的家人对他的情感世界关注仍是缺失的状态，青少年移民者一般都在独自面对生活带来的种种压力。

从题目看，《情人》这个短篇小说的中心议题并不是子女教育的问题，而是成年人世界中的婚外情。小说前后总共三次提及了"情人"这个话题。第一次是在故事的开篇，当所有人都准备移民美国时，米沙的父亲因为有一个情人拒绝同家人一同移民。这里的情人除了指代一般意义上的情妇外，还是一个文化隐喻。作者想要传递的一个信息是并非所有的犹太人都对俄罗斯的生活充满敌意，仍有一些人出于某种牵绊愿意留在俄罗斯生活。第二次提及情人的话题是在米沙陪同祖母看病期间。患者们聚在门口等待医生的诊疗时口耳相传医生有个情人，这个话题受到了病患们的伦理指责，但同时也给祖母平淡、僵化的生活带来了令人兴奋的谈资。小说第三处提到情人时，是在故事的后半部分。祖父在语言课上结识了同为俄罗斯移民的老妇人叶莲娜，故国女子的出现给祖父乏味的移民生活带来了些许的精神安慰。

米沙的祖父在掌握基本语言能力后，精神状态有所改善。在一个阴雨天，他主动带着孙子去海边看船只，恰巧遇到了语言课上结识的老妇人叶莲娜·巴甫洛夫娜。叶莲娜高喊祖父的名字"格里戈里·谢米奥诺维奇"，他倍感亲切，因为在美国很少有人用俄罗斯人的方式称呼他[①]。小说中有关情人的人物形象大多是功能性的。故事并没有明确指出叶莲娜就是米沙祖父在美国的情人，这个人物的出现主要功能是在挽救移民者身在异国他乡的精神困境。对初到美国的老年犹太人而言，来自故乡的同胞相互依赖无关家庭伦理，人们只是通过互相支撑，共度艰难的移民适应期。

空间叙事在地方感建构中起到了重要的作用，移民文学总是通过并置过去与当下两个空间，引发人们对移民行为进行反思。移民者通过跨越国界实现了空间转换，满足了内心对诗和远方的期待；但另一方面由于语言和文化上的障碍，新移民在移居国的生存空间变得十分狭小。小说《情人》并没有停

[①] 为了表达尊重，俄罗斯人在打招呼时一般同时称呼"名"和"父称"，这与美国的习惯不同，美国人大多数更随意，仅以名字招呼彼此，以示亲切。

第四章 场所依赖：期待自我实现的美国

留在对一般性的人际关系的描写，而是借助空间的象征意义，展现了俄罗斯新移民在美国的生存现实。小说的结尾，老妇人米莲娜邀请米沙和祖父去家里避雨。从文本的描述中可以看出她的住所很小，只有一间卧室和一个厨房，屋内陈设颇具俄罗斯风格。沙发是从俄罗斯家具店里买的廉价品，咖啡桌和抽屉柜满是划痕，是从废品站捡来的，台灯也是二手旧货。只有带玻璃门的深色储物柜里，摆放的一套俄式茶具颇显精致。储物柜里装满了书，有契诃夫、普希金的小说，莫泊桑、福楼拜的俄译本，厚厚的俄英词典。从陈设可以看出，移民者离开了原来的文化环境，但在当下的居住空间重新营造了俄罗斯的文化氛围。室内陈列的俄罗斯文学作品、俄式家具无不表明移民者并没有因居住地的改变而实现生活空间的拓展。相反，大多数人仍然生活在自己搭建的俄罗斯文化场所里，只是空间变得狭小了而已。

人们阅读俄裔犹太文学时很容易发现，有关俄罗斯的书写占据了故事的很大篇幅。但其实从美国的文化性来看，俄罗斯文化在多元的美国社会仅是微不足道的一个很小的分支。人们之所以觉得俄罗斯文化在美国具有较强的存在感，是因为这种文化要素被认为是与美国主流意识相对立的力量。俄国人在美洲留下最早的痕迹始于探险家的海洋科考[1]。现今阿拉斯加一带是俄罗斯人最早踏足美洲的地方。此后他们开工办厂、修建教堂、开展贸易活动等。随着俄国人的南下[2]、美国购买阿拉斯加[3]以及斯拉夫农民前来做工[4]等一系列历史活动，俄罗斯文化在美国西海岸首先扎根。犹太文学中有关俄罗斯文

---

[1] 1727年，俄国航海家维图斯·白令（Vitus Jonassen Bering）带领船员抵达圣劳伦斯岛，队员奇里科夫（A. I. Chirikov）是第一位踏足北美的俄罗斯人。见 Wertsman, Vladimir, ed. *The Russians in America, 727-1975: A Chronology and Fact Book.* New York: Oceana Publications, 1977, p1.

[2] 1812年12月12日，95名俄国人沿北美西海岸南下定居在现今加州索诺马县，并以罗斯堡（Fort Ross）为当地命名，其中Ross的读音来自俄语的"Rus"，现存的罗斯堡是俄国人在美国加州建立的最大的殖民地的历史遗迹。

[3] 根据美俄两国签订的条约（Treaty with Russia）规定，阿拉斯加的俄国人享有美国公民的特权和豁免权，以及三年的期限，俄国人可以返回祖国。

[4] 19世纪中叶，俄国富饶的东欧平原因反复耕作出现了产出贫瘠的问题，许多俄国农民前往大洋彼岸的美国寻找就业几乎。最初抵达美国的是斯拉夫白人，他们进入私人工厂、作坊、煤矿等行业从事体力劳动。据记载，1880年美国外来斯拉夫裔人口仅有来自波兰地区的1386人，到1900年，来自俄罗斯及波兰地区人口已接近五万，当时宾夕法尼亚州无烟煤矿的矿工大多都是俄国移民。见 Warne, Frank Julian. *The Slav Invasion and the Mine Workers: A Study in Immigration.* 1904. Rpt. Philadelphia: J. B. Lippincott, 1971, pp. 48; 51.

化最早的记载出现在沙俄时期的移民文学中。玛丽·安亭在自传中描写的俄罗斯女工刺绣传入普洛茨克小镇、犹太人学习俄语、阅读俄文书籍故事是美国犹太文学对俄罗斯文化最早的记载。此外，同时期的作家尼博格在《上帝的选民》中以巴尔的摩为背景，描绘了德国犹太人与俄罗斯及东欧犹太人的劳资对立。其他的文学叙述以纳博科夫的小说《普宁》最具代表性。由于美国学生对普宁教授的祖国、他的语言、民族文化以及他作为异族人的生活都缺乏兴趣，普宁的俄语课面临着被停掉的危险。

其实，在美国的俄罗斯人和俄裔犹太人数量上并不多，而且随着移民者的离世，美国本土出生的后代在美国城市文化的温床中产生了对美国文化的认同。但问题的复杂性在于，这种小众、边缘、弱势的文化却成了美国20世纪意识形态对立的主要力量。小说《乡村马场》(Horse Country)讲述的是俄罗斯文化在美国无人传承的故事，作者通过描写主人公带女友前往俄罗斯人兴办的草场骑马一事，表达了美国人对俄罗斯元素的恐惧。

主人公皮特是个美国人，他的女友也生于美国，不过她的父母来自俄罗斯。皮特的女友本名亚历山德拉，这是一个典型的俄罗斯名字，但皮特习惯称呼她莱克西，认为她就是一个美国人。莱克西虽然对俄罗斯要素保持了一定的亲切感，但她不可能成为俄罗斯文化在美国的传承者。莱克西有个一梦想，就是能到荒野中骑一匹真的骏马。四月下旬，皮特带着莱克西前往一个名叫俄罗斯草场的地方去骑马①。这个草场是在20世纪30年代由一名俄罗斯流亡者所建。历经半个世纪，这里缺乏大规模苏俄移民的文化补给，剩下与俄罗斯相关的痕迹仅有当年建造者和他的妻子用过的一张古董床以及他们当年买的那些跑得飞快的骏马。

故事采用了希腊神话中的"客戎"(Chiron)的原型形象，讲述了美国人对俄罗斯文化来势汹汹的恐惧。"客戎"也称"马人"，是一种半人半马的神话原型。它最初是由于希腊人没有见过中亚游牧民族或骑兵而形成的一种意象，马人是"粗野、狂暴、野蛮的代表"，它"不讲道理，与人相对"。俄罗斯犹太

---

① Shrayer, Maxim D. "Horse Country." *Yom Kippur in Amsterdam: Stories*. Syracuse: Syracuse UP, 2009, p116.

作家巴别尔在《红色骑兵军》中曾使用过"马人"的形象，描写了哥萨克骑兵粗暴、屠戮的行为。《乡村马场》的主人公原计划与女朋友在这个草场逗留一段时间，但是当他看到独自骑马归来的女友"与马之间清晰可见的空间不复存在，而融为一体"时[1]，他感到异常的恐惧。小说结尾采用了文化意象的形式，表达了美国人对俄罗斯文化卷土重来的担忧。皮特害怕马人的愤怒，他"在莱克西满是灰尘的发髻中挑出几根马毛，将其抖落到地上"[2]。俄裔犹太人在美国代表的不是犹太文化，而是俄罗斯文化。这使得俄裔犹太移民在美国的处境极为尴尬。他们不但处于主流之外的边缘位置，还处在意识形态的对立面。

在西方中心主义的认知中，俄罗斯与俄罗斯文化并不属于西方，而是属于东方。从美国霍尔特·麦克杜格尔出版社出版的《地理》(Geography, 2010)教材中可以看出，欧洲不包含俄罗斯[3]。这种科普性的文化读本代表了美国主流社会对东西方的划分。西方对东方的理解常陷入"东方主义"：这里是贫穷、落后的地方；一些国家具有侵略性。俄罗斯经常被认定为后者。俄裔犹太移民与美国本土犹太人共同的文化基础是他们的族裔身份，二者的差异体现在祖籍国国别文化的不同。俄罗斯犹太移民的文化杂糅性更复杂，除了美国、犹太两种文化，还始终包含着俄罗斯要素。确切地说，受无神论和俄罗斯东正教文化影响，犹太人在公共领域与俄罗斯人已经没有明显的区别。

第四节　信仰的悖论：施拉耶尔小说中的异族通婚问题

在美国，犹太教分为多个派别。除了正统派、保守派和改革派，还衍生

---

[1] Shrayer, Maxim D. "Horse Country." *Yom Kippur in Amsterdam: Stories*. Syracuse: Syracuse UP, 2009, p123.
[2] Shrayer, Maxim D. "Horse Country." *Yom Kippur in Amsterdam: Stories*. Syracuse: Syracuse UP, 2009, p124.
[3] *Geography*. Boston: Holt McDougal, 2010, p. xii.

出一个新的派别，即重建派①。一般认为，正统派的行为与思想比较激进，他们严格按照宗教律例行为处事。而重建派主张犹太教应当抛弃过时的理论，摒弃超自然的信仰对人的约束，将犹太教从概念中解放出来，从文明的角度再定义。其实，美国犹太教的正统派和保守派受世俗化的影响，也对行为和观念进行了调整和改良，但苏联犹太新移民对此浑然不知。他们完全弄不清楚这些派别和教义各自的原委，一些人放弃了犹太教信仰，却被告知必须要履约守俗；而另一些人想重拾犹太信仰，却发现美国犹太教徒也逾规越矩。

小说家尤里尼奇在她的作品②中曾描写道，主人公一度怀疑房东在监视自己，甚至他们有移民局的热线。如若自己与家人不按时去犹太教堂表明自己的信仰，就可能被驱逐出境。但是她觉得教堂中前后摇摆的人十分可笑，这种例行公事的行为就像麻痹大众的精神鸦片。大部分俄裔犹太移民根本不知道这种所谓的"信仰"是什么③。俄裔犹太人在移民前并不需要履行教规，甚至不必遵守犹太习俗。他们的身份证明中已然表明自己是犹太人。但是移民到美国后，他们需要学着按照犹太人的方式生活，才能获得犹太身份，这令移民者感到困惑与不安。

> 这些遭遇——作为美国犹太人指导俄罗斯犹太人规范犹太教的场景——是讽刺漫画的来源，它突出并渲染了美国犹太主角对"苏联犹太人"实施"文明使命"的愿望以及苏联犹太人对这种话语的掌握和抵制之间的差异④。

施拉耶尔作为同时代的俄裔作家，对犹太人的信仰与生活同样十分关注。他在小说《失踪的扎尔曼》(The Disappearance of Zalman)和《阿姆斯特丹的救赎日》(Yom Kippur in Amsterdam)中分别讲述了犹太人在异族通婚问题上的困境

---

① 重建派最终没有形成一个较大的派别，因为它的许多激进观点，如破除严格的犹太教饮食法规等，也被改革派和保守人士所接受。
② 此处指尤里尼奇的绘本小说《列娜·芬克尔的魔桶》。
③ Ulinich, Anya. *Lena Finkle's Magic Barrel*. New York：Penguin, 2014, pp. 73-74.
④ Senderovich, Sasha. "The 'Soviet Jew' in Fiction by Russian Jewish Writers in America." *Prooftexts* 35. 1 (2015)：119.

与自我救赎。其实，异族通婚在苏联社会层面已经不是一个问题，而在美国却又成了一个话题。《失踪的扎尔曼》的主人公原以为美国哈西德派教徒是虔诚的犹太教徒，但其实他误解了美国犹太人世俗化的程度。

主人公马克·卡根（Mark Kagan）是苏联犹太移民，他3岁随父母移民美国。卡根的姓氏源自古老的哈扎尔汗国，是统治者"可汗"的称呼变体。根据布鲁克（K. A. Brook）在《哈扎尔的犹太人》（*The Jews of Khazaria*）一书记载，卡根（Kagan）是突厥语中的头衔称谓，意为"伟大的（神圣的）国王，最高的审判者"，在流传下来的资料中出现了多种拼写形式，如 kaghan, khaghan, qaghan, khagan, khakan, khaqan 等[1]。这一点符合《新唐书》中有关突厥部落的首领即为可汗的记载。公元11世纪，哈扎尔汗国灭亡后，哈扎尔人迁往欧洲各国，权贵者保留了表明地位的称呼，并沿用下来。

小说选取了卡根这个姓氏并非出于偶然。从故事对主人公的细节描写可以看出，作者意在追溯那些并不纯粹的犹太人改宗的问题。根据人类的成长规律，3岁以前的所有经历都会随着成长被抹去记忆。主人公移民时的年龄被定义在这个时间节点，表明无论是苏联的历史、人物或事象在主人公身上都没有留下任何痕迹，他是否会在成长过程中"成为"犹太人，与其外在环境密切相关。在哈扎尔汗国的历史上，其统治者哈扎尔可汗（Khazar kagan）起初也非纯粹的犹太教徒，他是在公元838年改宗、皈依成为犹太教徒的[2]。这一点与故事的细节和主题具有高度的契合性。从主人公的原生家庭看，他没有受到过正统犹太教的影响，但他成长的环境却是一个需要认同犹太性的地方，否则就很容易被视为一个俄罗斯人，而受到美国本土犹太同胞的排斥。

抛开故事与哈扎尔汗国的历史勾连，仅以普通苏联移民看待主人公的信仰选择，也是一个事关皈依的问题。主人公的父母是世俗化的苏联工程师，他们一家很可能成为"移民拒签者"中的一员，但事实上，他们并没有被拒签，而是顺利离开了苏联。主人公从父母那里仅传承了作为"民族"的犹太人身份，但他缺少犹太教或犹太文化的教导与影响。因此，主人公还不能称为一个地

---

[1] Brook, Kevin A. *The Jews of Khazaria*. 3rd Ed. Lanham: Rowman & Littlefield, 2018, p227.

[2] Brook, Kevin A. *The Jews of Khazaria*. 3rd Ed. Lanham: Rowman & Littlefield, 2018, p106.

道的犹太人。小说的主要情节围绕主人公是否可以娶非犹太女子为妻以及婚后子女的宗教信仰问题展开。在主人公出生的苏联,犹太人与非犹太人通婚是一种普遍且常见的现象,但是在美国,犹太人的跨种族通婚受到拉比和犹太教正统派的制约,通婚意味着背弃了犹太信仰。至少保守派认为,犹太人只能与本民族或改信犹太教的人结婚。

由于苏联没有犹太社区,犹太人与俄罗斯人或其他斯拉夫人混居在一起。当犹太移民在来到美国后,他们大多居住在种族社区,也愿意倾听犹太拉比和哈西德派教徒的建议。马克·卡根长大后,在康涅狄格州纽黑文市的诗词大会上认识了女友莎拉。莎拉是天主教徒,而马克是犹太人,他们面临着结婚生子后孩子的信仰问题,这令马克很痛苦。他向学校的拉比寻求建议,拉比告诉他要么萨拉皈依犹太教,要么只能分手[①]。

"苏联犹太人"被以一种特殊的方式塑造成需要拯救的样子。美国犹太人因在大屠杀期间未能拯救欧洲犹太人而耿耿于怀,于是想要解救他们。作为施救的一部分,美国犹太人按照自己的形象教化"苏联犹太人",以此救赎自己,弥补他人的不足,最后结成统一的共同体[②]。

从社会学的角度看,犹太移民进入美国后,同化是一种普遍的现象,而且是一种单向性的行为,即走向并融入主流的趋向,缺少逆向同化或在同化过程中出现"旁逸"或"扩张"等其他的可能[③]。苏联犹太人移民之时正值美国多元文化主义方兴未艾之际,新移民在历史上从未像此时一样,拥有如此的文化自信。他们不急于融入主流文化,而是更愿意彰显自我的文化价值。但是犹太人对一些与民族性相关的东西仍然愿意与正统派保持一致,这是俄裔犹太人希望获得身份认可的一种表现。

[①] Shrayer, Maxim D. "The Disappearance of Zalman." *Yom Kippur in Amsterdam*: Stories. Syracuse: Syracuse UP, 2009, pp. 2-3.
[②] Senderovich, Sasha. "Senses of Encounter: The 'Soviet Jew' in Fiction by Russian Jewish Writers in America." *Prooftexts* 35. 1 (2015): 103.
[③] 乔国强. 美国犹太小说的叙事主题与叙事模式[J]. 当代外国文学, 2017(3): 60.

第四章 场所依赖：期待自我实现的美国

马克在学校结识了一个年轻的哈西德派教徒扎尔曼·昆。哈西德教徒属于犹太教的正统派，扎尔曼给主人公留下的印象是对信仰的绝对忠诚。马克在与哈西德教徒的谈话中显得十分谨慎，他害怕扎尔曼知道自己的信仰不够坚定，所以杜撰了女友萨拉的犹太身份，以此掩盖自己的游移不定。在一个世俗化明显的国家，现代化与世俗化给美国犹太教正统派带来了巨大压力。美国犹太学校、犹太会堂全面萎缩，居民从对宗教的虔诚到对犹太身份的推崇，加速了犹太人的世俗化转变。年轻一代的哈西德教徒打破宗教清规戒律的现象并不鲜见，从而成为顺从改革的力量。

当移民者怀揣着虔诚的信仰与希望，美国本土犹太人却在进一步走向世俗化。小说采取了犹太人之间逆向同化的叙述方式，讲述了美国本土犹太人的世俗化进程与移民者对美国犹太教理解的偏差。马克在结识扎尔曼后开始学习希伯来语，他遵守犹太教律法，拒绝在安息日叨扰他人，他甚至迟迟没有推进自己和女友之间的情感关系。这些行为上的"进步"使得马克从一个文化上的"俄罗斯人"向正统的"犹太人"发生转变。相反，扎尔曼在一次偶然的机会与马克的女友结识后便一见钟情，甚至在最后还前往马克女友工作和居住的地方执教。最终，扎尔曼娶了马克的女友萨沙为妻，二人婚后搬到了阿根廷。小说没有明确说明是萨拉皈依了犹太人教还是扎尔曼放弃了对正统犹太教的信仰才使得二人最终结合。甚至，扎尔曼与萨沙结婚的消息也是主人公从一个好友那里得知的。但有一点可以证明，扎尔曼作为正统派所表现出来的对犹太律法的虔诚是一种"假面"(persona)行为，美国本土犹太人的世俗化程度远超出移民者的想象。

事实上，由于文化身份复杂，俄罗斯犹太移民马克在美国也是带着"人格假面"与人交往的。至少女友萨沙与马克交往时认定他是一个世俗化的"俄罗斯小伙"，异族通婚不会成为他们结合的障碍。马克本人对民族身份不会产生误解，他知道自己不是一个俄罗斯族人，但他对于被认为是俄罗斯人并不介意[1]。"假面"的人生并不是主人公主动选择的结果，俄裔犹太人的"母语俄语

---

[1] Shrayer, Maxim D. "The Disappearance of Zalman." *Yom Kippur in Amsterdam*: Stories. Syracuse: Syracuse UP, 2009, p9.

让他们在美国新同胞的眼中自动赋予了俄罗斯身份"①。像马克一家这样的俄裔移民,除了保留对犹太教的敬畏,日常生活中已经几乎彻底俄罗斯化了。他们说俄语,去俄罗斯商店购买肉馅水饺,吃饺子时会蘸白醋。被犹太教规视为不洁的食物与做法在苏联从来就不是什么问题。马克感情生活上的悲剧说明美国是犹太人世俗化的场所,而俄裔移民者即使在此生活多年,也没有办法与美国人保持同步。

移民美国后,犹太人期待移居地能成为自己重拾民族信仰的地方。然而,现实与想象之间经常出现差距,从而引发了犹太人内部的紧张关系。施拉耶尔试图给俄裔新移民寻找一条可行的办法,让其在新家园平静地生活下去。在小说《阿姆斯特丹的救赎日》中,作者接续了前面故事的主题,让主人公前往阿姆斯特丹寻找自我救赎的答案。主人公原名亚沙·格拉兹曼,他19岁时带着所有的行李离开了苏联。来到美国后,他改了名字,叫作杰克·格拉兹,并把美国视为自己新的家园。杰克移民已17年,他甚至返回莫斯科将祖父的骨灰带到美国重新安葬,但仍觉得自己在美国未站稳脚跟。杰克遇到的困境也是异族通婚,他的女朋友艾琳是德国爱尔兰后裔,也信奉天主教。虽然艾琳在与杰克在一起时从不表明信仰,而且在孩子出生后同意按照犹太人的方式抚养,可杰克仍然不能接受。他说:"我没法娶你,我们是一个小民族,我孩子的母亲应该是个犹太人"②。艾琳不愿意改宗,她虽然爱着杰克,但最终还是分手了。

其实,"很多人似乎天生就在追寻迁移模式,这种模式不仅把人带到目的地,还带入一种状态。在这种状态下,'探索'成为一种潜在的现实,即使是在被众人裹带的地方"③。救赎日(Yom Kippur)是杰克最看重的犹太人的宗教性节日,他决定前往阿姆斯特丹开启救赎日。杰克思考与艾琳分手算不算一

---

① Wanner, Adrian. "Russian Jews as American Writers: A New Paradigm for Jewish Multiculturalism?" *Multi-Ethnic Literature of the United States* 37. 2 (2012): 164.

② Shrayer, Maxim D. "Yom Kippur in Amsterdam." *Yom Kippur in Amsterdam: Stories.* Syracuse: Syracuse UP, 2009, pp. 127-128.

③ Mewshaw, Michael. "Travel, Travel Writing, and the Literature of Travel." *South Central Review* 22. 2 (2005): 2.

第四章 场所依赖：期待自我实现的美国

项罪过，他是不是该娶了艾琳，然后下地狱[①]。他越想越觉得孤单，于是在阿姆斯特丹找了一个女子，让她陪自己聊天，排解内心的孤独。在聊天过程中，杰克得知这名女子的母亲是德国人，但他的父亲是犹太人。犹太教改革派划定犹太人的标准不局限于母亲是犹太人，如果父亲是犹太人，只要表现出对犹太性的忠诚，同样是被承认为犹太人的。杰克询问这名女子对犹太人与非犹太人结婚的看法，所得到的答案是，"只有当你能够理解这种差异时，它才能是一件好事"[②]。

基督教对犹太教的影响不但发生在苏联，世界各地都没有摆脱基督教博爱思想的浸染。小说比较了世俗化的相爱与犹太教教规孰轻孰重的问题，得出异族通婚不是罪过的结论。杰克在阿姆斯特丹斋戒期间，前往一个犹太教堂进行集会。在教堂里他看到两部分人，一部分是由葡萄牙和西班牙后裔组成的塞法迪犹太人，他们的祖先曾是阿姆斯特丹犹太社区的创建者。这些人面相棱角分明、茶青色皮肤、个子矮壮、有明显的地中海人的特征。他们的鼻子成明显的钩状、黑色头发。另一批人是阿什肯纳兹犹太人，他们是来自荷兰或者德国北部的人，人数上比塞法迪人要多。这些人与杰克相貌比较相似，个子高、皮肤白、发色浅、椭圆形长脸、鼻子小而尖，他们拥有德国、波兰、立陶宛的基因[③]。施拉耶尔的小说总是在暗示犹太人的不同源的问题，尤其是阿什肯纳兹犹太人在世俗化的环境没有必要严格遵守保守派的教规。这是对犹太教的一种反叛，但同时也是对犹太性走进现代的一种尊重与倡导。

小说的主人公在美国很少去教堂，这次他在荷兰的教堂里突然出现了基督教的顿悟情景，以此为俄裔移民提供了一种自我救赎的方法。杰克看到前来祷告的成年男子都已娶妻生子，女人们在外面等待自己的丈夫和儿子。集会结束后，人们相互拥抱、亲吻、握手，走出教堂。杰克看到门外等候的两个小女孩张开双臂搂住父亲的脖颈，亲吻着父亲，他突然顿悟，就像久病痊

[①] Shrayer, Maxim D. "Yom Kippur in Amsterdam." *Yom Kippur in Amsterdam: Stories*. Syracuse: Syracuse UP, 2009, p129.

[②] Shrayer, Maxim D. "Yom Kippur in Amsterdam." *Yom Kippur in Amsterdam: Stories*. Syracuse: Syracuse UP, 2009, p134.

[③] Shrayer, Maxim D. "Yom Kippur in Amsterdam." *Yom Kippur in Amsterdam: Stories*. Syracuse: Syracuse UP, 2009, pp. 137-138.

愈一样，突然释怀①。全文的结尾定格在杰克对未来的期待之中，他想到自己次日将飞回巴尔的摩，面露喜色，他勾勒着自己的美国生活。作者对小说结尾的处理显得有些含蓄，他似乎不愿意直接表明犹太人的世俗化与基督教普世思想存在某种相似，但是他对犹太人走向现代是持积极态度的。

本章小结

犹太人移民美国不是出于对土地的依恋，而是由于美国在经济、科技、教育、市场等方面存在比较优势，犹太人对美国具有场所和功能性的依赖。与20世纪早期犹太移民者相比，当代苏联及俄罗斯的新移民在美国的居住地更加广泛。纽约传统的移民社区仍是移民者最主要的聚集地，但美国中东、西南等曾经少有犹太人踏足的地方也出现了新移民定居的痕迹。总体而言，移民者普遍寻求融入美国主流社会，积极适应后移民时代生活的变革。但当代犹太人的移民历程不再是一次单向性的行为，移民者有机会往返于大西洋两岸。这种后现代的生活方式削弱了美国作为家园的象征意义，更多地扮演着一种移民者寻求自我实现的场所功能。

犹太人在离开苏联时没有一丝留恋，但移民后却经常思乡。新移民的阵痛期让许多人感到孤独、压抑，消极的情绪找不到宣泄的出口与渠道。回避、自我隔离无法真正解决问题，人们开始找寻近似的景观、熟悉的环境、来自同样文化的人，以期实现被包裹的感觉。种族社区无疑是能带来心灵慰藉最理想的地方。在空间上，种族社区是一个"中间地带"，它最重要的功能就是作为想象中的民族自治的土地，给予其中的居民以文化安全感。美国犹太社区的存在减少了犹太人对锡安主义国家的依赖，为犹太人在坚守民族文化还是进一步走向世俗提供了选择与实践的场所。

在苏联，由于没有拉比，没有犹太教保守派，也没有犹太教堂，犹太人的文化性是朝着俄罗斯化发展的。但是犹太人离境的理由是其民族身份的独特性，他们在离境的那一刻又做回了犹太人。所以，移民者在美国重视拉比

---

① Shrayer, Maxim D. "Yom Kippur in Amsterdam." *Yom Kippur in Amsterdam: Stories*. Syracuse: Syracuse UP, 2009, p140.

或者哈西德派教徒的看法。他们表现得甚至远比一般性的美国犹太人更加虔诚。原本是否要履约守俗在苏联已经不构成一个严重的问题，但是他们到了美国又不得不重新面对。由于美俄之间互生嫌隙，俄裔犹太人在美国的生活相对艰难。俄裔作家试图为自己的同胞找到一条救赎之路，但是他们所提供的方法仍然显得有些保守。寻求内心的成长，实现自我锤炼，尝试与环境自洽，是 21 世纪犹太作家为移民者提供的生存之道。

结　语

　　20世纪70年代，西方理论界从对时间的关注转为对空间和地方的关切。人文领域深受启发，开启了有关人地关系的研究转向。"地方"小到房间、街道、社区，大到城市、国家、全球，它为人类的生存提供了大小不一的物理性场所，同时也承载着实践人际关系的社会功能。生活在某一个地方的人们通过社会活动与文化实践形成了一种或者深厚或者脆弱的人地关系，本质上是人与当地社会规范之间紧张程度的外化表现。人地关系总体上可按照"亲""疏"分为两类，根植于一方水土、为地方发展倾力贡献、参与战斗保家卫国都是亲密关系的表现，而挑动社会运动、制造种族冲突、大规模人口迁移则象征着疏远。其实，在显性行为的背后还隐藏着一系列隐性的感觉与态度，推动或制约着行为的发生与发展。感觉的形成神秘且复杂，当民族、信仰、知识、信息、记忆等任何琐碎的要素作用于人的感官时，人的感觉与认知必然受到影响。研究人对地方的感觉就是在地方的物质性、空间性、文化性、社会性基础上，将依恋、厌恶、认同、归属等情感要素作为阐释的对象，实现从对物化世界的痴狂到对人的心灵的关注。

　　21世纪美国犹太移民叙事的书写对象是苏联及俄罗斯的犹太移民。这些移民者与19世纪末至20世纪初从沙皇俄国移民美国的犹太人同属东欧阿什肯纳兹犹太人。在人种的划分上，东欧阿什肯纳兹犹太人被认为是北高加索山区哈扎尔人的后裔。他们是在公元8世纪左右皈依犹太教的突厥人的后代，与传统意义上所说的古代希伯来人并不同源。但是，东欧犹太人对自己的犹太身份并不怀疑，他们相信自己也是亚伯拉罕、以撒、雅各的后代。阿什肯纳兹犹太人世代居住在同一片土地，具有亲缘性的血脉关系，他们言说同样的语言，形成了共同的习俗与文化，具备形成一个独立"民族"的全部特征。从阿什肯纳兹犹太人的生存经历看，他们对拥有固定的本民族的土地并不十分迫切。甚至在19世纪下半叶犹太复国主义思想形成前，东欧犹太人从未产生"重返"迦南地的想法。在他们的价值排序中，宽松的社会制度、优质的生活场所、良好的营商环境是其选择居住地的重要考量因素。这印证了沙皇俄国时期200万犹太人离开东欧，而后将美国视为"应许之地"的举动。

传统的流散理论认为，犹太人具有漫长且连续的民族历史。世界各地的犹太人是古代希伯来人被迫流散后分化的结果，犹太人具有历史的同源特征。但是，越来越多的当代研究从地理学、生物学、语言学、社会学等现代科学研究基础上，证明了犹太人并不来自同一个地方。这种多学科研究的共性结论要求文学领域也必须重读经典，同时也要关注当代犹太作家的后现代写作。在施泰恩加特的小说《手册》中，主人公祖母一家世代居住在乌克兰，并在这里建立起富足的家业。犹太人对东欧的根植感如同世代生活在同一地方的农耕民族对土地的依恋，在不威胁生命的情况下，他们并没有离开的意愿。施拉耶尔在小说《失踪的扎尔曼》中为主人公取名马克·卡根，"卡根"这个标志性的对古代哈扎尔汗国统治者"可汗"的称呼，很容易让人想起中世纪欧洲各地排犹、反犹的缘由。甚至美国本土犹太作家迈克尔·夏邦也在21世纪出版小说《哈扎尔绅士》，带领广大犹太文学读者重返改宗的犹太教王国哈扎尔汗国。

信仰的统一掩盖了犹太人来自不同地方、不同民族的历史现实。移民文学限于叙事体例等原因，书写的地域范围一般仅包含祖籍国和移居地两地。21世纪美国犹太移民叙事的创作者主要来自莫斯科和圣彼得堡，他们在苏联度过了青少年时期，部分作家移民时已经成年。移民后，他们致力于以集体写作的方式补写犹太人在苏联及俄罗斯的生活，并将作品译成俄文，以期在祖籍国实现文学传播。这一时期的作品普遍将犹太故事与"俄罗斯性"相连，小说中经常以"俄罗斯人"或"俄裔犹太人"定义主人公的文化身份。21世纪的犹太移民叙事以东欧作为故事的逻辑起点，在世的祖辈或祖辈的东欧故事定义了俄裔犹太人的身份的特征。在21世纪的东欧叙事中，作者续写了亚伯拉罕·卡恩、玛丽·安亭、艾萨克·辛格等早期移民者笔下的东欧。在社会主义苏联治理下的东欧，犹太人接受高等教育，在语言、文化方面同化于主体民族俄罗斯人的生活之中。虽然民族矛盾并未得到彻底解决，但民族地位得到了有效提升。作为东欧内部居民的当代移民作家解构了马拉默德等美国本土犹太作家作为"局外人"对东欧的想象。

大屠杀叙事是21世纪犹太移民叙事中的一个重要话题。与美国本土作家不同，俄裔作家是大屠杀事件的见证者。被纳粹屠杀的犹太人是他们的亲人、邻里、朋友，至少在地域上，他们是这一历史的亲历者。美国作家奥兹克的小说《大披肩》、马拉默德的《湖畔少女》描写的都是大屠杀事件对幸存者的影响，这一视角有力地证明了纳粹所犯下的罪行如此之深，历史不会被忘却此事的情感定位。俄裔小说家描写的大屠杀内容和主题更加丰富。在《红菜汤度假区》中，作者描写了忠于东欧的老年犹太人和回访东欧探亲的人惨死于大屠杀的情节。小说《荒谬斯坦》中的犹太大屠杀成了主人公利用的话题，在犹太人需要得到关注时可以拿来作为说辞的一个手段。作者放弃了创伤叙事的手法，将这个沉重话题戏剧化，超越了对话题本身残酷性的书写。

大屠杀造成了传统东欧地区的犹太人几乎到了灭种的地步，而俄罗斯境内的犹太人大多幸存下来。这是21世纪犹太移民叙事创作主体基本都来自俄罗斯的重要原因。犹太人在沙皇俄国覆灭后走进苏联内部最主要的城市莫斯科、圣彼得堡，在这里实现了民族身份的转变，从宗族上的犹太教共同体转变为俄苏文化影响下的俄裔犹太人。在苏联，犹太人参与国家的经济、文化建设。卫国战争期间，犹太人同苏联各民族同胞一道参战，牺牲在保卫国家、人民的战役之中。小说《手册》中的主人公因祖父葬于位于圣彼得堡的烈士公墓，使得这个地方变得神圣。祖辈遗骸所在的地方成了犹太后代所崇敬、爱护的精神家园。历经地域和文化性的转变，俄裔犹太人对国家产生了深刻的地方认同，这导致二战后前往以色列的犹太人仅是民族身份上的犹太人，而非文化或宗教上的犹太人。

以色列的建国是苏联犹太人移民的直接原因。一方面，犹太复国主义者在以色列建国后率先返回犹太人的"民族-国家"，激励了苏联境内普通犹太民众的移民热情；另一方面，苏联建国时间尚短，在解决民族矛盾、同化国内

结 语

犹太人极端民族主义等问题上显得力不从心；此外，美苏冷战和国际犹太势力的干涉以及苏联自身经济、社会的发展问题的诸多因素，最终导致犹太人蜂拥选择离境。施拉耶尔在回忆录《等待美国》中记载，他们依靠以色列亲属的邀请函成功离开苏联，但是他们抗拒前往以色列，而是以难民的身份等待入境美国。因为，以色列在历史上很可能不是阿什肯纳兹犹太人祖先生活过的地方。其实，对缺乏犹太教滋养的苏联犹太人而言，在民族性坚守方面已经显得有些薄弱。苏联境内愿意移民以色列的犹太人仅有高加索山、外喀尔巴阡、波罗的海等少数地区的犹太保守主义者。而广大莫斯科、圣彼得堡的城市犹太人仅是借助移民潮离境，前往美国或西欧经济更发达的地区居住。

此次移民潮从20世纪70年代一直持续到21世纪最初的十年，总计近200万犹太人离开了苏联，以至于几乎终结了犹太人在东欧和俄罗斯生活的历史。从移民数据上看，前往以色列定居的犹太人占据移民总人口的一半以上，但事实上，这并不源于苏联犹太人对以色列的神圣充满虔敬感。相反，犹太人在苏联申请离境时，仅能持以色列亲属的邀请函才能获批。苏联解体前及后续的俄罗斯联邦虽然实行自由的移民政策，但是美国拒绝接受过多的移民者。美国的移民配额制度限制了犹太人的入境，最终导致以色列成为此次移民潮接收犹太人最多的地方。移民美国的犹太人一般都拒绝回访祖籍国，移民者认为回到故乡会带来一种身份危机。尤里尼奇在小说《列娜·芬克尔的魔桶》中塑造的主人公一直抗拒重访，直到她在情感上遭遇了无情的背弃，才意识到犹太人大规模离境，对祖籍国而言是一种极大的损伤。这也为苏联政府限制犹太人离境找到了合理的解释。

在美国生活期间，新移民普遍产生了对环境的不适感，一种朴素的乡愁在犹太新移民中广泛存在。新移民主要居住在种族社区，种族社区里与家乡近似的景观与人文环境为移民者提供了安全感和心理慰藉。美国的犹太社区呈现出多元化趋势，俄裔犹太人主要居住在俄罗斯人的社区。在美国本土犹太人的理解中，说俄语的犹太人和俄罗斯人没有什么区别。施泰恩加特的《手册》、瓦彭娅的《第三个架子上的西兰花》都写到位于布鲁克林的布莱顿海滩，这是俄裔犹太人在美国最大的聚集地。《兄弟情》中所描写的位于皇后区的森林小丘社区是早年苏联犹太作家多甫拉多夫居住的地方，这里也被俄裔犹太新移民视为理想的居住地。

美国犹太人与俄裔犹太移民在理解犹太性和文化杂糅方面出现明显的差异。美国犹太人中包括正统派的哈西德教徒也逐渐变得世俗化，但是俄裔新移民对正统派仍然保持了言听计从的敬畏感。在《失踪的扎尔曼》中，主人公受到异族通婚的困扰，他不了解的是，自己的困惑仅是一些哈西德教徒口中的犹太传统。而在现实中，他们自己也并不遵守。美国犹太人的世俗化程度远超过新移民的想象，但是他们却拒绝接受俄裔犹太人身上的俄罗斯文化元素。在《乡村马场》中，主人公因看到俄罗斯女友与俄罗斯人留下的骏马"融为一体"而感到恐惧。来势汹汹的俄罗斯"骑兵"不仅在文化上受到美国人的排斥，在意识形态上也经常处于对立的状态。

俄裔犹太移民叙事呈现出跨时空、跨国界、跨代际、跨文化、跨语言的特点，这是本书采用人文主义地理学的角度解读这些作品的原因。本书没有止步于简单地揭示犹太人都生发出哪些地方感，在研究过程中，还追问了是什么力量使得情感变得复杂与绝望，是哪里出现了问题让内在性的情绪变得荡然无存。当犹太人面对生活的变故，应该以何种方式让这些遭遇转变为机遇，让破碎的灵魂重新体会到被包裹的安全感。总体而言，犹太人与地方之间的情感关系不来自土地的产出，而是建立在地方的功能与价值基础之上。而且在很多情况下，犹太人的生存目标与地方的社会规范缺乏同步性，这导致犹太人与地方频繁出现紧张关系。当人地关系变得紧张时，犹太人通常不是采用激进的对抗性手段夺取"地方"，而是采取"退缩"的方法，逃离并放弃对地方的改造，选择进入一个新的地方或空间。在无路可退之时，犹太人就重返犹太教的神秘空间，寻找并实现自我救赎。这也是犹太人在流散和散居过程中，凭借一本书就维系了民族存在的重要原因。

参考文献

作家作品

[1] Antin, Mary. *The Promised Land*. Boston and New York: Houghton Mifflin, 1912.

[2] Dovlatov, Sergei. *Ours: A Russian Family Album*. Trans. Anne Frydman. New York: Weidenfeld & Nicolson, 1989.

[3] Shteyngart, Gary. *Absurdistan*. New York: Random House, 2006.

[4] Shteyngart, Gary. "The Mother Tongue between Two Slices of Rye." *The Threepenny Review* 97 (Spring 2004): 5-8.

[5] Shteyngart, Gary. "The New Two-Way Street." *Reinventing the Melting Pot: The New Immigrants and What it Means to be American*. Ed. Tamar Jacoby. New York: Basic Books, 2004. 285-92.

[6] Shteyngart, Gary. *The Russian Debutante's Handbook*. New York: Riverhead Books, 2002.

[7] Shrayer, Maxim D. "Bohemian Spring." *A Russian Immigrant: Three Novellas*. Boston: Cherry Orchard Books. 2019. 8-63.

[8] Shrayer, Maxim D. "Borscht Belt." *A Russian Immigrant: Three Novellas*. Boston: Cherry Orchard Books. 2019. 100-34.

[9] Shrayer, Maxim D. "Brotherly Love." *A Russian Immigrant: Three Novellas*. Boston: Cherry Orchard Books. 2019. 64-99.

[10] Shrayer, Maxim D. "The Disappearance of Zalman." *Yom Kippur in Amsterdam: Stories*. Syracuse: Syracuse UP, 2009. 1-18.

[11] Shrayer, Maxim D. "Horse Country." *Yom Kippur in Amsterdam: Stories*. Syracuse: Syracuse

UP, 2009. 111-24.

[12] Shrayer, Maxim D. *Leaving Russia: A Jewish Story*. Syracuse: Syracuse UP, 2013.

[13] Shrayer, Maxim D. *Waiting for America: A Story of Emigration*. Syracuse: Syracuse UP, 2007.

[14] Shrayer, Maxim D. "Yom Kippur in Amsterdam." *Yom Kippur in Amsterdam: Stories*. Syracuse: Syracuse UP, 2009. 125-41.

[15] Ulinich, Anya. *Lena Finkle's Magic Barrel*. New York: Penguin, 2014.

[16] Ulinich, Anya. *Petropolis*. New York: Penguin, 2007.

[17] Vapnyar, Lara. "A Bunch of Broccoli on the Third Shelf." *Broccoli and Other Tales of Food and Love*. New York: Pantheon, 2008. 3-24.

[18] Vapnyar, Lara. "Mistress." *There Are Jews in My House*. New York: Anchor Books, 2003. 91-119.

[19] Vapnyar, Lara. "A Question for Vera." *There Are Jews in My House*. New York: Anchor Books, 2003. 79-90.

[20] Vapnyar, Lara. "Salad Olivier." *Broccoli and Other Tales of Food and Love*. New York: Pantheon, 2008. 71-84.

[21] Vapnyar, Lara. "Slicing Sauteed Spinach." *Broccoli and Other Tales of Food and Love*. New York: Pantheon, 2008. 115-34.

[22] Vapnyar, Lara. "There Are Jews in My House." *There Are Jews in My House*. New York: Anchor Books, 2003. 3-50.

文学评论

[23] Berger, John. *Ways of Seeing*. New York: Penguin, 1972.

[24] Bérubé, Michael. "Disability and Narrative." *PMLA* 120. 2 (2005): 568-76.

[25] Bicchieri, Cristina. *The Grammar of Society: The Nature and Dynamics of Social Norms*. Cambridge: Cambridge UP, 2006.

[26] Botstein, Leon. "the Echo of Sound: The Politics and Perils of 'Cultural Appropriation.'" *The Musical Quarterly* 100. 3(2018): 263-68.

[27] Brintlinger, Angela. "Antiheroes in a Post-heroic Age: Sergei Dovlatov, Vladimir Makanin, and Cold War Malaise." *Chapaev and His Comrades: War and the Russian Literary Hero across the Twentieth Century*. Academic Studies P, 2012. 174-204.

[28] Brook, Kevin A. *The Jews of Khazaria*. 3rd Ed. Lanham: Rowman & Littlefield, 2018.

[29] Buelens, Gert. "State of the Art: The Jewish Immigrant Experience." *Journal of American Studies* 25. 3 (1991): 473-79.

[30] Buell, Lawrence. *The Future of Environmental Criticism: Environmental Crisis and the Literary Imagination*. Malden: Wiley Blackwell, 2005.

[31] Casey, Edward S. "How to Get from Space to Place in a Fairly Short Stretch of Time: Phenomenological Prolegomena." *Senses of Place*. Ed. Steven Feld and K. H. Basso. Santa Fe: School of American Research P. 1996. 13-52.

[32] Chervyakov, Valeriy, Zvi Gitelman, and Vladimir Shapiro. "E Pluribus Unum? Post-Soviet Jewish Identities and Their Implications for Communal Reconstruction." *Jewish Life after the USSR*. Ed. Zvi Gitelman, Musya Glants and Marshall I. Goldman. Bloomington & Indianapolis: Indiana UP, 2003. 61-75.

[33] Couser, G. Thomas. "Disability, Life Narrative, and Representation." *PLMA* 120. 2 (2005): 602-6.

[34] Cox, Harvey. "The Restoration of a Sense of Place." *Ekistics* 25 (1968): 422-24.

[35] Dimont, Max I. *The Jews in America: the Roots, History and Destiny of American Jews*. New York: Simon and Schuster, 1978.

[36] Dyrud, Keith P. "Russians and Russian Americans, 1940-Present." *Immigrants in American History: Arrival, Adaptation, and Integration*. Ed. Elliott Robert Barkan. Vol. 3. Santa Barbara: ABC-CLIO, 2013. 1237-46.

[37] Epstein, Joseph. "A Yiddish Novel With Tolstoyan Sweep." *Wall Street Journal*. Eastern edition. 07 Feb 2009: W. 12.

[38] Firestone, Reuven. "Holy War in Modern Judaism? 'Mitzvah War' and the Problem of the 'Three Vows.'" *Journal of the American Academy of Religion* 74. 4 (2006): 954-82.

[39] Friedman, Natalie. "Nostalgia, Nationhood, and the New Immigrant Narrative: Gary Shteyngart's *The Russian Debutante's Handbook* and the Post-Soviet Experience." *Iowa Journal of Cultural Studies* 5. 1 (Fall 2004): 77-87.

[40] Furman, Andrew. "The Russification of Jewish-American Fiction." Zeek. Apr. 2008. Web. 13 May 2022.

[41] Furman, Yelena. "Hybrid Selves, Hybrid Texts: Embracing the Hyphen in Russian-American Fiction." *The Slavic and East European Journal* 55. 1 (2011): 19-37.

[42] Furman, Yelena. "Telling Their Hybrid Stories: Three Recent Works of Russian-American Fiction." *Slavic and East European Journal* 59.1 (2015): 116-24.

[43] Fürst, Juliane. "The Difficult Process of Leaving a Place of Non-Belonging: Maxim D. Shrayer's Memoir, *Leaving Russia: A Jewish Story*." *Journal of Jewish Identities* 8.2 (2015): 189-208.

[44] Genette, Gerard. *Narrative Discourse: An Essay in Method*. Trans. Jane E. Lewin. New York: Cornell UP, 1980.

[45] *Geography*. Boston: Holt McDougal, 2010.

[46] Gelbin, Cathy S. & Sander L. Gilman. "Russian Jews as the Newest Cosmopolitans." *Cosmopolitanisms and the Jews*. Ann Arbor: U of Michigan P, 2017. 223-54.

[47] Gitelman, Zvi. *A Century of Ambivalence: The Jews of Russia and the Soviet Union*, 1881 to Present. 2nd ed. Bloomington: Indiana UP, 2001.

[48] Glaser, Amelia. "Introduction: Russian-American Fiction." *The Slavic and East European Journal* 55.1 (2011): 15-18.

[49] Hamilton, Geoff. *Understanding Gary Shteyngart*. Columbia: U of South Carolina P, 2017.

[50] Hobsbawm, E. J. *Nations and Nationalism since 1780: Programme, Myth, Reality*. Cambridge: Cambridge UP, 1992.

[51] Howe, Irving. "Immigrant Chic." *New York* 19.5 (1986): 76.

[52] Johnston, Barry V. *Russian American Social Mobility: an Analysis of the Achievement Syndrome*. Saratoga: Century Twenty One, 1981.

[53] Khanin, Vladimir. "The Refusenik Community in Moscow: Social Networks and Models of Identification." *East European Jewish Affairs* 41.1-2 (2011): 75-88.

[54] Klots, Yasha. "The Ultimate City: New York in Russian Immigrant Narratives." *Slavic and East European Journal* 55.1 (2011): 38-57.

[55] Koestler, Arthur. *The Thirteenth Tribe: The Khazar Empire and Its Heritage*. New York: Popular Library, 1976.

[56] Lebowitz, Joel, Paul Plotz and Dorothy Hirsch. "Refuseniks Still in U.S.S.R." *Science. New Series* 239.4845 (1988): 1227-28.

[57] Mewshaw, Michael. "Travel, Travel Writing, and the Literature of Travel." *South Central Review* 22.2 (2005): 2-10.

[58] Plokhy, Serhii. *The Gates of Europe: A History of Ukraine*. New York: Basic, 2015.

［59］Reich, Bernard. *A Brief History of Israel*. 2nd Ed. New York: Facts On File, 2008.

［60］Relph, Edward. *Place and Placelessness*. London: Pion Limited, 1976.

［61］Roth, Philip. *Reading Myself and Others*. New York: Farrar, Straus and Giroux, 1975.

［62］Rovner, Adam. "So Easily Assimilated: The New Immigrant Chic." *Association for Jewish Studies Review* 30.2 (2006): 313-24.

［63］Sahadeo, Jeff. "Soviet 'Blacks' and Place Making in Leningrad and Moscow." *Slavic Review* 71.2 (2012): 331-58.

［64］Sanua, Marianne. "Jews and Jewish Americans, 1940-Present." *Immigrants in American History: Arrival, Adaptation, and Integration*. Ed. Elliott Robert Barkan. Vol. Three. Santa Barbara: ABC-CLIO, 1065-75.

［65］Sarna, Jonathan D. *American Judaism: A History*. New Haven: Yale UP, 2004.

［66］Senderovich, Sasha. "Senses of Encounter: The 'Soviet Jew' in Fiction by Russian Jewish Writers in America." *Prooftexts* 35.1 (2015): 98-132.

［67］Shamai, Shmuel. "Sense of Place: an Empirical Measurement." *Geoforum* 22.3 (1991): 347-58.

［68］Shumsky, Dimitry. "Leon Pinsker and 'Autoemancipation!': A Reevaluation." *Jewish Social Studies* 18.1 (2011): 33-62.

［69］Slezkine, Yuri. *The Jewish Century*. Princeton and Oxford: Princeton UP, 2004.

［70］"Social space." *The Dictionary of Human Geography*. 5th Ed. Chichester: Wiley-Blackwell, 2009.

［71］Sokoloff, Naomi. "Introduction: American Jewish Writing Today." *AJS Review* 30.2 (2006): 227-30.

［72］Sollors, Werner. *Beyond Ethnicity: Consent and Descent in American Culture*. New York & Oxford: Oxford UP, 1986.

［73］Sowell, Thomas. *Ethnic America: A History*. New York: Basic, 1981.

［74］"Stand." Def. 11a. *The Oxford English Dictionary*. 2nd Ed. Vol. 16. Oxford: Oxford UP, 1989.

［75］Stavans, Ilan. *Becoming Americans: Four Centuries of Immigrant Writing*. New York: Literary Classics of the United State, 2009.

［76］Straten, Jits van. *The Origin of Ashkenazi Jewry: The Controversy Unraveled*. Berlin: De Gruyter, 2011.

[77] Taugis, Michaël. "There and Back: Cross-Cultural Journeys and Interweavings in Gary Shteyngart's *The Russian Debutante's Handbook*." *Hybridity: Forms and Figures in Literature and the Visual Arts*. Newcastle upon Tyne: Cambridge Scholars, 2011. 190-200.

[78] Tailer, Neil. *Estonia: The Bradt Travel Guide*. Chesham: The Bradt Travel Guide Ltd, 2010.

[79] *The Holy Scriptures: According to the Masoretic Text*. Philadelphia: The Jewish Publication Society of America, 1917.

[80] Tolts, Mark. "Demography of the Contemporary Russian Speaking Jewish Diaspora." *The New Jewish Diaspora: Russian-Speaking Immigrants in the United States, Israel, and Germany*. Ed. Zvi Gitelman. New Brunswick: Rutgers UP, 2016. 23-40.

[81] Treisman, Daniel. "Russia's Billionaires." *The American Economic Review* 106.5 (2016): 236-41.

[82] Tuan, Yi-Fu. *Landscapes of Fear*. Minneapolis. U of Minnesota P, 1979.

[83] Tuan, Yi-Fu. *Space and Place: The Perspectives of Experience*. Minneapolis: U of Minnesota P, 2001.

[84] Wanner, Adrain. *Out of Russia: Fictions of a New Translingual Diaspora*. Evanston: Northwestern UP, 2011.

[85] Wanner, Adrain. "Russian Jews as American Writers: A New Paradigm for Jewish Multiculturalism?" *Multi-Ethnic Literature of the United States* 37.2 (2012): 157-76.

[86] Wanner, Adrain. "Russian Hybrids: Identity in the Translingual Writings of Andreï Makine, Wladimir Kaminer, and Gary Shteyngart." *Slavic Review* 67.3 (2008): 662-81.

[87] Warne, Frank Julian. *The Slav Invasion and the Mine Workers: A Study in Immigration*. 1904. Rpt. Philadelphia: J. B. Lippincott, 1971.

[88] Weiss, Nelly. *The Origin of Jewish Family Names: Morphology and History*. Bern: Peter Lang, 2002.

[89] Wertsman, Vladimir, ed. *The Russians in America, 1727-1975: A Chronology and Fact Book*. New York: Oceana Publications, 1977.

[90] Williams, Raymond. *Marxism and Literature*. Oxford and New York: Oxford UP, 1977.

[91] Williams, Raymond. *The Long Revolution*. London: Penguin, 1961.

[92] 戴维·马特莱斯. 景观的属性[A]. 文化地理学手册[C]. 北京: 商务印书馆, 2009: 319-328.

[93] 段义孚. 逃避主义[M]. 周尚意、张春梅译. 石家庄: 河北教育出版社, 2005.

[94]段义孚.空间与地方：经验的视角[M].王志标译.北京：中国人民大学出版社，2017.

[95]段义孚.浪漫主义地理学[M].赵世玲译.新北市：立绪文化事业有限公司，2018.

[96]段义孚.恋地情结[M].志丞、刘苏译.北京：商务印书馆，2019.

[97]段义孚.地方感：人的意义何在？[J].宋秀葵、陈金凤译.鄱阳湖学刊，2017(4)：38-44.

[98]"东欧"，世界地名词典[M].上海：上海辞书出版社，1981.

[99]"东欧平原"，世界地名词典[M].上海：上海辞书出版社，1981.

[100]弗雷德·A·拉辛.美国政治中的苏联犹太人之争：透视以色列与美国当权派的关系[M].张淑清、徐鹤鸣译.北京：商务印书馆，2014.

[101]郭宇春.俄国犹太人研究(18世纪末—1917年)[M].哈尔滨：黑龙江人民出版社，2015.

[102]何翰林、蔡晓梅.国外无地方与非地方研究进展与启示[J].人文地理，2014(6)：47-52.

[103]黄韧.《瑶族梅山经校注》和《梅山图注》内空间记忆与地方感研究[J].广西民族研究，2018(5)：167-173.

[104]霍布斯鲍姆.民族与民族主义[M].李金梅译.上海：上海人民出版社，2000.

[105]克利福德·格尔茨.地方知识[M].杨德睿译.北京：商务印书馆，2016.

[106]列斐伏尔.空间与政治(第二版)[M].李春译.上海：上海人民出版社，2015.

[107]列宁.列宁全集(第25卷)[M].中共马恩列斯著作编译局编译.北京：人民出版社，1988.

[108]刘精忠.犹太神秘主义概论[M].北京：中国社会科学出版社，2015.

[109]马克斯·韦伯.古犹太教[M].康乐、简惠美译.桂林：广西师范大学出版社，2007.

[110]迈克·克朗.文化地理学[M].杨淑华等译.南京：南京大学出版社，2005.

[111]米洛拉德·帕维奇.哈扎尔辞典：一部十万个词语的辞典小说[M].南山、戴骢、石枕川译.上海：上海译文出版社，1998.

[112]欧阳修、宋祁.新唐书(列传第146卷下)[M].北京：中华书局出版社，1975.

[113]乔国强.美国犹太文学[M].北京：商务印书馆，2008.

[114]乔国强.叙说的文学史[M].北京：北京大学出版社，2017.

[115]乔国强.美国犹太小说的叙事主题与叙事模式[J].当代外国文学，2017(3)：59-65.

[116]乔国强.试谈美国犹太移民与犹太文学中的"侨易"[J].江苏师范大学学报，2015(4)：20-29.

[117]盛婷婷、杨钊. 国外地方感研究进展与启示[J]. 人文地理, 2015(4)：11-17.

[118]沙畹. 西突厥史料[M]. 冯承钧译. 北京：商务印书馆, 1912.

[119]施罗默·桑德. 虚构的犹太民族[M]. 王岽兴、张荣译. 上海：上海三联书店, 2012.

[120]施罗默·桑德. 绪论[A]. 虚构的犹太民族[M]. 王岽兴、张荣译. 上海：上海三联书店, 2012.

[121]施罗默·桑德. "专访"[A]. 我为何放弃做犹太人[M]. 喇卫国译. 北京：中信出版社, 2017.

[122]施罗默·桑德. 我为何放弃做犹太人[M]. 喇卫国译. 北京：中信出版社, 2017.

[123]施罗默·桑德. 虚构的以色列地：从圣地到祖国[M]. 杨军译. 南京：南京大学出版社, 2019.

[124]苏联宪法(根本法)[M]. 北京：五十年代出版社, 1949.

[125]王山美. 文学地理学视域下北美新移民作家的原乡与他乡[J]. 文艺争鸣, 2021(9)：173-179.

[126]西蒙·沙玛. 风景与记忆[M]. 胡淑陈、冯樨译. 南京：译林出版社, 2013.

[127]西蒙·蒙蒂菲奥里. 耶路撒冷三千年[M]. 张倩红、马丹静译. 北京：民主与建设出版社, 2014.

[128]徐新. 犹太文化史(第二版)[M]. 北京：北京大学出版社, 2011.

[129]雅番·瑞德·马席斯. 美国犹太人1585—1990年：一部历史[M]. 杨波、宋立宏、徐娅囡译. 上海：上海人民出版社, 2004.

[130]扬·阿斯曼. 文化记忆：早期高级文化中的文字、回忆和政治身份[M]. 金寿福、黄晓晨译. 北京：北京大学出版社, 2015.

[131]约翰斯顿. 人文地理学词典[M]. 柴彦威等译. 北京：商务印书馆, 2004.

[132]张原. 从"乡土性"到"地方感"：文化遗产的现代性承载[J]. 西南民族大学学报(人文社科版), 2014(4)：6-12.

[133]曾大兴. 文学地理学概论[M]. 北京：商务印书馆, 2017.

[134]中国社会科学院语言研究所词典编辑室. 现代汉语词典(第七版)[M]. 北京：商务印书馆, 2016.

[135]周承. 以色列新一代俄裔犹太移民的形成及影响[M]. 北京：时事出版社, 2010.